Pôlefiction

De la même auteure
chez Gallimard Jeunesse :

Quatre filles et un jean :

1. Le premier été
2. Le deuxième été
3. Le troisième été
4. Le dernier été
5. Quatre filles et un jean pour toujours

Ces liens qui nous séparent

L'amour dure plus qu'une vie

Toi et moi à jamais

Ann Brashares

Quatre filles et un jean

Le troisième été

Traduit de l'américain
par Vanessa Rubio

GALLIMARD JEUNESSE

Cette traduction est publiée avec l'autorisation de Random House Children's Books, une filiale de Random House, Inc.

Pour Jacob,
mon homme,
qui le vaut bien.

Remerciements

Tout d'abord et comme toujours,
je voudrais remercier Jodi Anderson.
Je remercie aussi chaleureusement mes deux sœurs
d'édition, Wendy Loggia et Beverly Horowitz,
ainsi que tout le département jeunesse
du groupe Random House, et en particulier
Marci Senders, Kathy Dunn, Judith Haut,
Daisy Kline et Chip Gibson.
J'aimerais aussi dire merci à Leslie Morgenstein,
qui me soutient depuis le début, et à mon amie
et agent, l'irremplaçable Jennifer Rudolph Walsh.
Je remercie du fond du cœur mes parents,
Jane Easton Brashares et William Brashares,
et mes frères, Beau, Justin et Ben Brashares.
Et enfin – et surtout –, ma petite tribu :
Sam, Nathaniel et Susannah.

En été, la chanson se chante d'elle-même.

William Carlos Williams

Pacte du jean magique

Nous établissons par le présent acte les règles régissant l'utilisation du jean magique :

1. Il est interdit de le laver.

2. Il est interdit de le retrousser dans le bas. Ça fait ringard. Et ça fera toujours ringard.

3. Il est interdit de prononcer le mot G-R-O-S-S-E lorsqu'on porte le jean. Il est même interdit de se dire qu'on est G-R-O-S-S-E quand on l'a sur soi.

4. Il est interdit de laisser un garçon retirer le jean (mais il est cependant possible de l'ôter soi-même en présence dudit garçon).

5. Il est formellement interdit de se décrotter le nez lorsqu'on porte le jean. Il est toutefois toléré de se gratter discrètement la narine.

6. À la rentrée, il faudra respecter la procédure suivante pour immortaliser l'épopée du jean magique :

– Sur la jambe gauche du jean, vous décrirez l'endroit le plus chouette où vous êtes allée avec ;

– Sur la jambe droite, vous raconterez le truc le plus important qui vous est arrivé alors que vous le portiez. (*Par exemple : « Un soir où j'avais mis le jean magique, je suis sortie avec mon cousin Ivan. »*)

7. Vous devrez écrire aux autres durant l'été, même si vous vous amusez comme une folle sans elles.

8. Vous devrez leur passer le jean suivant le protocole établi. Toute entorse à cette règle sera sévèrement sanctionnée à la rentrée (par une fessée déculottée !).

9. Il est interdit de porter le jean en rentrant son T-shirt à l'intérieur (cf. règle n° 2).

10. Rappelez-vous que ce jean symbolise notre amitié. Prenez-en soin. Prenez soin de vous.

Prologue

Si vous lisez ces lignes, c'est que vous avez sans doute déjà entendu parler de nous. Ou de notre jean, tout du moins. Dans ce cas, vous pouvez sauter quelques pages. Sinon, restez donc avec moi une minute. Je vais essayer de ne pas trop vous ennuyer.

Je sais ce que vous pensez : « Je n'ai aucune envie de lire un bouquin qui parle d'un jean. » Et je peux tout à fait le comprendre. (Présenté comme ça, ce n'est pas vraiment palpitant.) Mais croyez-moi, il ne s'agit pas d'un jean comme les autres… Il est magique. Il a l'incroyable pouvoir de transformer quatre adolescentes ordinaires en beautés ravageuses qui mènent une vie trépidante et font tomber à leurs pieds tous les beaux jeunes hommes qu'elles croisent.

D'accord, j'exagère un peu. Mais ce jean a quand même le pouvoir de maintenir un lien entre nous lorsque nous sommes séparées. Il nous pousse au-delà de nos limites. Il nous aide à repérer quels garçons valent la peine qu'on s'intéresse à eux ou pas. Il nous rend meilleures, avec nous-mêmes, avec les autres, avec nos amis. Et ça, c'est vrai, je vous le jure.

En plus, il nous va bien, ce qui ne gâche rien.

Qui sommes-nous ? Nous sommes nous. Et il en a toujours été ainsi. (Grammaticalement, je + je + je + je = nous, c'est incontournable.) Et tout ça, grâce à Gilda, un club de gym de Bethesda, dans le Maryland, qui proposait des cours d'aérobic pour femmes enceintes il y a environ dix-huit ans de cela. Ma mère, celle de Carmen, celle de Lena et celle de Bee ont sympathisé en transpirant en chœur durant l'été de leur grossesse et, en septembre, elles ont toutes les quatre donné naissance à une fille (avec un garçon en prime, pour la mère de Bee). Dans nos premières années, nos mères nous ont davantage élevées à la manière d'une portée de chiots que comme quatre enfants à part entière, il me semble. Ce n'est que plus tard qu'elles se sont progressivement éloignées les unes des autres.

Comment nous décrire ? Disons que s'il fallait nous comparer à des voitures, Carmen serait un bolide rouge cerise avec un sacré couple, moteur V8, quatre roues motrices, qui boit l'essence avec deux pailles. Elle peut faire beaucoup de dégâts mais, avec elle, on s'éclate, elle tient bien la route et possède une accélération du tonnerre.

Lena consommerait peu, ce serait un genre de véhicule hybride qui respecte l'environnement. Bien sûr, elle ne serait pas tape-à-l'œil pour un sou. Elle aurait un système GPS de pointe qui, parfois, perdrait le nord. Et elle serait équipée d'airbag.

Bee, elle, n'en aurait pas. Elle n'aurait sans doute pas de pare-chocs non plus. Sans doute même pas de freins. Elle irait à un million de kilomètres heure. Ce serait une Ferrari bleu océan – sans freins.

Et moi, Tibby, je serais... un vélo. Non, je blague. (J'ai l'âge de conduire, quand même!) Mmmm... Qu'est-ce que je pourrais bien être? Je serais une voiture de sport au moteur gonflé, vert anglais, avec une transmission un peu capricieuse. Bon, je prends peut-être mes désirs pour des réalités, mais c'est moi qui écris, alors c'est moi qui décide.

Le jean est arrivé dans nos vies pile quand il le fallait, au moment où nous allions nous séparer pour la première fois. C'était il y a deux ans : cet été-là, nous avons découvert son pouvoir. Et l'été dernier aussi, il a bouleversé nos vies. Il faut dire que nous ne le portons pas durant l'année. L'hiver nous le laissons se reposer pour qu'il soit au top de sa forme quand l'été arrive. (Cet hiver, Carmen l'a mis pour le mariage de sa mère, mais c'était exceptionnel.)

Il y a deux ans, nous nous faisions tout un monde à l'idée de passer notre premier été séparées. Et maintenant, nous sommes à la veille de passer notre dernier été ensemble. Demain, nous allons quitter le lycée. En septembre, nous irons à l'université. Si nous étions dans une série télé, nous nous retrouverions toutes les quatre dans la même fac, comme par magie. Mais dans la vraie vie, ça ne se passe pas comme ça. Nous sommes inscrites dans quatre universités différentes, qui se trouvent dans trois villes différentes (à quatre heures de route maximum les unes des autres – voilà notre seule exigence).

Bee a beau être la moins studieuse d'entre nous, elle a été reçue dans toutes les facs où elle a posé sa candidature grâce à ses talents de sportive. (C'est ça, l'Amérique !) Et elle a choisi Brown. Lena a décidé, contre l'avis de ses parents, d'aller étudier l'art à l'école de design de Rhode Island, Carmen va réaliser son rêve : entrer à Williams ; quant à moi, je vais faire des études de cinéma à New York.

Il s'agit d'un gros, gros changement dans nos vies. Vous pouvez dire, comme mon père : « Hé, vous vous retrouverez à Thanksgiving. » Mais si vous êtes plutôt dans mon genre, vous réalisez soudain que rien ne sera jamais plus comme avant. Notre enfance ensemble, c'est fini. Nous ne reviendrons peut-être plus jamais vivre ici. Nous n'habiterons peut-être plus jamais dans la même ville. C'est parti, la vraie vie commence. Bien sûr, j'ai hâte mais, surtout, jamais je n'ai eu aussi peur.

Demain soir, chez Gilda, nous déclarerons ouvert le troisième été du jean magique. Demain s'amorce un tournant de nos vies. Et plus que jamais nous allons avoir besoin du jean.

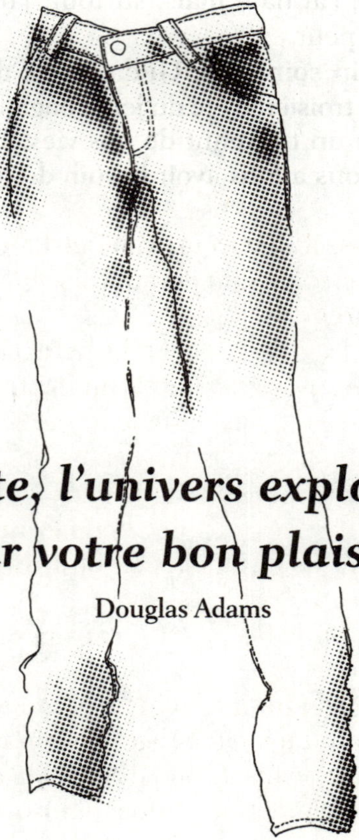

Ensuite, l'univers explosera pour votre bon plaisir.

Douglas Adams

OK, Bee avec Greta, Valia et Lena, ordonna Carmen, en poussant devant l'objectif une grand-mère égarée.

Bee et Lena entrelacèrent leurs jambes pour essayer de se faire tomber tandis que Carmen appuyait sur le déclencheur de son appareil numérique.

– Parfait... Effie et... euh, Perry. Et puis Katherine et Nicky, avec Tibby, Lena et Bee.

Lena lui lança un regard noir. Elle détestait les photos.

– Tu es payée pour faire ça ou quoi ? bougonna-t-elle.

Carmen souleva ses cheveux, qui lui collaient dans le cou. La longue toge de satin noir ne laissait pas passer un souffle d'air. Elle ôta son mortier (franchement, quel nom pour un chapeau !) pour le coincer sous son bras.

– Serrez-vous un peu, s'il vous plaît ! Je ne vois pas Perry.

Katherine, la petite sœur de Tibby, qui n'avait que trois ans, poussa un hurlement. Nicky, son grand frère, lui avait marché sur le pied.

Carmen soupira. Elle n'y était pour rien si ses amies avaient des familles nombreuses. C'était le jour de la remise des diplômes, quand même ! Le grand jour. Elle ne voulait oublier personne. En tant que fille unique, elle tenait à profiter au maximum de ses frères et sœurs d'adoption.

– Il n'y a pas un poil d'ombre, fit remarquer d'un ton amer la grand-mère de Lena, Valia.

Ils se trouvaient sur un terrain de foot, Carmen imaginait mal un orme ou un chêne planté au beau milieu de la pelouse. En parlant de foot, elle se tourna justement vers la joyeuse bande de l'équipe du lycée. Les joueurs fraîchement diplômés étaient entourés de leurs familles et d'une foule d'admirateurs, formant l'un des nombreux groupes et clans disséminés sur le terrain brûlant – fidèle reflet de l'organisation sociale du lycée.

La grand-mère de Carmen, Carmen Senior (ou Seniora, comme l'appelait Tibby), jetait des regards assassins à Albert, son ancien gendre. Elle le tenait visiblement pour responsable de cette chaleur accablante. Carmen lisait dans les pensées de sa grand-mère : cet homme avait bien quitté sa fille, qui sait de quoi il était capable ?

– Maintenant tous ensemble pour la dernière, d'accord ?

La matinée avait été longue. Carmen sentait bien qu'elle les poussait à bout. Elle commençait elle-même à se taper sur les nerfs. Mais il fallait bien que quelqu'un se charge d'immortaliser ce grand jour, non ?

– Allez, c'est la dernière, promis !

Elle aligna les papas et leurs grands fistons dans le fond. Même le père de Lena – pas à cause de sa taille (Bee le dépassait d'au moins dix centimètres) –, mais parce que Carmen était pleine de délicatesse, bien qu'elle en doute parfois fortement.

Les grands-mères et les mères prirent place au deuxième rang : Valia, Carmen Senior, Felicia – l'antique arrière-grand-mère de Tibby qui ne savait pas où elle se trouvait – et Greta, qui arrangeait nerveusement ses cheveux permanentés. Puis venait Ari dans son éternel tailleur beige, Christina qui n'arrêtait pas de regarder David, son nouveau mari, par-dessus son épaule, la mère de Tibby (avec des traces de rouge à lèvres sur les dents) et enfin Lydia, la nouvelle femme d'Albert, qui, toujours soucieuse de bien faire, se demandait anxieusement si elle ne prenait pas trop de place.

Ensuite Carmen plaça les frères et sœurs. Effie eut l'air outragée de devoir se mettre à genoux avec Nicky et Katherine. Tibby réussit à convaincre Brian de venir sur la photo et l'installa au dernier rang.

Maintenant, c'était au tour des filles. Elles s'assirent devant, bras dessus, bras dessous, gros tas de polyester noir brûlant, laissant une place au milieu pour Carmen.

– OK, parfait ! leur cria-t-elle. Attendez juste une seconde !

Elle courut chercher Mlle Collins et l'arracha de force à l'estrade. Même si elle l'avait envoyée mille fois dans le bureau du proviseur, Carmen savait que c'était la prof qui l'appréciait le plus.

– Voilà, mettez-vous ici, lui dit-elle en lui montrant le cadrage qu'elle voulait.

Carmen colla son œil au viseur. Elle voyait tout le monde. Ils étaient tous réunis dans le petit cadre – ses amis les plus chers, sa mère, sa belle-mère, son beau-père, son vrai père, sa grand-mère. Les mères de ses amies, leurs pères, toute leur famille qu'elle considérait pratiquement comme la sienne. Sa vie entière était rassemblée sous ses yeux, sa tribu, tout ce qui comptait pour elle.

En cet instant précieux, elles fêtaient l'aboutissement de leurs efforts, la réussite qu'elles n'auraient jamais atteinte l'une sans l'autre. C'était le point culminant de leur vie, ou tout du moins de la vie qu'elles avaient jusque-là partagée.

Carmen se jeta au milieu de ses amies. Elle poussa un cri de joie, vite repris en chœur. Elle avait l'impression de se fondre dans un tout, de chair et de sang – tous unis, les bras autour des épaules ou de la taille, joues contre joues, lisses ou ridées. Et là, elle éclata en sanglots – tant pis, elle aurait les yeux gonflés sur la photo.

Tibby était de mauvaise humeur. Tout n'était que changement. Tout le monde n'avait que ce mot à la bouche. Non, ça ne lui plaisait pas que Bee porte des talons pour le deuxième jour d'affilée. Ça l'agaçait que Lena se soit fait couper les cheveux de trois centimètres. Personne ne pouvait donc rester tranquille cinq minutes ?

Tibby mettait du temps à s'adapter aux choses. Dès la petite section de maternelle, sa maîtresse avait remarqué que les changements lui posaient problème. Quand elle se posait une question, Tibby préférait regarder en arrière plutôt qu'en avant. Ressortir les livrets scolaires de CP, plutôt que de consulter une voyante. Niveau efficacité, ça valait toutes les analyses, et il n'y avait pas moins cher.

Alors en arrivant chez Gilda, ce furent les changements qui lui sautèrent aux yeux. Les heures de gloire de la fin des années quatre-vingt étaient bien loin. L'endroit accusait son âge. Le parquet brillant d'autrefois était usé et terni. L'un des grands miroirs était fêlé. Les matelas devaient avoir le même âge qu'elle, mais ils ne prenaient pas une douche par jour, eux.

Le club de gym s'efforçait de vivre avec son temps, en proposant des cours de kick-boxing et de yoga, comme l'annonçait le tableau noir, mais visiblement ça ne suffisait pas. Et s'ils faisaient faillite ? Tibby chassa vite cette terrible pensée. Elle pourrait s'inscrire à un cours pour gonfler le nombre des adhérents... Non, ça ferait bizarre, hein ?

Lena la couvait d'un œil inquiet.

– Ça va, Tibby ?

– Et si jamais le club ferme ?

Elle avait ouvert la bouche, et voilà ce qui en était sorti.

Les filles se retournèrent toutes d'un seul mouvement. Carmen, le jean magique à la main, Lena en train d'allumer les bougies, Bee qui s'énervait après les interrupteurs, près de la porte.

– Regardez-moi ça ! (Tibby fit un geste circulaire.) Qui peut bien encore venir ici ?

Lena était perplexe.

– Je ne sais pas. Des gens. Des femmes. Des fans de yoga.

Carmen haussa un sourcil.

– Des fans de yoga ?

– Je ne sais pas, répéta Lena en riant.

En principe, Tibby arrivait toujours à prendre du recul, cependant, ce soir, elle en était incapable. Ses émotions la submergeaient. C'était complètement irrationnel, mais elle avait l'impression que le déclin de Gilda menaçait leur existence tout entière, comme si un changement dans le présent pouvait effacer le passé. Le passé lui semblait brusquement si fragile. Pourtant le passé était joué, passé, définitif, non ? Il ne pouvait plus changer. Pourquoi se sentait-elle un tel besoin de le protéger ?

– Je crois qu'on peut commencer la cérémonie du jean, annonça Carmen.

Elles avaient sorti les trucs à grignoter. Allumé les bougies. Mis l'atroce chanson de Paula Abdul en musique de fond.

Mais Tibby ne se sentait pas prête. Elle avait déjà assez de mal à garder le contrôle. Elle avait peur que, brusquement, elles réalisent ce que tout cela impliquait.

Trop tard. Carmen entamait déjà le rituel. Le jean, soudain déployé après avoir été plié tout l'hiver, semblait reprendre force et énergie au contact de l'atmosphère si particulière de la salle de gym. Carmen l'étala par terre et posa par-dessus le pacte qu'elles avaient rédigé deux ans auparavant pour définir les règles d'utilisation du jean. Sans un mot, elles s'assirent en cercle tout autour, contemplant les inscriptions et broderies qui retraçaient leurs deux derniers étés.

– Ce soir, nous allons dire adieu au lycée, et au revoir à Bee, pour quelque temps, commença Carmen d'une voix solennelle. Nous allons dire bonjour à l'été, bonjour au jean magique. Ce soir, nous n'allons pas encore nous dire au revoir.

Gardons cela pour la fin de l'été, quand nous serons au bord de la mer.

Puis, avec moins de cérémonie, elle ajouta :

– C'est bien ce qu'on avait prévu, hein ?

Tibby avait envie de l'embrasser. Toute courageuse qu'elle était, Carmen, elle aussi, craignait de regarder l'avenir en face.

– C'est bien ce qu'on avait prévu, approuva vigoureusement Tibby.

Elles avaient décidé de faire du dernier week-end de l'été un moment sacré. Sacré et redouté. Les Morgan avaient une maison sur la plage de Rehoboth. Ils avaient proposé à Carmen de la lui prêter – en partie, soupçonnait-elle, pour se faire pardonner d'avoir engagé une jeune fille au pair danoise et de ne pas la reprendre en tant que baby-sitter comme l'an passé.

Au printemps, elles s'étaient promis que ce serait leur week-end à toutes les quatre. À elles et à personne d'autre. Elles comptaient toutes dessus. L'avenir arrivait à grands pas mais, qu'importe ce qui se passerait durant l'été, ce week-end serait la dernière étape avant le saut dans l'inconnu.

Elles avaient toutes hâte d'aller à la fac, mais peut-être pas avec la même force. Tibby le savait. Tout dépendait de ce qu'elles avaient à perdre. Pour Bee, c'était simple : rien. Elle laisserait derrière elle une maison vide. Carmen, elle, appréhendait de quitter sa mère. Tibby angoissait à l'idée de sortir de son chaos familier. Quant à Lena, elle hésitait : un jour, elle avait peur de couper les ponts ; le lendemain, elle en mourait d'envie.

Mais ce qu'elles redoutaient par-dessus tout, c'était de se séparer.

Après avoir tiré à la courte paille pour décider qui prendrait le jean en premier (Tibby), relu le pacte (pas vraiment nécessaire, mais la tradition, c'est la tradition) et fait une petite pause pour grignoter quelques crocodiles, l'heure était venue de prêter serment. Comme l'été dernier, elles le dirent d'une seule voix :

– Nous promettons de respecter le pacte en l'honneur du jean magique et de notre amitié. Et de cet instant. De cet été. Du reste de nos vies, qu'on soit ensemble ou séparées.

Seulement cette fois, quand elles prononcèrent les mots « du reste de nos vies », Tibby sentit les larmes lui monter aux yeux. Avant, « le reste de leurs vies » était une route lointaine, là-bas, à l'horizon, alors qu'aujourd'hui, Tibby le savait, elles étaient déjà en chemin.

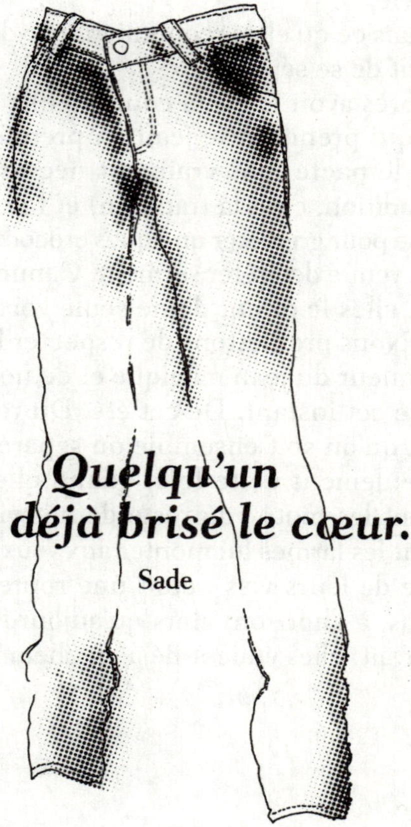
Quelqu'un
m'a déjà brisé le cœur.
Sade

Cette nuit-là, Tibby fit un rêve étrange. Dans ce rêve, son arrière-grand-mère Felicia avait fait empailler le jean magique pour la récompenser d'avoir obtenu son diplôme.

– C'est bien ce que tu voulais, non ? criait triomphalement la vieille dame sénile.

Il s'agissait d'un travail de taxidermiste professionnel. Le jean était monté sur un piédestal en marbre poli et paraissait figé en pleine action, porté par des jambes qui marchaient d'un pas guilleret. Posture d'autant plus étonnante qu'il n'y avait pas de corps, de tête, ni même de pieds pour habiter le vêtement. Un simple tube de cuivre sortait de l'une des jambes du pantalon et le reliait au socle.

– Mais il ne peut plus aller nulle part, faisait timidement remarquer Tibby.

– Justement ! tonnait Felicia. C'est ce que tu voulais !

– Ah bon ? soufflait Tibby, perplexe – et surtout gênée qu'une telle idée ait pu la traverser.

Elle soupesait l'objet du regard : était-il trop lourd pour qu'elles puissent se le passer à tour de rôle ? Ce serait décoratif dans leurs chambres universitaires...

« Au moins, maintenant, on n'aura plus à se demander s'il faut le laver », se consolait-elle. Et sur ces bonnes paroles son rêve s'achevait.

Lorsqu'elle se réveilla, Katherine était debout, à côté de son lit. Sa tête arrivait juste à la hauteur de la sienne, posée sur l'oreiller.

– Brian te demande.

Katherine adorait essayer de nouvelles expressions. Elle souriait, toute fière d'avoir employé « te demande » au lieu de « t'attend », tout bêtement.

Tibby se redressa tant bien que mal.

– Quelle heure il est ?

Katherine se planta en face du radio-réveil de sa sœur, dans l'espoir de pouvoir déchiffrer l'heure.

– Mon Dieu, onze heures, déjà ! s'exclama Tibby.

Elle allait dévaler directement les escaliers, mais se ravisa. D'abord, brossage de dents. Lorsqu'elle arriva en bas, Brian était dans la cuisine avec son frère, en train d'étaler les dominos sur la table.

– Si on essayait de faire une longue, longue rangée ? proposa-t-il en les posant les uns derrière les autres.

Mais la seule chose qui intéressait Nicky, c'était de les faire tomber. Là, maintenant.

– Salut, lança Tibby.

– Salut.

– Tu as déjà pris ton petit déjeuner ?

– Mmm. Ouais.

Brian avait l'air tout stressé, les épaules toutes contractées.

– Quoi de neuf ? lui demanda-t-elle en inspectant l'intérieur du frigo.

– Euh… rien. Enfin… je peux te parler une seconde ?

Elle referma le réfrigérateur et le regarda.

– Bien sûr.

– Euh… là-bas ?

Il montra le salon du doigt.

– Dans le salon ? s'étonna Tibby.

Ses sourcils froncés se rejoignaient presque.

Personne ne pénétrait jamais dans cette pièce. Loretta s'y aventurait une fois par semaine pour ôter les toiles d'araignée. Et tous les deux mois, ses parents organisaient une fête et s'asseyaient sur leurs magnifiques canapés, l'air décontracté, comme s'ils faisaient ça tous les jours.

Perplexe, elle le suivit dans le salon. Ils se posèrent sur le canapé, raides et mal à l'aise, on aurait dit qu'ils étaient invités à un cocktail.

– Alors… ? demanda-t-elle avec un soupçon d'inquiétude.

C'était bizarre de se retrouver assis côte à côte, sans se faire face.

Il frotta les paumes de ses mains sur son jean.

Tibby replia ses jambes contre elle et se tourna vers lui :

– Tout va bien ?

– Je voulais te demander quelque chose.

– OK, vas-y.

– Écoute, pour le truc de ce soir…

– Euh… tu veux parler de la soirée de fin d'année ?

– Tu voudrais y aller avec moi ?

Les sourcils de Tibby se rapprochèrent encore.

– Mais on y va tous. Lena… Bee…

Il agita une main agacée.

– Oui, oui, je sais, mais est-ce que tu voudrais y aller avec moi ?

Cette question la plongea dans des abîmes de perplexité.

– Tu me proposes de sortir avec toi ?

Elle avait presque gloussé tant elle trouvait cela ridicule.

– En quelque sorte. Ouais.

Brusquement, il lui parut méchant de se moquer, de rire de l'absurdité de la proposition.

Elle pencha la tête sur le côté. Il était vraiment très courageux de continuer à soutenir son regard comme ça.

Elle joignit les mains. Elle venait de réaliser qu'elle était en débardeur et bas de pyjama. Elle passait un temps fou en pyjama, Brian l'avait vue dans cette tenue des centaines de fois. Mais là, dans ce salon figé comme un décor de cinéma, après cette question bizarre, cela paraissait d'autant plus bizarre.

– Donc tu veux qu'on sorte ensemble ?

– En quelque sorte.

Si elle ne voulait pas le blesser, elle ne pouvait pas refuser. Non, elle ne pouvait pas. Qu'importe où tout cela les mènerait. Elle hocha la tête.

– OK.

Elle se sentait vulnérable, assise là, à côté de lui, sur ce canapé. Lorsqu'il se pencha vers elle, elle n'avait absolument aucune idée de ce qui allait se passer. Il approchait au ralenti... Elle avait l'impression d'observer la scène en spectatrice, de l'autre bout de la pièce. Il avait une assurance, une détermination qu'elle ne lui connaissait pas. Elle était terrorisée et cependant étrangement calme.

Alors elle resta immobile, à le regarder dans les yeux, alors qu'il approchait de son visage. Pas pour l'embrasser, non. Il eut un geste encore plus familier. Les trois premiers doigts de sa main droite se posèrent doucement sur son front pour tenter d'effacer le pli de contrariété qui s'était creusé entre ses sourcils.

– OK, répéta-t-il.

Un jour de mars où Lena n'était pas allée en cours parce qu'elle était malade, elle avait passé l'après-midi devant la télé et vu une jeune femme présenter un livre qui retraçait son expérience d'enfant adoptée. Cette femme n'avait jamais rencontré sa mère naturelle, elle n'avait même jamais eu le moindre contact avec elle et, pourtant, elle passait sa vie à attendre, pleine d'espoir, que sa mère la retrouve. Elle expliquait qu'elle n'osait pas déménager et vivait depuis toujours dans la maison de ses parents adoptifs. Elle n'aimait pas partir longtemps en voyage et laissait toujours des instructions très précises pour qu'on puisse la joindre dès qu'elle s'absentait. Elle avait fait en sorte de figurer dans l'annuaire téléphonique sous son propre nom. Elle avait semé de petits bouts de pain qui menaient jusqu'à elle. Elle voulait être sûre qu'on puisse la retrouver.

Depuis, Lena avait souvent repensé à cette femme, sans bien savoir pourquoi. Elle n'avait pas cherché à approfondir la question. Les voies de l'esprit sont impénétrables, se disait-elle. Tiens, par exemple, chaque fois qu'elle se rasait les jambes, elle pensait à un paquet de biscuits apéritifs Ritz, allez savoir pourquoi. Et, de toute façon, quelle importance ?

Aujourd'hui, assise sur son lit en train de remplir des papiers pour la fac, Lena repensait à cette femme. On lui posait des questions pour savoir avec quel genre de fille elle aimerait partager sa chambre, et elle ne cessait de revoir ses yeux gris, tristes. Elle répondait non-fumeur, lève-tôt, calme, et sa lèvre inférieure tremblante lui venait à l'esprit.

Et, alors qu'elle s'allongeait, la main sur les yeux, elle comprit enfin : cette femme lui faisait penser à elle-même.

Sans même en être consciente, Lena avait fait en sorte de ne pas partir cet été. L'idée de s'éloigner de la maison ne serait-ce qu'une petite semaine la mettait dans tous ses états. La perspective de déménager dans une autre ville en septembre, si prometteuse pourtant, l'angoissait terriblement.

Lena avait envie de quitter la maison. Elle se sentait prête. Et depuis que son père avait forcé Valia à abandonner sa belle île grecque pour venir habiter dans la banlieue de Washington, l'atmosphère était plus que tendue chez les Kaligaris.

Lena avait hâte de se retrouver à l'école de design de Rhode Island. Elle voulait devenir artiste, elle en était presque sûre. Le cours d'arts plastiques auquel elle s'était inscrite était sa seule joie de l'été – mis à part ses amies.

Et pourtant. Pourtant Lena n'avait pas envie de partir. Elle ne voulait pas quitter l'endroit où Kostos pourrait la retrouver. Plus métaphoriquement, elle ne voulait pas s'éloigner davantage – dans le temps ou l'espace – de l'époque où il l'avait aimée. Elle ne voulait pas changer, devenir une fille différente de celle qu'il avait aimée.

Le téléphone sonna, Lena se jeta dessus avant que Valia ne décroche en hurlant sur l'innocent qui se trouvait à l'autre bout du fil.

– Allô ?

– Salut, c'est moi.

– Salut, Carmen. Qu'est-ce que tu fais ?

– Je suis en train de m'habiller. Après une séance d'épilation épique. Qu'est-ce que tu mets, ce soir ?

Lena jeta un coup d'œil à son réveil. Elle était censée retrouver les autres à la soirée dans une demi-heure. Elle y allait avec Effie, parce qu'elle n'avait personne d'autre avec qui aller et que sa sœur avait je ne sais quel garçon de terminale en vue.

Lena jeta ensuite un coup d'œil à son placard ouvert, sachant qu'elle n'aurait aucun plaisir à choisir sa tenue. Sa garde-robe se divisait en deux catégories : les vêtements qu'elle avait portés avec Kostos – chargés de souvenirs –, et les autres – vides de toute émotion. Ni l'une ni l'autre ne convenait pour ce soir.

– Je ne sais pas, je n'ai pas décidé.

– Lenny, c'est notre grand soir. Habille-toi, maquille-toi, fais-toi belle. Tu veux que je passe ?

– Non, non, ça va.

Elle n'avait aucune envie de lâcher Carmen en liberté dans son placard.

– Tu ne mets pas ta jupe kaki, hein ?

– Non, non, répliqua-t-elle, sur la défensive. (Comment Carmen avait-elle deviné qu'elle avait justement prévu de la porter ?)

La garde-robe de Lena était malheureusement à l'image de sa vie. Binaire, comme un ordinateur dont le langage se réduit à une suite de 1 et de 0. Lena pouvait choisir entre deux modes – mode 1 : penser à Kostos ; mode 2 : s'empêcher de penser à Kostos.

Elle comprenait tellement bien la femme de la télé, celle qui avait été adoptée. Elle aussi, elle avait été abandonnée par la personne qui était censée l'aimer le plus au monde. Et sans le vouloir, sans même en être consciente, elle gardait l'espoir fou qu'un jour, il reviendrait.

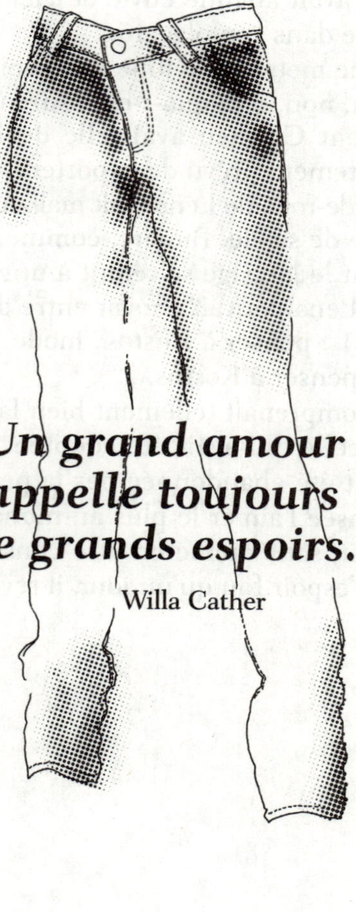

Un grand amour appelle toujours de grands espoirs.

Willa Cather

Brian ! Brian est arrivé !

Katherine ouvrit la porte en grand et claironna la nouvelle dans toute la maison.

Brian avait visiblement envie que ce rendez-vous se passe dans les règles de l'art. Il avait apporté des fleurs pour Tibby ainsi qu'une boîte de chocolats pour Alice et le reste de la famille. À croire qu'il avait lu le *Guide du rendez-vous réussi*. Heureusement, il ne parut pas prendre ombrage que sa dulcinée soit en jean alors qu'il avait sorti veste et cravate.

– Tu es magnifique, lui dit-il en embrassant du regard le jean magique, le haut violet légèrement transparent qui mettait en valeur le peu de poitrine qu'elle avait, la barrette en strass qui retenait ses cheveux, le trait de khôl qui ombrait ses paupières.

Elle avait vraiment essayé de se faire belle.

L'avantage, avec Brian, c'est qu'il était au

courant, pour le jean. Il comprenait. De même que Bailey, deux ans auparavant, avait compris tout ce qu'il représentait. Ce jean, d'une certaine façon, était l'ultime épreuve qui distinguait ceux qui le valaient bien de ceux qui ne valaient rien. Et s'il y avait un garçon au monde qui le valait bien, c'était Brian – qu'importe les errances de son look.

À l'échelle de l'histoire de l'humanité, rares étaient les personnes à avoir connu un changement aussi radical que Brian, depuis l'après-midi où Tibby et Bailey l'avaient filmé au drugstore.

Tant mieux, mais... Vous imaginez ? Attendrie, vous prenez sous votre aile un super loser au grand cœur et, sous vos yeux ébahis, il grandit de trente centimètres, se ressaisit sur le plan de l'hygiène buccale, casse accidentellement ses affreuses lunettes et se transforme en bourreau des cœurs. Comme si vous aviez acheté en toute innocence un lot d'actions à un dollar et que leur cote monte, monte, monte à plus de cent ! Lorsqu'elle voyait les filles se retourner sur le passage de Brian, Tibby n'en revenait toujours pas.

En même temps, elle ne pouvait s'empêcher de penser qu'il s'agissait encore d'un étrange tour que lui jouait le destin. Le seul garçon qui lui semblait inoffensif était devenu une menace. Ce n'était pas sa faute, elle le savait bien. Il ne la désirait pas pour lui faire du mal. Il n'avait pas introduit ce sentiment dans son cœur pour qu'elle en souffre. Mais le désir était là, des deux côtés et, du coup, leur relation n'était plus aussi inoffensive qu'autrefois.

– Brian ! Brian ! Brian !

Katherine et Nicky dansaient littéralement autour de lui. Il avait gagné leur amour à la force du poignet, à l'inverse de leur râleuse de grande sœur : il avait joué des heures aux jeux les plus pénibles qu'ils pouvaient inventer et écouté avec attention toutes les âneries qu'ils pouvaient débiter. D'ailleurs, ils étaient beaucoup plus démonstratifs que sa dulcinée.

L'innocence de Brian lui donnait une étrange assurance. C'était difficile à expliquer. Il se fichait bien d'avoir dû venir à pied parce qu'il n'avait pas de voiture. Ça ne le dérangeait pas qu'ils prennent sa voiture à elle pour sortir. Une fois dehors, il lui ouvrit galamment la portière. Côté conducteur. Il s'en fichait, ça n'avait pas d'importance.

À l'intérieur de la voiture, l'atmosphère était plus intime. Intime et tamisée. Sa main effleura l'intérieur de son coude. Elle prit peur et tâtonna pour mettre le contact.

Ils grandissaient. C'était incontournable, il fallait qu'elle assume. Brian n'était plus un gamin, mais presque un homme. Il avait dix-huit ans. Il aimait Tibby d'une manière différente, maintenant. Il la regardait différemment. Il n'était pas lourd, ni grossier, mais ses yeux s'attardaient parfois sur sa poitrine. Et quand il la prenait par la taille, elle voyait bien qu'il appréciait sa courbure. En fait, même elle se sentait différente quand il la regardait. C'était normal, non ?

Sur le parking du lycée, il lui prit la main. Elle était toute moite.

Et l'amitié dans tout ça ? Qu'allait-elle devenir, leur amitié ? Pourraient-ils un jour retrouver cette complicité ?

C'était bien le problème. Tout s'enchaînait si vite cet été que Tibby se demandait s'il serait possible de faire marche arrière.

La salle était plongée dans l'obscurité, le DJ hurlait à vous crever les tympans, comme à toutes les soirées... mais aujourd'hui, c'était la dernière. Et pour cette simple raison, Tibby n'arrivait pas à le haïr autant que d'habitude.

Brian lui tenait la main. Ils étaient en couple et il voulait que ça se sache. Finalement, sa popularité rejaillissait sur elle, quelle ironie. Au cours du printemps, la cote de Brian avait largement dépassé la sienne. Il ne l'avait même pas remarqué, il s'en fichait. Bien qu'entourée par ses ravissantes amies, Tibby était classée dans la catégorie « artiste détachée du monde ». Bee était la « sportive glamour ». Carmen était devenue « la pure bombe » qui faisait fantasmer tous les élèves de première. Quant à Lena, elle demeurait inclassable. Mais, contre toute attente, c'était Brian que l'on s'arrachait (il fallait bien un peu de sang neuf de temps en temps), il était de toutes les fêtes – même de celles où aucune d'elles n'était invitée. Tibby était du genre à rester en retrait, toujours habillée en noir, à faire ses petits commentaires, avec les autres marginaux trop coincés pour oser se mêler à la foule.

De tous les garçons du lycée, seul Brian semblait avoir remarqué comme ses cheveux avaient poussé, comme ce haut mettait en valeur ses épaules délicates, comme le jean magique lui faisait de jolies petites fesses. Ça lui faisait plaisir. Et en même temps, ça la mettait mal à l'aise.

Bee et Carmen les rejoignirent aussitôt. Lena et sa sœur n'étaient pas encore arrivées (Effie mettait toujours un temps fou à se pomponner). Bee portait une robe blanche sans manches et ses cheveux étincelaient à la lueur des bougies. On aurait dit Marilyn Monroe, en plus mince. Carmen avait une irrésistible petite robe combinaison rouge qui avait déjà attiré tout un troupeau de garçons. Même si elle les trouvait éblouissantes, Tibby était contente d'avoir le privilège de porter le jean magique.

Bridget et Carmen l'entraînèrent aux toilettes, comme le voulait la tradition. Dans ce genre de soirée, les toilettes des filles étaient l'endroit où tout se jouait.

– Vous êtes magnifiques, les filles, leur glissa Tibby en chemin.

– Et toi, tu es craquante, répliqua Carmen. Pauvre Brian, on aurait dit qu'on lui arrachait le cœur en t'enlevant à ses bras !

Devant le miroir, une armée de filles sur leur trente et un jacassaient, fumaient et retouchaient leur maquillage.

Bee sortit son gloss et en remit un peu avant de le passer aux autres.

– Hé, Bee ? fit Carmen.

– Quoi ?

– Si jamais tu rencontres un garçon dont tu tombes amoureuse mais que, atteint d'une étrange mutation génétique, le malheureux ne partage pas tes sentiments…

Bee savait qu'il ne fallait pas interrompre Carmen lorsqu'elle se lançait dans ce genre de déclaration.

– Oui ?

– Tu n'auras qu'à mettre cette robe.

Bee éclata de rire.

– OK.

Lena arriva peu après, dans sa tenue habituelle : jupe kaki et chemise noire.

– Lenny, tu étais obligée de te faire une queue-de-cheval ? lui reprocha tendrement Carmen.

– Hein ? Pourquoi tu dis ça ?

– Quand même, Lena, c'est notre dernière soirée au lycée ! renchérit Bee.

Ensemble, elles lui mirent un peu de mascara, de gloss et lui enlevèrent son élastique.

En les regardant dans le miroir, Tibby sentit les larmes lui monter aux yeux. C'était dans ces toilettes qu'elles avaient passé la majorité des soirées durant ces quatre dernières années. Qu'elles avaient eu leurs plus grands fous rires. Leurs plus beaux souvenirs de lycée, c'était ici.

Carmen croisa son regard.

– C'est triste, je sais.

– Allez, on y va ? les pressa Tibby.

Elle n'avait pas envie de s'appesantir là-dessus maintenant.

De retour dans la salle, elles s'éparpillèrent. Brian attendait Tibby avec impatience.

– On danse ? lui proposa-t-il.

Avait-elle le droit de refuser ? Que disait le *Guide du rendez-vous réussi* sur le sujet : la demoiselle a-t-elle le droit de refuser une danse à son cavalier ? Au moment où il lui prenait la main pour l'entraîner sur la piste, la musique changea. Un slow… Elle ne savait pas vraiment si elle devait s'en réjouir.

Elle aurait passé une heure à se demander comment prendre Brian dans ses bras s'il n'avait tout de suite réglé le problème en l'enlaçant pour la serrer contre lui.

Alors voilà. C'était une première. Elle avait – il fallait bien l'avouer – longuement imaginé comment ce serait de sentir le corps de Brian contre le sien… Leur amitié s'effilochait déjà sur les bords.

Il était tellement plus grand qu'elle que sa tête arrivait à peine au niveau de sa poitrine. Il posait ses mains sur sa taille, ses hanches, son dos, tous les endroits qu'il avait si souvent touchés des yeux. Elle sentait une sorte de vide se creuser dans le bas de son ventre, ses jambes se dérober sous elle.

Tout allait trop vite. Tout lui échappait. Ça n'était pas possible.

Elle avait les joues écarlates lorsqu'elle s'écarta de lui.

– On peut y aller ? demanda-t-elle.

– Où ça ?

– Je ne sais pas.

Elle lui prit la main pour l'entraîner hors de la salle, vers le parking.

Si, elle savait. Ils allaient tout reprendre au début.

Il monta en voiture sans protester. Et, sans un mot, elle prit la route du drugstore où tout avait commencé.

Quand il comprit ce qu'elle avait en tête, il sourit. Puis, haussant les épaules sous l'enseigne clignotante, il se dirigea obligeamment vers « leur jeu », *Dragon Master*, et fouilla dans ses poches pour trouver une petite pièce. Mais elle voyait bien qu'il jouait juste pour lui faire plaisir, il avait une vie hors de l'écran, maintenant.

– Laisse tomber, fit-elle.

Elle ne savait pas ce qu'elle voulait, ses jambes ne pouvaient pas rester en place une minute. Une goutte de sueur roula le long de sa colonne vertébrale. Elle ne savait pas où aller. Comme une criminelle en cavale.

Ils reprirent la voiture. Elle décida de retourner en pèlerinage dans un autre de leurs endroits « à eux », un petit parc à mi-distance entre leurs deux maisons.

Ils s'assirent sur une table de pique-nique. Il faisait nuit, il n'y avait pas un bruit. Elle n'avait qu'à rester tranquille un moment et elle retrouverait la magie du lieu.

Elle sauta à bas de la table. Elle était devant lui. Elle debout, lui assis, leurs visages étaient au même niveau. Elle posa ses mains moites sur ses genoux. Il se pencha vers elle pour la prendre dans ses bras. Ils demeurèrent un long moment ainsi, le cœur de Tibby ne savait plus comment battre.

Quand elle releva la tête, il l'embrassa d'abord sur le front, puis sur les lèvres. Ça, c'était un baiser… Plein de désir contenu, mais sans la moindre hésitation, il glissa ses mains sous ses cheveux pour soutenir sa nuque. Il n'arrêta de l'embrasser que pour lui glisser un mot à l'oreille. Ou plutôt trois :

– Je t'aime.

Elle n'avait jamais rien vécu de si beau. Elle

se sentait monter les larmes aux yeux et le rouge aux joues.

Tibby avait l'étrange sensation qu'un vent violent soufflait dans sa tête, tour à tour chaud et étouffant, puis froid et vivifiant. Et quand le vent retomba, elle s'aperçut qu'il avait pour toujours emporté leur amitié.

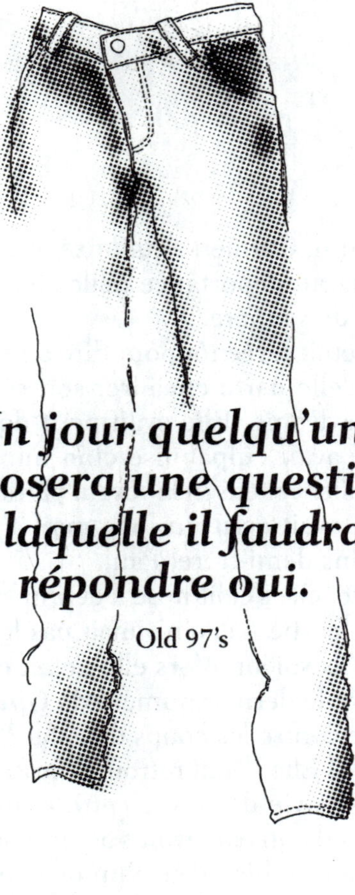

Un jour quelqu'un te posera une question à laquelle il faudra répondre oui.

Old 97's

Ce matin, Carmen s'était fixé une mission de la plus haute importance : elle allait piquer les faux cils de sa mère.

Elle s'était levée tôt pour dire au revoir à Bee avant qu'elle parte encadrer son stage de foot en Pennsylvanie. Elle avait petit-déjeuné avec sa mère, avait culpabilisé cinq minutes de ne pas travailler cet été en la voyant partir au bureau, puis elle avait écrit un long mail à son ami et néanmoins demi-frère, Paul.

Ensuite, elle s'était mise à déprimer parce que Bee était partie – elle n'aimait pas les au revoir, quels qu'ils soient. Alors elle s'était consolée en feuilletant le dernier numéro de *Girls*, méthode éprouvée contre les coups de cafard.

Et voilà ! Elle s'était retrouvée prise d'une irrépressible envie d'essayer cette nouvelle mode des faux cils qu'elle avait vue en page 23. Parfois, ça fait du bien d'être un peu superficielle.

Mais, depuis quelque temps, Carmen osait

à peine entrer dans la chambre de sa mère. Et ce pour une raison évidente : ce n'était plus la chambre de sa mère. C'était la chambre qu'elle partageait avec David. Une chambre de femme seule n'a rien à voir avec une chambre de couple. C'est encore pire lorsque la femme en question est votre mère, et l'homme son nouveau mari tout neuf, que vous connaissez depuis moins d'un an.

Carmen n'était pas franchement ravie que ses parents aient divorcé. Elle avait tant perdu dans l'affaire. Mais l'arrivée de David lui avait fait prendre conscience de la formidable complicité qu'elle partageait jusque-là avec sa mère, au mépris des conventions – elles étaient tellement proches quand elles vivaient toutes seules, toutes les deux.

Lorsque son père était parti, les barrières habituelles étaient tombées. Pendant un an, elle avait dormi presque tous les soirs dans le lit de sa mère, sans qu'on sache qui, de Carmen ou de Christina, cela consolait le plus. Puisqu'il n'y avait plus d'homme rentrant à la maison après une dure journée de labeur, les deux filles étaient libres de manger des gaufres ou des œufs brouillés si ça leur chantait. Carmen était consciente de sa chance : elle n'avait pas, soir après soir, à scier une entrecôte ni à ingurgiter les légumes qui l'accompagnaient inévitablement.

Si elle se sentait tout à fait chez elle dans cette

chambre il y a encore quelque temps, aujourd'hui, elle hésitait à y entrer. Avant, elle se jetait volontiers sur le lit de sa mère, mais maintenant ce n'était plus pareil. Bien sûr, c'était toujours le même lit, et pourtant il n'aurait pu être plus différent. Carmen le contourna en restant à bonne distance.

On ne pouvait même pas dire que les affaires de David traînaient dans la chambre. Il était plutôt ordonné et n'oubliait jamais que Christina et Carmen avaient longtemps vécu dans cet appartement avant qu'il n'arrive. Il avait commandé une armoire, trois étagères et un nouveau bureau du meilleur goût et n'avait encore rien accroché au mur. La pièce ne portait pas tant sa marque que la leur, en tant que couple – leur intimité, les mots qu'ils se murmuraient avant de s'endormir. Et, même en leur absence, Carmen avait l'impression d'être une intruse.

Autrefois la salle de bains regorgeait de trucs de filles : crèmes, lotions, maquillage, tampons et parfum. Maintenant, par respect pour leur couple, Christina rangeait pratiquement tout dans le placard. Rien qu'à la vue de la mousse à raser de David à côté du dissolvant de sa mère, Carmen avait l'impression de s'être glissée entre eux dans leur lit.

Elle se rendit vite compte que les faux cils n'étaient pas dans l'armoire à pharmacie. Quand Christina vivait avec sa fille, elle laissait ces choses-là en évidence, mais elle préférait manifestement que son mari flambant neuf ignore ses petits secrets de beauté.

Carmen savait que tout ce qu'elle voulait cacher à David, sa mère le fourrait dans le placard au-dessus des toilettes. Oui, elle était au bon rayon, constata-t-elle en ouvrant la porte. Baume contre les verrues, décolorant pour duvets disgracieux, cire à épiler, baume lissant pour les cheveux et teinture « acajou profond ». Elle alla fouiller dans le fond, renversant au passage des cachets coupe-faim et une boîte de laxatifs. Un flacon en plastique fut entraîné dans la chute, tomba de l'étagère… et alla terminer sa course, splash ! dans les toilettes. Mince !

Carmen le regarda flotter dans l'eau de la cuvette. Apparemment il contenait des vitamines. Pourvu que le bouchon soit hermétique…

Tout en hésitant à plonger sa main dans les toilettes – franchement, qui aurait envie de faire un truc pareil ? –, elle se demanda pourquoi sa mère avait relégué ces vitamines dans le placard de la honte. Le fringant David ne jurait que par les vitamines. Il en prenait au petit déjeuner. Il parlait de ses différents compléments nutritionnels comme s'il s'agissait de ses meilleurs amis. Quel genre de vitamines Christina aurait-elle pu vouloir cacher à son expert en nutrition de mari ?

Comme souvent, c'est la curiosité qui poussa Carmen à agir. Elle plongea donc la main dans les toilettes et en tira le flacon, qu'elle déposa aussitôt dans le lavabo pour le passer sous l'eau chaude, avec une bonne dose de savon liquide. Une fois que et sa main et le flacon lui parurent suffisamment récurés, elle le retourna, impatiente de satisfaire sa curiosité.

Aussitôt un grand vide glacé emplit sa tête. Le froid gagna bientôt sa poitrine et envahit son ventre. L'étiquette révélait effectivement pourquoi ce flacon avait sa place entre les laxatifs et la préparation H. Mais ce n'était pas à David que sa mère voulait le cacher. Sûrement pas.

Le flacon contenait des vitamines prénatales. À prendre lorsqu'on attendait un bébé. Si Christina les avait rangées là, c'était pour que *sa fille* ne les voie pas.

Tibby plissa les yeux, éblouie par le soleil du matin. Elle était complètement sonnée, les lèvres gonflées, les yeux bouffis, une vraie gueule de bois sans avoir bu la moindre goutte d'alcool.

Il y a des jours où, au réveil, il faut apprivoiser une nouvelle réalité, si bizarre soit-elle. On se demande : « J'ai rêvé ou j'ai vraiment fait ça ? Et lui, il a vraiment dit ça ? » La réalité revient par bribes, on la redécouvre dans toute son étrangeté. Et la grande question est : après ce qui s'est passé hier soir, rien ne sera donc plus comme avant ? En l'occurrence, Tibby connaissait la réponse.

Elle effleura ses lèvres du bout des doigts. Était-il possible d'avoir la gueule de bois pour avoir trop embrassé ?

Brian était-il déjà réveillé ? Elle l'imagina dans son lit. Mais comme ça lui faisait une drôle de sensation dans le bas du ventre, elle arrêta bien vite. Regrettait-il ce qui s'était passé ? Et elle, avait-elle des regrets ?

Qu'allaient-ils se dire lorsqu'ils se reverraient ?

Passerait-il à l'heure du petit déjeuner grignoter des pancakes comme d'habitude ? Lui planterait-il un gros bisou mouillé sur la bouche, histoire de voir la réaction des autres ?

Elle se leva pour se regarder dans le miroir. Avait-elle autant changé à l'extérieur qu'il lui semblait avoir changé à l'intérieur ? Hummm. Le même vieux pantalon de pyjama à carreaux flottait sur ses hanches. Le même débardeur blanc trop petit découvrait son nombril. Peut-être que non, finalement.

Sa chambre était dans un état pas possible. Rien de nouveau, mais elle le remarquait seulement aujourd'hui. À se demander si elle avait une fois dans sa vie jeté quelque chose à la poubelle.

Des couches et des couches de détritus tibbiesques s'accumulaient aussi bien sur les murs que par terre. Au terme d'une fouille minutieuse, un archéologue aurait sans doute pu exhumer la ferme Fisher Price de ses deux ans.

Franchement, qu'est-ce qu'elle avait dans la tête ?

C'était étouffant, plein de poussière. Cette pièce avait toujours été étouffante et pleine de poussière. Mais jusqu'ici ça ne l'avait pas dérangée. Prise d'une impulsion soudaine, elle se dirigea vers la fenêtre et s'efforça de l'ouvrir. Elle était dure parce que, autant qu'elle s'en souvienne, Tibby n'avait jamais aéré. La peinture s'écailla légèrement lorsqu'elle leva le châssis. Oh !

L'air entra dans la pièce, du bon air frais. C'était agréable, ouvert comme ça. La brise fit voleter la paperasse entassée sur son bureau, mais elle s'en moquait.

La voix de sa mère montait de la cuisine. Devait-elle lui dire, pour Brian ? Elle avait bien envie de lui raconter. Alice serait ravie. Elle en ferait des tonnes. Elle adorait Brian. Elle serait tellement contente que sa fille se confie à elle et réalise enfin son vieux rêve de complicité mère-fille – cette intimité que Tibby avait tant de mal à lui accorder.

En sortant de sa chambre, elle remarqua que, par la fenêtre, on entendait le bruissement des feuilles du pommier. Ça lui plaisait bien.

Sa mère s'affairait, survoltée, comme tous les matins. Serait-elle capable de ralentir un instant pour écouter la nouvelle qu'elle avait à lui annoncer ? Tibby cherchait comment aborder le sujet. « Brian et moi... Moi et Brian... »

Elle ouvrit la bouche mais sa mère fut plus rapide :

– Tibby, j'aimerais que tu gardes Katherine ce matin.

Alice avait déjà l'air énervée alors que Tibby n'avait pas encore refusé.

Les mots moururent sur ses lèvres.

Sa mère n'osait pas la regarder dans les yeux, signe que, dans le fond, elle se sentait coupable, mais la culpabilité ne la rendait que moins patiente.

– Loretta doit accompagner sa sœur chez le médecin, elle ne sera de retour qu'en début d'après-midi.

Alice s'empara des petites briques de jus de fruits posées sur l'étagère et en lança une à Nicky.

– Enfin, c'est ce qu'elle m'a raconté, en tout cas, ajouta-t-elle, mesquine.

– Et pourquoi elle doit aller chez le docteur, sa sœur ? voulut savoir Nicky.

– Je ne sais pas, mon cœur, elle est malade, je suppose.

Alice écarta la question d'un revers de main – que ce soit vrai ou pas, peu lui importait, elle n'avait de toute façon pas le temps de s'attarder là-dessus.

Elle n'arrêtait pas de sortir et de remettre des choses dans son sac.

– Il faut que je dépose Nicky au centre de loisirs avant d'aller au bureau.

– Je ne peux pas rester, décréta Tibby.

Non seulement elle n'avait plus du tout envie de parler de Brian à sa mère, mais elle envisageait carrément de ne plus lui parler du tout.

Alice releva la tête.

– Pardon ?

– Je ne suis pas ta baby-sitter. J'en ai assez que tu te serves de moi quand ça t'arrange.

– Tant que tu vis dans cette maison, tu dois participer à la vie de la famille, comme tout le monde.

Tibby leva les yeux au ciel. Elles avaient déjà eu cette discussion si souvent qu'elle avait l'impression d'être une actrice de théâtre qui débitait sa tirade.

En remuant son bol de céréales, Katherine renversa un peu de lait sur la table.

Tibby avait toujours mauvaise conscience de refuser de garder sa sœur en sa présence, mais tant pis.

– J'ai vraiment hâte d'aller à la fac, marmonna-t-elle dans sa barbe, assez fort cependant pour que sa mère l'entende.

En plus, ce n'était pas vrai, elle disait juste ça pour l'énerver.

Une demi-heure plus tard, Tibby s'installait sur la terrasse afin de feuilleter une liasse de brochures de l'université de New York, pendant que sa petite sœur fonçait comme un bolide dans le jardin. La magie était bel et bien rompue ! La dispute avec sa mère avait brutalement ramené Tibby sur terre. Voilà qu'elle se retrouvait au niveau des bestioles qui grouillaient sur le sol au lieu de planer en plein ciel.

Au bout d'un moment, Katherine en eut bien entendu assez de jouer toute seule. Elle surgit aux côtés de sa sœur et lui proposa :

– Tu ne voudrais pas monter dans l'arbre pour cueillir des pommes ?

Tel était son plus grand rêve du moment.

– Oh non, Katherine. Pourquoi veux-tu absolument une pomme de cet arbre ? Elles ne sont pas bonnes, elles sont encore vertes. Et même si elles étaient mûres, de toute façon, elles sont dures et acides.

Tibby avait pris la détestable habitude qu'ont nombre de parents de refuser avant même de savoir ce que leur enfant réclame.

– Tu as déjà goûté ?

Elle n'en avait jamais mangé, mais elle ne se sentait pas d'humeur à négocier avec une gamine de trois ans.

– Puisque je te dis qu'elles ne sont pas bonnes ! Si elles étaient comestibles, tu ne crois pas qu'on les mangerait au lieu d'en acheter au supermarché ?

Sans se laisser décourager par la logique implacable de sa sœur, Katherine insista :

– Je veux quand même essayer.

Elle s'approcha de l'arbre, le jaugeant du regard. Elle était trop petite pour atteindre la branche la plus basse, mais elle ne se démonta pas. Elle s'écarta de trois ou quatre mètres, courut aussi vite qu'elle put et sauta… sans grand résultat. La pauvre ! Ça faisait presque pitié !

Elle reprit son élan et réessaya. Cette fois, elle recula encore plus loin pour prendre davantage de vitesse et s'élança, les coudes collés au corps comme une grande sprinteuse. Elle était tellement mignonne que Tibby hésitait à aller chercher son appareil photo.

En même temps, tout ça l'agaçait. Et tant pis si c'était mesquin. Elle n'avait aucune envie de jouer les baby-sitters. Elle était furieuse après sa mère. Si elle entrait dans le jeu de Katherine, ça voudrait dire qu'elle prenait plaisir à la garder. Or ce n'était pas le cas.

Alors elle se contenta de la regarder. Katherine était inépuisable. Pourquoi voulait-elle tant attraper ces maudites pommes ? Tibby n'arrivait pas à comprendre.

Mais elle se rappelait tout de même que, petite, elle aimait sauter, courir et sauter encore, comme sa sœur, sauter tellement haut qu'elle avait l'impression de s'envoler ! – même si elle était loin de sauter aussi haut qu'elle se l'imaginait.

En arrivant au centre de formation de football de Preene Valley, Bridget se mit immédiatement en quête de Diana. Elles s'étaient parlé au téléphone et avaient échangé de nombreux mails, mais elles ne s'étaient pas revues depuis la fin du camp de Bahia, deux ans auparavant. De tout ce qu'elle avait vécu là-bas, de tous les gens qu'elle avait rencontrés, la seule qui lui ait laissé un bon souvenir était Diana.

Lorsqu'elle la trouva dans le bungalow qu'elles allaient partager, elle se mit à hurler et la serra si fort dans ses bras qu'elle la décolla du sol.

– Waouh !

Diana recula d'un pas pour mieux l'admirer.

– Tu es superbe ! Tu as grandi ?

– Et toi, tu as rétréci ? répliqua Bee.

– Ha, ha !

Elle jeta son énorme sac marin sur son lit. Elle n'était pas douée pour faire les bagages. Avant, elle fourrait tout dans de grands sacs-poubelle, mais cette fois Carmen l'en avait dissuadée.

Elle étreignit de nouveau son amie et l'admira à son tour. Il y a deux ans, Diana se raidissait les cheveux, maintenant elle les laissait former de longues et jolies dreadlocks. Bee trouvait ça terriblement sexy.

– Regarde-toi ! Un vrai top model ! Tu te plais à Cornell[1] ?

1. Université située au nord de New York.

– Oh oui, sauf que je ne vis que pour le foot. Enfin, tu verras bientôt ça par toi-même…

– Tu as eu le temps de te trouver un petit copain quand même ? Tu as une photo de lui ?

Bridget s'exclama et poussa les jurons adéquats en découvrant la photo de Michael, le beau joueur de foot, ainsi que des petites sœurs de Diana, qui prenaient des poses incroyables devant l'appareil.

Puis, montrant le second lit superposé du minuscule bungalow, elle demanda :

– Tu connais les autres ?

– Deux assistantes, répondit vaguement Diana.

– Tu les as vues ?

– Oui, au déjeuner. Katie et Trucmuche…

Elle ferma un œil, pour se concentrer.

– … Allison. Je crois. Katie et Allison.

Bridget sentait qu'elle lui cachait quelque chose.

– Et…

– Elles sont super. Très sympas.

– Super et très sympas ? Katie et Allison sont super et très sympas ?

Diana sourit. Toujours avec le même air vague.

– Alors c'est quoi, le problème ?

– Quel problème ?

– Pourquoi tu fais cette tête-là ?

– Quelle tête ? demanda Diana en regardant ses pieds.

Bee commençait à s'énerver. Son amie était

franche, d'habitude. Pourquoi ne lui disait-elle donc pas franchement ce qui clochait ?

Diana prit l'élastique qu'elle avait au poignet pour jouer avec machinalement.

– Tu… tu n'as pas encore croisé les autres entraîneurs ?

Plus elle s'exprimait lentement, plus Bee ripostait vite :

– Non, et toi ?

– Euh… Pas tous. Mais j'ai vu…

L'élastique de Diana était à un tel point fascinant qu'elle avait du mal à trouver ses mots, perdue dans sa contemplation.

– Qui ?

– Tu sais sûrement qu'il…

– Qui ?

Bridget soupira, exaspérée. Elle prit le poignet de son amie pour consulter sa montre.

– On a une réunion dans huit minutes. Je vais peut-être enfin savoir de qui tu parles !

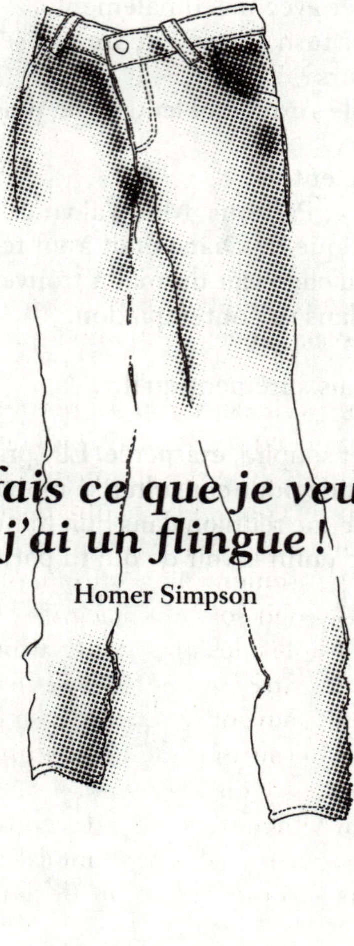

Je fais ce que je veux,
j'ai un flingue !

Homer Simpson

Carmen resta longtemps assise à la table de la cuisine, le flacon de vitamines prénatales à la main.

Ce temps de réflexion lui permit de mettre certains faits en perspective. Ces deux derniers mois, sa mère avait pris du poids. Carmen avait mis ça sur le compte du bonheur, elle s'en voulait maintenant de ne pas avoir été plus observatrice. Lentement mais sûrement, Christina avait peu à peu sorti du placard ses vêtements les plus amples, les plus flous. Avait-elle arrêté de boire du vin ? Carmen essaya de se souvenir. S'était-elle souvent rendue chez le médecin ?

Carmen avait un jour surpris une conversation où sa mère disait en riant à sa tante que ce n'était pas difficile de cacher des choses aux ados, car ils ne remarquaient rien tant ils étaient absorbés dans la contemplation de leur nombril.

À l'époque, elle en avait ri, mais aujourd'hui ce souvenir avait un goût amer.

Elle entendit une clé tourner dans la serrure : sa mère rentrait du travail à l'heure habituelle. Elle ne bougea pas, sachant qu'elle irait droit dans la cuisine après avoir posé son sac. Si Carmen n'avait pas consciemment prévu de lui tendre une embuscade, ça y ressemblait fort, cependant.

– Bonsoir, ma *nena*, fit Christina en entrant dans la cuisine.

Elle était épuisée, ça se voyait. Elle qui avait toujours refusé de porter des baskets avec son tailleur, ne serait-ce que le temps du trajet jusqu'à son bureau, avait récemment ravalé sa dignité. Maintenant Carmen comprenait pourquoi.

Sans un mot, elle brandit le flacon.

Sans un mot, sa mère le regarda. Elle mit un moment à comprendre ce que cela signifiait. Elle écarquilla les yeux, passant par tout un éventail d'expressions : perplexité, surprise, terreur, accablement, et rebelote en sens inverse.

Carmen décida d'aller droit au but.

– Combien de mois ? demanda-t-elle d'un ton plutôt modéré et détaché, alors que son cœur battait à tout rompre.

Elle savait que tout ça était bien réel, pourtant elle espérait que sa mère démentirait.

Christina se redressa, préparant sa défense.

Elle envisagea différents angles d'attaque. Puis, brusquement, Carmen la vit se dégonfler sous ses yeux. Son chemisier bordeaux parut se ratatiner tandis qu'elle répondait :

– Cinq mois.

– Tu plaisantes ?

C'était donc vrai.

– Quand avais-tu l'intention de me l'annoncer ?

Le ton était accusateur, on ne pouvait s'y tromper.

– Carmen… chérie…

Sa mère vint s'asseoir en face d'elle. Elle voulut lui prendre la main, mais la gauche était sous ses fesses et la droite crispée sur le flacon de vitamines. Christina battit donc en retraite. Elle resta un moment silencieuse, comme pour prendre son élan.

– Je vais t'expliquer. C'est compliqué.

Carmen répliqua d'un geste vague, entre le hochement de tête et le haussement d'épaules.

– David et moi, nous parlions depuis longtemps d'avoir un bébé. Il n'a pas encore connu ce bonheur, contrairement à moi. Nous ne savions pas si ce serait possible, mais nous sommes tombés d'accord : la vie est trop courte pour ne pas essayer…

S'il y avait un argument que Carmen détestait, c'était bien « la vie est trop courte ». Dans le genre excuse minable, on ne pouvait pas trouver mieux. Faites quelque chose sous prétexte que « la vie est trop courte », et vous pouvez être sûr que, justement, la vie sera assez longue pour vous le faire regretter.

– Nous pensions que je mettrais au moins un ou deux ans à tomber enceinte, si jamais j'y parvenais, poursuivit Christina. Nous n'avions pas espéré que ça arriverait si vite. Je vais sur mes quarante et un ans, quand même.

Carmen pencha la tête sur le côté, sceptique. Dans un coin de son esprit, elle calculait s'ils avaient conçu le bébé avant ou après leur mariage… c'était limite.

– Lorsque je me suis rendu compte que j'étais enceinte, j'en étais presque à trois mois. Je n'y croyais pas ! Ensuite j'ai voulu prendre le temps de trouver les mots pour te le dire. Tout s'est enchaîné si vite. C'est tellement… compliqué.

« Compliqué. » Un mot abominablement frustrant. Un mot de politicien.

– Tu étais en pleins examens, tu avais des devoirs à rendre. Puis il y a eu la remise des diplômes, continua Christina en joignant les mains d'un air suppliant. Je ne voulais pas que cette nouvelle gâche un moment important pour toi.

– Tu comptais me l'annoncer avant qu'il soit né ?

Christina eut l'air blessée. Il y avait de quoi.

– J'avais l'intention de t'en parler ce week-end.
– Tu sais ce que ce sera ?
– Tu veux dire un garçon ou une fille ?
Carmen hocha la tête.
– Non, on préfère avoir la surprise.
Carmen hocha de nouveau la tête, convaincue que ce bébé serait une fille. C'était obligé.
– Alors il doit naître vers…
D'après ses calculs, le bébé viendrait au monde aux alentours de son anniversaire, mais elle laissa la phrase en suspens.
– Vers la fin septembre, compléta sa mère d'un ton hésitant, l'air de plus en plus terrorisée.
Carmen savait bien que, d'un point de vue purement rationnel, il s'agissait d'une bonne nouvelle, et ce pour de multiples raisons. Sa mère refaisait enfin sa vie ! Depuis son entrée en sixième, Carmen avait toujours redouté le moment où elle devrait quitter la maison pour aller à l'université. Elle s'imaginait qu'elle allait abandonner sa pauvre mère à une vie de plats surgelés avalés en solitaire devant la télé et, au lieu de cela, en septembre, elle laisserait derrière elle un couple débordant de bonheur avec un bébé tout neuf.
En plus, elle allait enfin avoir le frère ou la sœur qu'elle avait toujours réclamé. Si elle avait été une grande âme, mature et bienveillante, elle aurait été capable de partager leur bonheur. Elle aurait serré sa mère dans ses bras pour la féliciter.

Mais elle n'était ni grande âme ni mature ni bienveillante. La vie le lui avait déjà prouvé à de nombreuses reprises, elle se connaissait.

– Ça tombe plutôt bien, en fin de compte, remarqua-t-elle d'une voix mécanique, comme si cela ne la concernait pas vraiment. Vous allez pouvoir transformer ma chambre en nursery, hein ? Je débarrasserai les lieux juste avant la naissance du bébé. Bravo pour le timing.

La lèvre inférieure de Christina se mit à trembler.

– Ce n'était pas prévu… On n'a pas calculé…

– C'est pratique, on pourra fêter nos anniversaires en même temps. Quelle drôle de coïncidence.

– Carmen, je ne trouve pas ça drôle, répliqua sa mère en la fixant d'un regard franc et droit. C'est très sérieux, au contraire. Je me doute que ce n'est pas facile pour toi, tu dois éprouver des sentiments contradictoires…

Carmen détourna la tête. Son comportement était des plus inquiétants, elle le savait. Elle le voyait à la lueur d'angoisse qui brillait dans les yeux de sa mère. En principe, elle râlait, rageait, tempêtait. Christina s'était préparée à recevoir les foudres de sa fille, elle attendait que l'ouragan se déchaîne.

Mais Carmen ne voulait pas lui donner cette satisfaction.

Oui, elle éprouvait des sentiments contradictoires,

c'était peu dire. Sa cervelle était tiraillée, déchirée, écartelée même par les sentiments qui s'y livraient bataille. Une contradiction de plus, et son crâne allait exploser.

Sans rien dire, elle tendit le flacon de vitamines à sa mère et se leva de sa chaise. Elle avait hésité à la prévenir qu'il était tombé dans les toilettes, mais finalement tant pis, elle n'aurait qu'à avaler les cachets comme ça. Carmen quitta la pièce à grands pas.

Elle s'en voulait de réagir ainsi, mais elle en voulait encore plus à sa mère.

Oh, Carma !

*Je serais bien mal placée pour te féliciter. Je te promets de ne pas te rappeler que tu as toujours réclamé un frère ou une sœur, comme tous ces *%&#$ n'ont cessé de me le répéter à l'époque. Je compatis. Sincèrement, ils n'auraient pas pu se contenter d'un chien ?*

J'espère que ces cookies t'apporteront un peu de réconfort – mange le paquet, tu réfléchiras après. Je t'ai pris des « extra chocolat », *parce que tu es extra.*

Tibby

En entrant dans le réfectoire, Bridget eut l'impression que l'atmosphère était chargée d'électricité. Elle frissonna, tous les sens en éveil. Elle avait bien une idée de ce qui l'attendait, mais elle la refusait – elle ne voulait pas la formuler en mots ou en image. Ou peut-être que cette idée lui plaisait, et que c'était justement ce qu'elle refusait. Oui, c'était sans doute ça.

La pièce était lambrissée de pin du sol au plafond. Des planches larges sur les murs, moyennes sur le sol et étroites au plafond. Petit à petit arrivaient les directeurs, entraîneurs, assistants et ainsi de suite. Les stagiaires n'étaient attendus que le lendemain. Chaque visage que Bee croisait lui semblait familier. Elle voulait tellement voir qu'elle en oubliait qu'on pouvait la voir, elle regardait si fort qu'elle en devenait invisible.

– Bee ?

Elle ne répondit pas. Diana était une bonne amie, mais elle ne lui avait pas dit ce qu'elle voulait savoir. Il était temps qu'elle le découvre par elle-même.

Le long d'un mur, on avait dressé une grande table avec une cafetière de taille industrielle, des boissons et quelques cookies dans des assiettes en carton. Flocons d'avoine et raisins secs.

Était-ce la peur ou l'espoir qui faisait cogner son cœur dans sa poitrine ? Ses orteils étaient tellement crispés au fond de ses sabots qu'elle commençait à avoir des fourmis dans les pieds.

Soudain, elle détecta la présence d'un corps familier à proximité de son épaule gauche. Impossible de savoir quel sens l'en avait avertie. Il n'était pas assez près pour qu'elle ait pu le frôler ou sentir sa chaleur. Il était dans son dos, elle ne pouvait donc pas le voir. Jusqu'à ce qu'elle se retourne, bien sûr.

Ses yeux mirent un moment à faire la mise au point. C'était bien lui ? Oui, c'était lui ! Lui, vraiment lui… ?

– Bridget ?

C'était incontestablement lui. Ses yeux bruns sous ses sourcils arqués, encore plus bruns. Il avait grandi, il avait changé, c'était lui et ce n'était plus lui. Et en même temps, c'était toujours lui. Il paraissait surpris. Bonne surprise ? Mauvaise surprise ?

Elle porta instinctivement la main à son visage.

Il allait visiblement la serrer dans ses bras, mais semblait incapable de franchir l'espace qui les séparait.

Il aurait fallu qu'elle dise quelque chose, mais non. Elle le fixait en silence. Elle ne s'était jamais vraiment souciée de faire bonne figure en société.

– Comment vas-tu ? lui demanda-t-il.

Elle se souvint qu'il était direct. C'était quelque chose qu'elle aimait chez lui.

– Je… je suis surprise, répondit-elle avec sincérité. Je ne savais pas que tu serais là.

– Moi, je savais que tu le serais…

Il s'éclaircit la voix.

– … que tu serais là, je veux dire.

– Ah bon ?

– On nous a envoyé la liste de l'équipe il y a quinze jours.

– Oh…

Bridget se maudit intérieurement : voilà ce que c'était de ne pas lire attentivement son courrier. Elle détestait la paperasse (surtout les formulaires à remplir : « Nom de jeune fille de la mère »… « Profession de la mère »…) et, entre le camp et la fac, elle en avait eu plus que son compte.

Alors il savait. Et pas elle. Et si elle avait été au courant ? Se serait-elle volontairement jetée dans la gueule du loup en s'engageant à passer tout l'été en compagnie d'Eric Richman, le briseur de cœur et de paix intérieure ?

Elle n'en revenait pas : finalement il ne prenait pas plus de place qu'un être humain normal. Alors que dans son esprit, il était… monumental. Au cours de ces deux dernières années, il en était venu à représenter non seulement leur histoire, mais aussi tous les sentiments compliqués qu'elle éprouvait, tout ce qu'elle avait découvert sur elle-même.

Il la dévisageait avec attention et lui fit un sourire quand leurs regards se croisèrent.

– Alors, à ce qu'on m'a raconté, tu ne t'en tires pas trop mal.

Elle voyait ses lèvres remuer, mais elle n'avait aucune idée de ce qu'il pouvait bien raconter. Elle ne fit pas d'effort pour le cacher.

– En foot, je veux dire, précisa-t-il.

Elle avait complètement oublié qu'ils participaient à un stage de foot. Elle avait même oublié qu'elle jouait au foot.

– Ça va, répondit-elle.

Elle ne savait pas vraiment ce qu'elle entendait par là. Mais elle le répéta, parce que ça sonnait bien.

– Ça va.

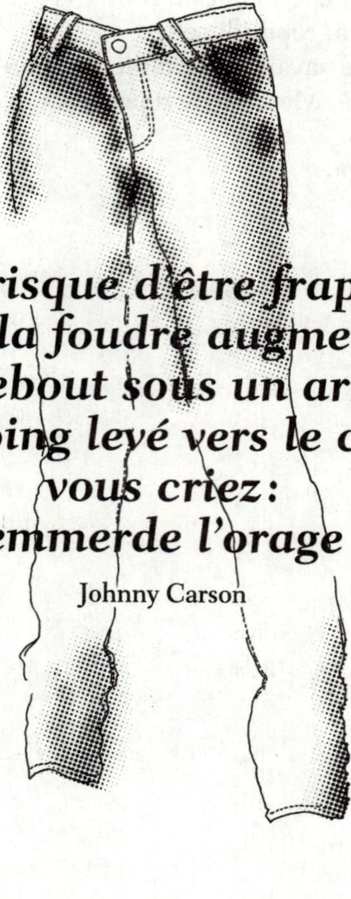

Le risque d'être frappé par la foudre augmente si, debout sous un arbre, le poing levé vers le ciel, vous criez : « J'emmerde l'orage ! »

Johnny Carson

Valia Kaligaris, la grand-mère de Lena, était la seule adulte de l'entourage de Carmen à ne pas l'avoir félicitée pour la naissance prochaine du bébé. Et Carmen lui en était reconnaissante.

Bon, d'accord, Valia n'était pas franchement causante en ce moment. Tandis que Carmen attendait Lena, perchée sur un tabouret de bar de la rutilante cuisine des Kaligaris, Valia, encore en peignoir, restait assise à table, à fixer la boîte de Rice Krispies. Puis soudain, elle se leva et se traîna jusqu'au salon où elle alluma la télé. Elle monta le son tellement fort que Carmen en profitait elle aussi, même installée à l'autre bout de la maison. Elle regardait un feuilleton. Apparemment, Dirk avait abandonné Raven devant l'autel le jour de leur mariage et – quelle coïncidence – le lendemain, la sœur jumelle de Raven, Robin, avait disparu. Mouais...

Carmen ne se gênait pas pour se moquer, car ce n'était pas son feuilleton. Son feuilleton (auquel elle était accro depuis que, courant janvier, l'université Williams avait accepté son dossier et qu'elle avait arrêté de faire ses devoirs) s'intitulait *La Belle et le Costaud* et son intrigue était bien entendu beaucoup plus subtile. La passion soudaine de Carmen pour cette série était essentiellement motivée par son acteur vedette, Ryan Hennessey (qui tenait le rôle du Costaud, vous l'aurez compris). Beau à tomber, à mourir même, c'était l'amour de sa vie – et ses copines pouvaient rire, tant pis. En plus, il jouait bien. Si, si, sincèrement. Il avait fait un truc de Shakespeare avant d'obtenir ce rôle. Enfin, d'après *Séries Magazine* en tout cas (Carmen l'avait feuilleté hier soir à la caisse du supermarché pendant que Tibby faisait la queue pour payer son Coca Light).

La porte d'entrée s'ouvrit et se referma. Les Kaligaris mère et fille apparurent sur le seuil de la cuisine une minute plus tard.

– Salut, Carma !

Lena était en sueur, elle venait de terminer son service au restaurant. Ari portait un tailleur beige, comme toujours.

– Salut ! Comment ça va, ton boulot ?

Lena leva les yeux au ciel.

– Au moins, tu travailles, toi, fit remarquer Carmen.

– Et toi ? Tes recherches, qu'est-ce que ça donne ? demanda Ari en sortant un pichet d'eau du réfrigérateur pour s'en verser un verre. Quelqu'un en veut ?

– Non, merci.

Si Carmen avait voulu quelque chose, elle se serait servie elle-même. Que ce soit ici, chez Bee ou chez Tibby, elle ne se gênait pas. Depuis toujours, les quatre filles étaient chez leurs amies comme chez elles.

– Hum... Je cherche, je cherche... Enfin, je n'ai pas tellement envie de faire du baby-sitting cette année.

Carmen réalisa que, si elle ne poursuivait pas, Ari risquait de la questionner sur le sujet, aussi s'empressa- t-elle d'ajouter :

– Mais euh... j'ai vu une annonce au supermarché pour garder une vieille dame cinq après-midi par semaine. Elle ne voit plus très bien, je crois, alors il faut lui faire la lecture. J'ai appelé et j'ai laissé un message.

Ari reposa son verre sur le plan de travail en granit, un peu trop brutalement, si bien que Lena se retourna pour la regarder.

– Tiens, c'est drôle, fit Ari, les yeux brillants. Justement, je me disais que Valia aurait besoin de quelqu'un comme ça. Pour lui tenir compagnie, l'aider à écrire son courrier, lui faire quelques petites courses et, peut-être, l'accompagner à ses rendez-vous chez le médecin. Je n'ose pas prendre un autre après-midi de congé ce mois-ci.

Carmen hocha la tête.

– J'espérais que Lena ou Effie pourraient s'en charger, mais elles ont trouvé un travail très tôt, cette année.

Cette fois, Carmen s'abstint de hocher la tête pour ne pas avoir l'air de prendre parti.

Ari posa son verre dans l'évier d'un geste décidé.

– Quel salaire proposait-on sur l'annonce que tu as vue ?

Elle semblait même carrément enthousiaste.

– Huit dollars l'heure.

– Et si je te payais huit dollars cinquante pour t'occuper de Valia ? Disons une trentaine d'heures par semaine, on fixerait les horaires ensemble.

Carmen réfléchit, admirant son vernis à ongles rouge écaillé. Enfin une occasion de passer du statut de « sans travail et sans but dans la vie » à celui de « avec un travail, un but… et un salaire correct ». Bien sûr, c'était un peu gênant de se faire payer par la mère de Lena mais, en même temps, Ari serait sans doute plus rassurée de l'embaucher, elle, plutôt qu'une inconnue. Et puis, franchement, Carmen préférait passer ses après-midi dans l'immense maison des Kaligaris, plutôt que dans un appartement exigu et étouffant, comme tous les appartements de vieilles dames.

Elle pianotait sur le bar.

– Eh bien… OK. Pourquoi pas ?

– Parfait ! s'exclama Ari.

Carmen n'avait pas levé les yeux vers Lena jusqu'à cet instant. Elle n'avait pas vu son amie secouer frénétiquement la tête dans le dos de sa mère. Articuler les mots « NON NON NON ». Grimacer pour lui faire comprendre que c'était du suicide. Lorsqu'elle s'en aperçut, il était trop tard.

Lena entraîna Carmen dans sa chambre et ferma la porte avant d'exploser :

– Tu es malade !

– Quoi ? Où est le problème, Lenny ?

– Pourquoi crois-tu qu'Effie et moi, nous ayons envoyé des candidatures dès le mois d'avril, cette année ? Et accepté des jobs que nous détestons cordialement ?

– Parce que… vous êtes bien organisées ?

De nouveau, Lena secoua frénétiquement la tête.

– Parce que… vous êtes des petites-filles ingrates et indifférentes au chagrin de votre pauvre grand-mère récemment endeuillée ?

– Parce que Valia est insupportable. On ne reconnaît plus notre Mamita !

Lena avait presque hurlé. Heureusement que sa grand-mère n'avait pas l'ouïe très fine, pensa Carmen.

– Attention, c'est une femme exceptionnelle, vraiment formidable, reprit Lena, plus sérieuse.

Et on l'adore. Mais en ce moment, elle est abominable ! Et on ne peut pas le lui reprocher. Elle est malheureuse parce que Bapi l'a quittée. Elle est malheureuse parce qu'elle vit ici avec nous. Elle déteste ce pays. Elle déteste mon père parce qu'il l'a forcée à venir. Elle aimerait être chez elle, entourée de ses amis. Elle en veut au monde entier, tu ne t'en es pas aperçue ?

Brusquement, Carmen se sentit très bête. Un peu sur la défensive, elle répondit :

– Tu as peut-être raison. Mais je vais me débrouiller.

Lena secoua la tête.

– Fais-moi confiance. Toi + Valia, c'est un cocktail explosif, surtout en ce moment.

Carmen fronça les sourcils.

– Qu'est-ce que tu insinues ?

Pour retrouver sa sérénité, Bridget ne connaissait pas de meilleur moyen que de courir. Elle avait parfois l'impression que l'état méditatif qu'elle atteignait au fil des kilomètres l'aidait à ordonner ses pensées. Et que parfois au contraire l'épuisement l'aidait à chasser toute pensée.

Certaines fois, elle se disait qu'elle courait vers un but. D'autres, qu'elle courait pour courir. Pour fuir. Pour courir toujours.

Ce soir-là, ses foulées la menèrent le long des routes de campagne, bordées de petits arbres bien verts. Le soleil couchant lui plantait de temps à autre un rayon dans l'œil. Lorsqu'elle en eut assez de se faire klaxonner (les conducteurs avaient-ils du mal à la repérer dans la lumière du soir, ou bien était-ce à cause de ses cheveux ?), elle quitta la route. Une autre qu'elle aurait sans doute eu peur de traverser des bois inconnus à la tombée de la nuit, mais pas Bee. Elle se savait capable de semer tout être humain qu'elle aurait pu croiser. Et dans la région, les ours ne mangeaient certainement pas les hommes.

C'était grisant, il n'y avait pas d'autre mot. La forêt, encore jeune et clairsemée, était quadrillée de toutes parts par un réseau de sentiers. Bee décida de prendre un chemin assez large, sans doute le lit d'une ancienne rivière. Elle s'imagina luttant contre le courant à l'époque où l'eau y coulait encore. Elle courut jusqu'à ce que ses pensées se réduisent à la plus simple expression, et ne forment même plus de phrases. Des flashs, des bips qu'elle ne cherchait pas à suivre. Elle sentait les choses, simplement, sans comment ni pourquoi. C'était ainsi qu'elle arrivait à se retrouver.

Le soleil avait complètement disparu à l'horizon, Bridget savait que, bientôt, il ferait nuit. La clarté qui demeurait après le coucher du soleil lui laissait le sentiment d'une promesse jamais tenue. Devant elle, sur le sentier, quelque chose attira son regard. Le rythme de sa respiration en fut bouleversé et ses pensées se remirent à tournoyer. Cette chose, là, à cinq ou six mètres seulement, c'était très perturbant. Elle ralentit pour ne pas approcher trop vite. Elle aurait aimé la contourner à bonne distance mais, en même temps, il fallait qu'elle voie ça de près. Elle en était revenue aux comment et aux pourquoi.

Ce devait être un oiseau. Un pigeon, peut-être. Il était mort, aucun doute là-dessus, et tordu dans une position qui n'avait rien de naturel. Sa tête paraissait sortir du sol dans une pose pitoyable. Elle y était presque. Elle n'allait pas s'arrêter. Elle allait continuer sans s'arrêter. Elle allait détourner les yeux. Non, elle ne pouvait pas détourner les yeux.

Une fois au niveau de l'oiseau, et alors seulement, elle s'aperçut que ce n'en était pas un. C'était une moufle. Une moufle grise égarée par terre, avec le pouce dressé, comme une tête d'oiseau.

Quel soulagement ! Son esprit et son corps retrouvèrent leurs places respectives, calmes et bien alignés.

Mais alors qu'elle courait, courait, courait, le bleu du ciel s'assombrissait, bleu foncé, bleu de bleu, et elle se sentait triste. C'était bizarre, elle avait beau savoir qu'il ne s'agissait que d'une moufle, elle s'aperçut que, dans son souvenir, le petit corps ratatiné sur le sentier restait un pigeon.

Si la voiture de la mère de Lena ne s'était pas mise à chauffer ce jour-là, ce ne serait pas arrivé. Tout l'été se serait déroulé différemment.

Mais la voiture de sa mère s'était mise à chauffer le jeudi après-midi si bien que, le vendredi, Lena avait pris celle de son père. Et elle l'avait déposé au travail en allant à son cours de dessin. C'était sur le chemin. En fait, remarqua-t-elle négligemment alors qu'elle laissait derrière elle son père déjà trempé de sueur sous sa chemise blanche, son bureau n'était qu'à quelques minutes à pied de son cours. À ce moment précis, elle n'en tira aucune conclusion.

Au beau milieu de la matinée, Lena était tout à ses croquis. Sur les instructions d'Annik, Andrew, le modèle, changeait de pose toutes les cinq minutes. Au début, Lena se sentait tellement pressée par le temps qu'elle n'arrivait pas à tirer un seul trait de la pointe de son fusain. Mais au fur et à mesure, ces cinq petites minutes lui semblaient de plus en plus longues. L'impression d'urgence demeurait, mais elle perdait peu à peu conscience du temps qui filait. De la même façon, sa gêne face à la nudité du modèle avait petit à petit disparu – alors qu'elle l'avait complètement bloquée au départ. (Rétrospectivement, elle avait honte de ses joues empourprées, car pour les artistes chevronnés du cours, le corps d'Andrew était aussi chargé d'érotisme que le gobelet de café de Lena.)

Maintenant elle observait Andrew dans ses moindres détails, fixant sans une once de timidité le creux de sa hanche et l'arête aiguë de son tibia. Lorsqu'elle était dans cet état, elle ne pensait plus vraiment. Son système nerveux commandait directement aux muscles de son bras, sans passer par son cerveau. La Lena de tous les jours assistait à la scène en spectatrice.

Elle sursauta lorsque la sonnerie annonça la pause. Un frisson la parcourut. Elle détestait remonter brutalement à la surface comme ça. Elle n'avait pas envie d'entendre Phyllis tourner les pages du journal, ni les talons de Charlie claquer dans ses tongs. Elle n'avait pas envie qu'Andrew remette son peignoir. Et pas pour les raisons que vous imaginez. Non, non, vraiment. (Enfin, pour être honnête, elle reprenait conscience de la nudité d'Andrew l'espace d'une seconde quand il remettait son kimono vert, puis quand il l'enlevait à nouveau.) Elle ne voulait rien d'autre que dessiner. Elle avait envie de rester dans cet état qui lui permettait de comprendre les choses sans penser.

Fixant distraitement son gobelet de café vide, Lena crut entrevoir – presque de façon abstraite – ce que pourrait être le bonheur. Il n'y avait qu'elle pour reconnaître le bonheur sans être capable de l'éprouver. Enfin, il ne s'agissait peut-être pas vraiment de bonheur. Peut-être… une sorte de paix intérieure plutôt. L'été dernier, sa paix intérieure avait été débitée en tranches comme un vulgaire rosbif. Certes, toute cette agitation l'avait fait sortir de son train-train, lui avait donné l'impression de vivre plus intensément que jamais. Mais c'était quand même l'horreur.

Elle repensa justement à la fin de l'été, à sa rencontre avec Paul Rodman, le demi-frère de Carmen. Sa propre réaction l'avait surprise. Jamais elle n'avait éprouvé une telle attirance physique, immédiate, irrésistible, pour quiconque – pas même pour Kostos. Dès leur première rencontre, si surprenant que cela puisse paraître, elle s'était laissé emporter par son imagination, rêvant de ce qu'elle pourrait être pour lui, et lui pour elle. Mais une fois qu'il était reparti, elle avait battu en retraite, comme à son habitude. Son côté romantique avait regagné sa tanière et, au bout de quelque temps, la timidité avait repris le dessus... timidement.

Maintenant, quand elle pensait à lui, elle avait honte. C'était l'une des choses, parmi beaucoup d'autres, qu'elle avait passé l'année à fuir. L'une des personnes qu'elle avait évitées.

En février, lorsque Carmen lui avait annoncé que le père de Paul était malade, elle avait été très attristée. Elle avait beaucoup pensé à Paul. Elle s'était inquiétée pour lui. Mais elle ne lui avait pas téléphoné, ni écrit, comme elle en avait l'intention. Elle avait appris depuis, toujours par

Carmen, que l'état de son père avait empiré, et qu'il avait peu d'espoir de s'en sortir. Elle pensait toujours beaucoup à Paul. Mais elle ne savait pas quoi lui dire.

Il devait être triste, ça lui faisait peur. Elle avait peur de raviver sa peine. Elle avait peur de ne pas savoir s'y prendre. Elle avait peur d'aborder le sujet et que ne s'installe entre eux l'expression du malaise le plus ultime : le silence total.

Ce n'est qu'en arrivant à ce cours, en découvrant cette sensation de plénitude, qu'elle était parvenue à retrouver un certain équilibre. Le temps qu'elle passait avec son fusain entre les doigts devant ces grandes feuilles de papier, entre Andrew et Annik, ces séances de concentration intenses, apaisantes – c'était trop beau pour elle. Il fallait s'en montrer digne.

Son cœur bondit dans sa poitrine lorsque la sonnerie annonça la fin de la pause. Au travail ! Comment pouvait-elle à la fois détester et adorer cette sonnerie ?

C'est alors qu'Andrew prit la pose fatale.

Pour commencer, il est regrettable que la porte se soit ouverte au beau milieu de cette pose, au moment où Lena était le moins à même de réaliser ce qui se passait autour d'elle. On peut également regretter que la personne ayant franchi cette porte ait été son père. Il est aussi regrettable que la porte se soit trouvée juste en face de l'estrade, si bien que, en l'ouvrant au beau milieu du cours (ce qui n'était franchement pas recommandé), on profitait d'emblée d'un gros plan sur l'entrejambe d'Andrew. Enfin, il est extrêmement regrettable que Lena ne se soit pas aperçue de tout cela à temps, de manière à abréger les souffrances de son père au lieu de, sans malice aucune, l'obliger à supporter durant de longues minutes la vision de sa fille en train de fixer sans ciller les parties intimes d'Andrew.

Lena ne revint à la réalité qu'en entendant la voix tonitruante de son père. Elle leva les yeux et le découvrit au-dessus d'elle, menaçant. Rude transition. Elle mit un moment à retrouver l'usage de la parole. Ensuite il fallut trouver les mots…

– Papa, qu'est-ce que… ?

– Papa, tu n'as pas…

– Papa, enfin. Je vais…

Elle commença un tas d'autres phrases sur le même modèle. Mais avant qu'elle ait eu le temps d'en terminer ne serait-ce qu'une, il l'avait agrippée par le poignet et la traînait de force jusqu'à la porte, pour l'éloigner d'Andrew.

Annik déboula dans le couloir à une vitesse impressionnante.

– Que se passe-t-il ? demanda-t-elle calmement.

– On s'en va, tonna M. Kaligaris.

– Toi aussi ? demanda Annik à Lena.

– Non, répondit-elle d'une toute petite voix.

M. Kaligaris lâcha deux ou trois jurons en grec avant de passer à l'anglais.

– Je ne laisserai pas ma fille dans ce… dans un *cours* où on… dans un *endroit* où elle…

Lena savait qu'il n'osait pas employer le vocabulaire approprié en sa présence. En ce qui concernait la chose en question, son père était extrêmement conservateur et vieux jeu. Et il ne s'était pas arrangé depuis la mort de Bapi. Même avant, il avait toujours été beaucoup plus strict que les pères de ses amies. À la maison, il avait interdit l'accès du premier étage aux garçons – y compris à ses lobotomisés de cousins.

Cependant, Annik ne perdit pas son sang-froid.

– Monsieur Kaligaris, ce serait bien que l'on puisse s'asseoir tous les trois quelques minutes pour en discuter. Je vous expliquerai quel est l'objectif de ce cours. Vous savez sans doute que toute formation en arts plastiques nécessite…

– Non, ça ne sert à rien, la coupa-t-il. Ma fille ne suivra pas ce cours. Elle ne reviendra plus.

Il tira Lena tout le long du couloir, jusque sur le trottoir. Il marmonnait : il avait un rendez-vous imprévu, alors il était passé reprendre la voiture, et *voilà ce qu'il avait trouvé* !

Lena ne réussit à se dégager de son étreinte que lorsqu'elle se retrouva sous le soleil brûlant, hébétée et perdue.

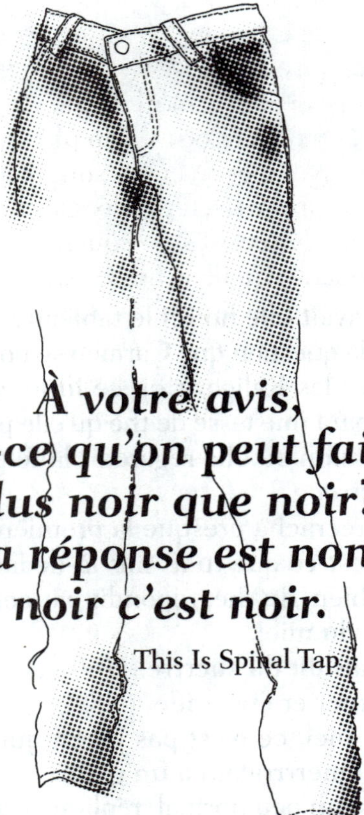

À votre avis,
est-ce qu'on peut faire
plus noir que noir?
La réponse est non,
noir c'est noir.

This Is Spinal Tap

Lena avait-elle noirci le tableau ?

C'est la question que Carmen se posait en arrivant chez les Kaligaris en ce lundi après-midi. Elle prépara une tasse de thé qu'elle porta à Valia dans le salon où elle regardait la télévision.

– Atrrrroce.

Valia recracha presque la première gorgée.

– Qu'est-ce que tu as mis là-dedans ?

– Eh bien, du thé, répondit patiemment Carmen. Et du miel.

– J'avais dit du sucrrre.

– Le sucrier était vide.

– Du miel, ce n'est pas pareil que du sucre. Le miel amérrrricain a un goût.

– C'est un peu normal, répliqua Carmen, réalisant aussitôt qu'elle manquait de diplomatie. Bon, je vais le refaire.

Elle remporta la tasse de thé dans la cuisine.

Repérant la boîte de sucre sur l'étagère du placard, elle en remplit le sucrier.

Puis elle remit de l'eau à bouillir et laissa son esprit vagabonder en attendant qu'elle chauffe. Ses pensées la transportèrent au mois de septembre. Avec un certain détachement, elle imagina sa mère enceinte jusqu'aux yeux, les cadeaux de naissance qui s'accumulaient, sa chambre prête à accueillir un autre qu'elle.

Avant, lorsqu'elle pensait au mois de septembre, elle se voyait arriver à l'université, sympathiser avec la fille qui partagerait sa chambre, défaire ses bagages.

Maintenant, c'était ce qui allait se passer à la maison en son absence qui occupait ses pensées. Elle n'apparaissait jamais dans les images qui défilaient dans son esprit, comme si elle était morte. Ou qu'elle n'était pas encore née.

Avant, elle était impatiente d'entrer à l'université. Elle avait tant rêvé d'aller à Williams, la fac de son père. L'une des meilleures du pays.

Et même si c'était un déchirement de se séparer de ses amies, elle avait vraiment hâte d'y être. Comment cette envie avait-elle pu lui passer ?

Elle était en colère. Pas après le bébé, elle ne pouvait pas. Pas après sa mère. Enfin, un peu, quand même, mais surtout elle était en colère de ne plus pouvoir se projeter dans sa vie future.

Elle était en colère que sa mère et ce bébé lui

aient en quelque sorte volé son avenir pour la renvoyer dans le passé.

À nouveau, elle sentait la pression monter dans son crâne. Instinctivement, elle décrocha le téléphone de son support mural.

– Salut, c'est moi, fit-elle lorsque Tibby répondit.

– Ça va ?

C'était touchant de constater qu'une personne qui vous connaissait bien n'avait besoin que de trois petits mots pour cerner votre humeur.

– Mouais, plus ou moins. Et toi ?

Carmen entendait Nicky crier dans le fond.

– Nicky, tu pourrais aller hurler ailleurs, s'il te plaît ? fit Tibby en couvrant le combiné, puis elle s'adressa à Carmen : Comment va Valia ?

– Elle...

Un bip strident interrompit la conversation.

– Tibby ?

Bip bip ! Biiiip !

– Allô ?

– On dirait un modem qui essaie de se connecter, cria Tibby à l'autre bout de la ligne. Ça doit être de ton côté.

Carmen raccrocha le téléphone pour aller voir dans le salon. Effectivement, Valia avait abandonné la télévision pour s'installer au bureau et maniait la souris comme une voiture de course. Sous les yeux ébahis de Carmen, elle se fraya habilement un chemin dans la jungle des menus déroulants et pianota à la vitesse de l'éclair sur un logiciel de messagerie instantanée. Elle était sans doute en grande conversation avec une de ses amies grecques, car Carmen n'arrivait pas à déchiffrer le moindre mot. Elle s'était habituée à voir l'alphabet grec à force de côtoyer les Kaligaris, mais elle n'avait aucune idée de la façon dont ces lettres se lisaient.

Et dire qu'elle était censée aider Valia pour sa correspondance... Elle qui s'était imaginé une écriture tremblotante sur du papier tout fin et des enveloppes bleues « par avion » !

– Quoi ?

Valia se retourna avec une agressivité non dissimulée, ayant probablement senti les yeux de Carmen se poser sur sa nuque mal peignée.

– Rien. Waouh ! Vous vous débrouillez drôlement bien.

Carmen, décidée à faire preuve de maturité, évita de mentionner que Valia monopolisait la ligne téléphonique alors qu'elle avait très envie d'appeler Tibby.

Au lieu de cela, elle s'installa face à la télévision dans un fauteuil confortable, s'empara de la télécommande et se mit à zapper distraitement. *La Belle et le Costaud* commençait dans sept minutes. Elle s'enfonça dans le fauteuil, laissant aller sa tête si lourde. Finalement, il y avait pire comme programme pour l'été : elle allait être payée pour passer son temps à regarder la télé, pendant que Valia faisait monter la facture de téléphone en chattant avec ses amies grecques.

– Pas cette chaîne !

Valia s'était détournée de l'écran de l'ordinateur, sans lâcher le clavier.

– Comment ça ?

– Je prrréfèrrre la sept. *Un monde à parrrt.*

– Mais vous ne regardez même pas. Vous êtes sur le PC.

Malgré elle, Carmen commençait à hausser la voix.

– Et alors, j'écoute ! affirma Valia.

– Oui, mais moi, je regarde ! fit Carmen d'un ton acerbe.

– Oui, mais ce n'est pas moi qui suis payée !

Aïe. Carmen avait l'impression d'avoir été giflée. Elle sentit ses joues s'empourprer.

– Très bien, dans ce cas, éteignez l'ordinateur. Vous monopolisez la ligne téléphonique, répliqua Carmen, oubliant toute velléité de maturité.

Tiboudou : Comment ça se passe, avec l'ancêtre grecque ?

Carmabelle : Hum, hum. Pas si mal. Pas trop mal. Mais pas trop bien non plus. Si tu vois ce que je veux dire.

– Raconte-moi tout, tout dans les moindres détails. Tu boiras ton milk-shake après.

Tibby sentit son moral remonter. Elle n'aurait pu rêver meilleure oreille que celle de Carmen. Elle remua son milk-shake pour éviter que les fruits ne tombent dans le fond du gobelet en plastique.

– Eh bien, d'abord, on a dansé sur…

Carmen agita les mains sous son nez.

– Non, non. Commence par le commencement. Je veux connaître toute l'histoire, de A à Z.

Tibby sourit malgré elle. Elle adorait la terrasse de ce bar à jus de fruits, sur Old Georgetown Road. Assise sous un parasol, elle sentait le soleil lui cuire les mollets. Elle croisa les jambes, laissant tomber ses tongs en plastique vert sur le trottoir brûlant. En vérité, elle était ravie d'avoir quelqu'un à qui raconter toute l'histoire, de A à Z. C'était l'occasion de la revivre.

– OK. Tout commence à la maison. On sonne à la porte. Katherine va ouvrir. Il a sorti la veste et la cravate – les manches sont un peu courtes et ce n'est pas de la super qualité, mais il est trop, trop mignon. Et il a…

Elle n'y pouvait rien, elle rougissait rien que d'y repenser.

– … un bouquet de fleurs à la main. Des œillets rose fluo, atroces. Le genre de truc que seul un garçon ose acheter, mais c'est absolument parfait pour l'occasion.

Il fallait qu'elle s'arrête pour reprendre sa respiration ou elle allait s'évanouir.

Elle entendit alors la sonnerie étouffée de son portable qui s'échappait des profondeurs de son sac en paille. Elle le sortit et regarda qui appelait en plissant les yeux. C'était sa mère.

– Allô ?

Personne au bout du fil, seulement des bruits de fond. Puis elle entendit Alice qui parlait à quelqu'un d'autre. Elle avait l'air bizarre.

– Allô ?

– Tibby ? fit-elle d'une voix étranglée.

– Ça va ?

Elle pleurait.

– Maman, ça va ? Qu'est-ce qui se passe ?

Tibby sentit une décharge d'adrénaline lui glacer les veines.

– Chérie, papa et moi, nous…

Sa voix se brisa. Elle pleurait tellement qu'elle n'arrivait plus à parler. Tibby entendait son père qui criait, dans le fond.

Elle se leva et remit ses pieds dans ses tongs d'un seul mouvement.

– Maman, s'il te plaît, dis-moi ce qui se passe. Tu me fais peur.

Alice s'efforçait de retrouver son souffle. Tibby ne l'avait jamais vue – ou plutôt entendue – dans cet état. Son esprit était emporté dans une ronde folle où se succédaient des hypothèses plus terribles les unes que les autres. Elle faisait les cent pas autour de la table.

– Qu'est-ce qui se passe ? articulait sans bruit Carmen, inquiète.

– Nous sommes à l'hôpital. Katherine a eu un accident...

Alice s'interrompit pour ravaler ses larmes.

–... Elle est tombée par la fenêtre.

Tibby ne pouvait pas bouger, pas penser. Des frissons glacés parcouraient son corps tandis qu'au creux de ses côtes l'hystérie bouillait.

– Comment... elle... va ?

– Elle est consciente, elle... C'est bon signe.

Une note d'espoir perçait dans les sanglots de sa mère.

– Tu veux que je vienne ? demanda Tibby.

– Non. S'il te plaît, rentre à la maison t'occuper de Nicky, d'accord ?

– Oui, j'y vais.

C'était au tour de Tibby de pleurer, maintenant. Les yeux de Carmen s'emplirent de larmes alors qu'elle ne savait même pas ce qui s'était passé.

Tibby avait une question à poser, une question terrible. Mais elle avait tellement peur de la réponse qu'elle attendit que sa mère ait raccroché.

– Quelle fenêtre ?

Pendant sa pause, Lena allait s'asseoir sur les marches, à l'arrière du restaurant. Il faisait chaud dedans, il faisait chaud dehors. Elle se sentait poisseuse, et son tablier était constellé de taches de sauce tomate. C'était un peu gore… on avait l'impression qu'un client lui avait fait *la* réflexion de trop.

Elle détestait ce boulot.

Elle détestait cette cuisine médiocre, du vite fait mal fait, réchauffé dans de grandes marmites. Elle détestait presser les clients parce qu'il fallait que ça tourne pour faire du chiffre. Elle détestait les banquettes en Skaï vert. Et les tasses qui tournaient dans leurs soucoupes, débordant de café brûlant qui se renversait immanquablement sur son tablier. Elle avait honte de l'affreuse fresque représentant le Parthénon sur tout un mur de la salle. Elle détestait les fenêtres en trompe l'œil et le lierre en plastique. Et son patron, Antonis, avec ses touffes de poils gris dans les oreilles, qui s'imaginait toujours qu'elle comprenait le grec, sans se rendre compte qu'il parlait dans le vide.

Alors, malgré l'odeur entêtante des poubelles, elle allait avec plaisir s'asseoir dans la cour. Tout plutôt que rester là-dedans. Elle avait besoin d'être seule. C'était sans fin : on lui demandait ceci, on lui reprochait cela, on la harcelait. Même les clients les plus polis lui faisaient sans arrêt signe, cherchaient son regard, parce qu'il leur manquait toujours quelque chose.

Certaines personnes apprécient d'être en

contact permanent avec les autres, toute la journée, mais Lena n'était pas de celles-là. Avec le recul, le calme relatif de la boutique de vêtements où elle avait travaillé l'an dernier lui semblait idyllique, un job de rêve.

Son père l'avait poussée à prendre ce boulot au restaurant. Il l'avait personnellement recommandée au patron. En Grèce, les grands-parents Kaligaris tenaient un restaurant. La restauration, c'était de famille. Depuis la mort de Bapi, moins d'un an auparavant, ce genre de choses avait pris davantage d'importance aux yeux du père de Lena.

Il avait passé la majeure partie de sa vie à se rebeller contre son propre père et contre l'éducation qu'il avait reçue. Il avait fui la restauration pour aller en fac de droit. Il s'était fait appeler George plutôt que Georgos. Il était fier d'être américain, refusant même que ses filles apprennent le grec. C'était triste, finalement : il avait fallu que son père meure pour qu'il commence à accorder de l'importance aux choses auxquelles ce dernier tenait tant.

À de nombreuses occasions, le père de Lena lui avait répété : « La restauration, ça, c'est un vrai métier », sous-entendant qu'être artiste n'était pas un vrai métier. « Un bon métier », insistait-il. Elle était convaincue que c'était effectivement un bon métier. Pour les autres. Son père allait-il un jour essayer de comprendre qui était sa fille ? S'imaginait-il vraiment qu'elle allait monter un restaurant dans la plus pure tradition des Kaligaris ? Ne voyait-il pas qu'elle n'était absolument pas faite pour ça ?

Quatre jours avaient passé depuis l'incident du cours de dessin. Elle n'y était pas retournée et ça lui manquait terriblement. Elle arrivait à supporter ce boulot parce qu'elle avait cours juste après. À la maison, si elle arrivait à ne pas craquer malgré la mauvaise humeur de Valia et les tensions entre ses parents, c'était grâce au dessin. Si on lui enlevait ça, elle coulait.

Elle pourrait peut-être s'inscrire à un autre cours ? Il y avait encore des places en « Travail du métal », « Nouveaux médias » et un autre cours intitulé « Le masculin et le féminin dans la représentation tridimensionnelle ». Mais elle savait bien qu'elle n'était pas et ne serait jamais ce genre d'artiste. Son attirance pour l'art n'avait rien de franchement philosophique ou politique. Elle n'était ni avant-gardiste ni rebelle. Elle voulait juste apprendre à dessiner et à peindre les gens aussi bien qu'Annik.

Elle était venue dès le mois d'avril prendre un formulaire d'inscription pour les stages d'été à l'école d'art et de design de Capitol Street. En entrant, on découvrait une succession d'œuvres étranges et assez excentriques, mais Lena ne s'y était pas arrêtée, ça ne lui parlait pas. En revanche, dans le couloir qui menait au bureau des inscriptions, il y avait un portrait accroché au mur, dans un cadre tout simple. Il représentait une jeune femme qui relevait ses cheveux d'une main. Rien d'extraordinaire, mais Lena le trouva si beau que sa gorge se serra, presque à lui faire mal. Elle en avait des frissons du sommet du crâne jusqu'à la plante des pieds. Ce dessin faisait non seulement preuve d'une grande maîtrise technique et d'un sens inné du détail, mais il dégageait une telle grâce, une telle intensité de sentiments qu'en le voyant, Lena sut quel serait dorénavant le but de sa vie.

Elle s'était approchée pour déchiffrer le gribouillis de la signature, et l'avait ensuite comparé à la liste des enseignants de la brochure : Annik Marchand. Puis, avec une détermination inhabituelle, elle était entrée dans le bureau de l'école d'art et s'était immédiatement inscrite au cours de dessin d'Annik Marchand. Rien que pour ce dessin, elle aimait Annik avant même de l'avoir rencontrée.

– On ferme ! décréta Antonis à trois heures et demie, annonçant la fin du service du midi.

Lena monta les chaises sur les tables pour que les garçons de salle puissent passer la serpillière. Voilà, maintenant, elle n'avait plus qu'à rentrer à la maison, perspective peu réjouissante. Elle aimait beaucoup Valia, et elle était triste de la voir si amère et revêche.

Au lieu de rentrer chez elle, Lena prit le bus

dans l'autre sens et se rendit à l'école d'art. Elle n'avait pas l'intention de retourner en cours, non. Elle voulait juste passer dire deux mots à Annik.

Les élèves s'installaient. Il lui suffit d'entrer dans l'atelier, de sentir son odeur si particulière et son moral remonta. En la voyant, Annik approcha dans son fauteuil roulant. Elle avait l'air contente, et un peu surprise.

– Ça me fait plaisir de te voir.

– Je ne suis pas venue pour dessiner, la prévint Lena.

– Ah bon, mais pourquoi ?

– Euh… à cause de mon père et tout ça. (Elle fit un geste vague en direction d'Andrew.) Quand mon père a décidé quelque chose… Il s'est déjà fait rembourser les frais d'inscription.

Lena baissa les yeux vers ses mains aux ongles tout rongés.

– En fait, je suis juste venue vous remercier.

– De quoi ?

– De m'avoir tant appris. Je ne suis pas restée longtemps, mais c'était un cours formidable.

Annik soupira.

– Écoute, il faut que j'aille m'occuper des autres. Si tu restais un peu, disons jusqu'à la première pause ? En attendant, tu peux dessiner si tu en as envie. Il me reste des feuilles et des fusains. Enfin, tu fais comme tu veux. Comme ça, on pourrait discuter tranquillement.

– OK, fit Lena.

De toute façon, elle n'avait aucune envie de repartir. Elle aurait trouvé n'importe quel prétexte pour rester, même celui d'arroser les plantes.

Annik déposa le matériel sur un chevalet libre. Autant fournir de la drogue à un toxico. En plus, c'était l'ancien chevalet de Lena ; voilà pourquoi il était libre. Au début, elle resta dans le fond de la salle, à regarder les autres travailler. Puis ses doigts se mirent à fourmiller, tant elle avait envie de prendre un fusain. Elle s'approcha lentement du chevalet, traçant du regard les lignes sur le papier blanc. Elle hésitait. Puis elle prit le fusain et se perdit dans les traits et les courbes de son dessin jusqu'à la sonnerie.

Annik la rejoignit.

– C'est très bien, lui dit-elle en examinant les trois croquis d'Andrew. Tu veux qu'on sorte pour discuter un peu ?

– D'accord.

Lena pensait qu'elles allaient parler dans le couloir, mais Annik lui fit traverser le hall, grimpa une rampe et la conduisit dans la cour intérieure. Elle arrêta son fauteuil près d'un banc où Lena s'installa. On entendait le bruissement des feuilles de cornouiller et le doux ruissellement de la petite fontaine. Tout autour, pour décorer, on avait disposé toutes sortes de sculptures et d'œuvres diverses, dont une pile de pneus de voiture.

– Ça te dérange, de dessiner Andrew ? demanda Annik.

Ses cheveux étaient d'un beau roux, embrasé par les rayons du soleil. Ils avaient des reflets orangés, dorés, ambrés et même rosés. Elle devait être assez jeune, pas plus de la trentaine, elle avait un joli visage délicat. Lena se demanda distraitement si elle avait un amoureux.

– Non, ça va, répondit-elle. Le premier jour, j'étais un peu mal à l'aise, mais ça m'a vite passé. Je n'y pense même plus.

– C'est bien ce qui me semblait. Quel âge as-tu ?

– Dix-sept ans, dix-huit en septembre.

Annik hocha la tête.

– Je peux te parler franchement ?

Lena acquiesça.

– Je crois que tu devrais continuer à suivre le cours.

– Moi aussi, mais mon père n'est pas de cet avis.

Annik posa les mains sur ses roues, comme si elle s'apprêtait à s'éloigner.

Lena se demanda, une fois de plus, pourquoi elle était en fauteuil roulant. Était-elle handicapée de naissance ou avait-elle grandi sur ses deux jambes comme les autres enfants ? Avait-elle eu une maladie, un accident ? Lena se demandait ce qui fonctionnait ou pas dans son corps. Pourrait-elle avoir un bébé si elle le désirait ?

Lena aurait voulu savoir, mais elle n'osait pas poser de questions. Elle craignait de toucher à quelque chose de trop sensible, de trop intime. Les barrières tombaient plus vite face à quelqu'un dont la douleur, le malheur étaient si visibles. Pourtant, elle n'osait pas demander, et sa retenue pouvait être interprétée comme une preuve de lâcheté ou d'indifférence. En tout cas, elle créait entre elles une distance que Lena regrettait.

Annik roula un peu en avant, un peu en arrière, sans s'éloigner vraiment.

– Fais ce que tu as à faire, lui dit-elle.

Lena ne savait pas bien ce qu'elle entendait par là – reprendre le cours ou écouter son père – mais elle avait le sentiment qu'Annik penchait pour la première solution.

– D'abord, je ne sais pas comment je me débrouillerais pour payer, murmura Lena, songeuse.

– J'ai droit à une assistante, annonça Annik. Il faudrait que tu m'aides à installer l'atelier puis que tu ranges et que tu passes la serpillière après. Mais tu pourrais suivre les cours gratuitement.

– C'est d'accord, répliqua aussitôt Lena, sans réaliser l'importance de la décision qu'elle prenait.

– Je suis vraiment contente, fit Annik avec un grand sourire.

– Mais je ne sais pas ce que je vais raconter à mon père, marmonna Lena pour elle-même.

– Dis-lui la vérité.

Lena haussa les épaules. Elle savait déjà que ce conseil-là, elle ne le suivrait pas.

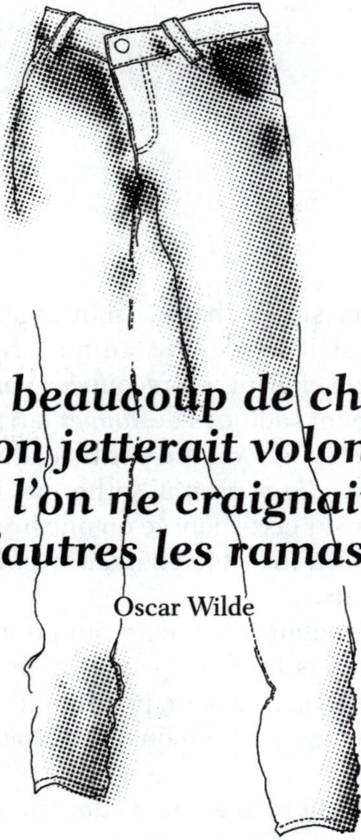

Il y a beaucoup de choses que l'on jetterait volontiers si l'on ne craignait que d'autres les ramassent.

Oscar Wilde

Pétrifiée sur sa chaise, Tibby regardait Nicky qui regardait les dessins animés. Ses pensées allaient et venaient, entrecoupées par les scènes terriblement sadiques de *Tom et Jerry*. Elle avait mal partout, le moindre petit os la faisait souffrir dès qu'elle pensait à Katherine. Elle n'osait s'attarder sur cette pensée qu'une brève seconde de temps à autre et la chassait vite. C'était trop douloureux.

Nicky n'était pas encore au courant. Ils ne voulaient pas lui faire peur. Tandis que Tibby, elle, était morte de peur, priant pour que le téléphone sonne – à condition que ce soit une bonne nouvelle.

Elle n'avait reçu aucune éducation religieuse. Dans sa petite enfance, ses parents étaient de fervents athées, qui ressassaient le discours de Marx sur « l'opium du peuple ». Aujourd'hui, Tibby ne savait plus en quoi ils croyaient. Ils n'en parlaient plus.

Mais Tibby n'était pas « eux ». Il lui semblait impossible de ne pas croire en un Dieu, quel qu'il soit, quand quelqu'un qu'on aimait, qu'on aimait de tout son cœur, venait à mourir. Il n'y avait pas d'autre solution. D'ailleurs, Bailey (de son vivant, et non dans la mort) avait été la preuve qu'il existait bien quelque chose ou quelqu'un au-delà de la réalité rationnelle.

Quand on y réfléchissait, ça se tenait : un Dieu assez malin pour rappeler au plus vite Bailey auprès de lui était certainement assez malin pour sentir que Katherine était un être à part. Katherine était trop bien pour le monde dans lequel vivait Tibby. Tibby y avait sa place, mais pas Katherine. Elle était courageuse, généreuse, passionnée. Si quelqu'un était dans le carnet de bal de Dieu, c'était bien elle. Pendant que Tibby ferait tapisserie au fin fond du paradis, si jamais elle y entrait, Katherine, comme Bailey, danserait la polka, la samba ou même la macarena avec Dieu !

« S'il vous plaît, ne la prenez pas tout de suite, supplia Tibby. Elle n'a que trois ans, et on l'aime trop, on ne peut pas vivre sans elle. »

C'était une prière égoïste. Tout était sa faute, elle en était consciente. Elle avait ouvert une fenêtre toujours fermée d'habitude. Pourquoi avait-elle fait cela ? Elle savait que Katherine avait envie de monter dans le pommier. C'était pour ça qu'elle était tombée par la fenêtre.

« Je n'ai pas fait exprès. S'il vous plaît, mon Dieu, croyez-moi. »

Il s'agissait d'un accident. Quelle horreur. Mais Tibby se rendait compte qu'il y avait encore bien pire : toutes ces fois où, volontairement, elle avait manqué à ses obligations de grande sœur. Elle était jalouse et rancunière. Elle malmenait Katherine et se rassurait en faisant semblant de croire que, de toute façon, les petits n'avaient aucune sensibilité. Alors qu'au fond elle savait qu'il n'y a pas plus sensible que le cœur d'un enfant.

Si Tibby avait donné à sa petite sœur l'amour qu'elle méritait, elle ne serait peut-être pas tombée. Si elle avait été plus à l'écoute, si elle l'avait aidée à grimper sur cette branche de pommier, Katherine n'aurait pas essayé de passer par la fenêtre. Si Tibby avait été un peu moins préoccupée par cette histoire avec Brian, tout ceci ne serait peut-être pas arrivé.

L'amour est la meilleure protection contre les coups de la vie. Mais alors que l'infatigable Katherine le méritait mille fois, Tibby lui avait refusé son amour.

« Pourtant je l'aime, mon Dieu. Je l'aime tant. »

Tibby implorait une seconde chance, une chance de faire mieux.

Quand le téléphone sonna, elle se jeta dessus.

– Tibby ?

C'était son père. Elle emporta le combiné dans la cuisine loin des oreilles de Nicky.

– Papa ?

Elle tremblait de tous ses membres.

– Ça va mieux, ma puce. Les médecins disent qu'elle va s'en sortir.

Tibby s'autorisa enfin à pleurer sans retenue. Elle sanglota, hoqueta, soupira, larmoya. Son père faisait à peu près la même chose à l'autre bout du fil.

– Je peux venir ? demanda-t-elle.

– Kathy doit encore passer des radios. Le plus grave, c'est la fracture du crâne, mais elle a aussi le poignet et la clavicule cassés. On espère que ça s'arrête là. Elle est bien éveillée et elle parle maintenant, mais je préférerais que tu restes encore un peu à la maison avec Nicky. Vous n'avez qu'à venir vers six heures, ce sera plus calme. D'accord ?

– D'accord, mais j'ai... j'ai tellement envie de la voir, papa...

La voix de Tibby fut engloutie par les larmes.

– Je sais, ma puce. Tu vas la voir bientôt.

« Tibby, c'est moi, Carma. On était mortes de peur. Lenny m'a dit qu'il fallait que j'arrête de téléphoner chez toi, mais elle a pris le relais. Elle a appelé cinq fois. Je suis contente que Kat aille mieux. Je pense bien à vous. Rappelle-moi quand tu auras une seconde. Bisous. » Biiip.

« Tibby ! C'est Bee ! Lena m'a prévenue pour Katherine. J'en tremble encore. Mais elle va vite s'en remettre, j'en suis sûre. Tu m'appelles ? Bisou-bisou. » Biiiip.

« Tibou, désolée d'avoir appelé sans arrêt. C'est Lenny. Je ne supportais pas d'attendre sans savoir. Je suis vraiment contente que ça s'arrange. Je passe te voir demain, OK ? Tiens bon. On t'aime. » Biiiip.

– Elle avait l'air tout près, j'ai voulu la cueillir.

Katherine reposait sur une montagne d'oreillers dans son lit d'hôpital. Elle était un peu abrutie par les médicaments, mais ça ne l'empêchait pas de vouloir à tout prix raconter son aventure à son frère et à sa sœur.

Tibby hocha vigoureusement la tête, tentant de cacher que chaque mot lui enfonçait un clou dans le cœur. Elle ne supportait pas de voir la petite tête de sa sœur pleine de bleus au milieu des bandages, son plâtre, son attelle, ces éraflures et ces coupures partout. Et le pire, c'est que Katherine ne semblait même pas consciente de son état.

– Je n'arrivais pas à l'attraper, alors je suis montée sur le rebord.

Elle prit un air coupable.

– J'ai pas le droit de faire ça. Mais j'avais presque réussi, alors je me suis penchée un peu plus... et là... (elle se tourna vers son frère pour cette partie de l'histoire)... je suis tombée.

Nicky était en transe. Sa sœur avait rarement fait quelque chose d'aussi passionnant.

– Par terre ? demanda-t-il, haletant.

– D'abord, je me suis rattrapée au rebord de la fenêtre, expliqua-t-elle. J'ai essayé de remonter parce que j'avais mal aux doigts, suspendue comme ça.

Nicky hocha la tête, les yeux écarquillés.

– Mais j'ai pas réussi. Et là, j'ai vu les buissons... ils avaient l'air doux alors je me suis laissée tomber dedans.

– Oh..., souffla Nicky.

– Ils sont pas très doux en fait parce que je me suis cassé le crâne, ajouta Katherine sur le ton de la conversation.

– Katherine !

Tibby n'en pouvait plus. Les images qui lui venaient à l'esprit étaient insoutenables. Elle détourna la tête, le temps de se reprendre. Puis elle s'allongea à plat ventre en travers du lit et agrippa les petits pieds nus de sa sœur.

Elle s'efforça de sourire.

– Tu es vraiment très forte et très courageuse, tu sais. Pas vrai, Nicky ? demanda-t-elle.

– Si, répondit-il solennellement.

– Mais je veux que tu me promettes de ne plus jamais faire un truc pareil, hein ?

– Promis. J'ai promis à papa et maman aussi.

Tibby leva les petits pieds jusqu'à son visage, les pressa contre ses joues et ferma les yeux. Elle était submergée de tendresse, de soulagement, mais aussi de culpabilité et de remords. Avec une profonde inspiration, elle ravala ses larmes. Sa sœur en avait assez vu comme ça.

– Brian ! s'écria Katherine avec un enthousiasme remarquable pour une petite fille qui s'était brisé le crâne moins de huit heures auparavant.

Tibby leva la tête. La journée avait déjà été tellement riche en émotions qu'elle se sentait incapable d'en supporter davantage.

Brian avait l'air bouleversé, mais il afficha un grand sourire en tentant de serrer dans ses bras les rares endroits où Katherine était intacte.

– Tu es en un seul morceau, Kit-Kat. Ouf !

Elle rayonnait.

– Je suis tombée par la fenêtre de Tibou.

Brian lança un bref coup d'œil à Tibby pour lui exprimer son soutien.

– C'est ce qu'on m'a dit.

Tibby se demandait comment il avait su. C'était Brian tout craché, de débarquer comme ça.

Elle lâcha les pieds de sa sœur, tandis qu'il posait sur elle ce regard inimitable, où toutes ses pensées passaient directement de ses yeux à lui à ses yeux à elle. Il s'inquiétait pour Katherine, mais aussi pour elle. Il ne voulait pas qu'elle se sente responsable ou coupable.

Il voulait également – ou bien était-ce seulement son imagination ? – lui faire savoir que ce qui s'était passé entre eux s'était réellement passé, et qu'il pensait ce qu'il lui avait dit.

Elle, elle ne voulait qu'une chose. Une toute petite chose : qu'entre eux, tout redevienne comme avant.

Carmen était allongée sur son lit, elle pensait à Katherine, s'inquiétait pour Tibby, réfléchissait à tout et à rien en particulier. Sa mère dormait déjà alors qu'elles venaient à peine de finir de dîner. Une fois de plus, David n'était pas rentré à temps pour manger avec elles.

Il travaillait sur un dossier important. Si c'était pour avoir des horaires pareils, Carmen ne voulait pas devenir avocate, merci. En tout cas pas dans le même domaine que lui. Avant, il était de retour vers sept heures presque tous les soirs mais, ces derniers temps, il n'était pas à la maison avant onze heures et restait pendu à son portable. À plusieurs reprises, il était parti au bureau le matin et n'était revenu que le lendemain à l'aube. Et encore, seulement pour prendre une douche avant de repartir à nouveau. Carmen avait toujours soupçonné les gens qui travaillaient autant de ne pas avoir vraiment envie de rentrer chez eux. Mais elle savait que ce n'était pas le cas. David aurait voulu être à la maison avec Christina. Il l'adorait. Elle voyait bien qu'il s'en voulait chaque fois qu'il manquait le dîner, c'est-à-dire pratiquement tous les soirs.

Selon Christina, il était sur « une grosse affaire ». Une gigantesque entreprise engloutissait une autre gigantesque entreprise, à ce que Carmen avait compris. Et David voulait absolument avoir réglé cette « grosse affaire » avant l'arrivée du bébé. Voilà pourquoi il travaillait vingt heures par jour.

Carmen fixait le plafond constellé d'étoiles phosphorescentes qu'elle avait collées quand elle avait huit ans. Il devrait y avoir une loi interdisant aux gamins de huit ans de décorer seuls leur chambre, surtout avec des autocollants. Pourquoi la petite Carmen de huit ans avait-elle infligé à la grande Carmen de dix-sept ans tant de décalcomanies débiles – en particulier ces licornes en vitrail impossibles à décoller des carreaux ?

Bon, pour tout avouer, elle avait encore un petit faible pour les étoiles qui brillaient dans le noir, mais ce soir, au lieu de lui donner une impression d'immensité, le plafond étoilé lui semblait écrasant.

La petite Carmen de huit ans lui rappela la plus petite Carmen de quatre ans qui avait rempli son placard d'une collection de poupées embellies (euh, pardon, estropiées) par ses soins. Et ce souvenir lui rappela la minuscule Carmen bébé qui habitait déjà dans cette chambre.

Ce qui, bien sûr, la ramena aux bébés en général.

Elle aurait voulu laisser un vide, un manque en partant en fac. C'était sans doute égoïste de sa part, mais c'était comme ça. Elle voulait sortir du tableau de son ancienne vie en laissant un grand et beau trou attendant son retour. Pour qu'elle ait au moins la possibilité de revenir.

Mais maintenant, elle avait l'impression qu'à la minute même où elle quitterait cette vie, le trou se refermerait comme si elle n'avait jamais existé. Le tableau se reformerait presque instantanément avec une nouvelle famille à la place de l'ancienne, et elle ne pourrait plus jamais revenir. Voilà ce qu'elle ressentait. Elle avait peur de disparaître. Peur de perdre sa place.

Le plafond l'écrasait. Les pensées se bousculaient dans sa tête. Son crâne allait exploser. Ses yeux sortir de leurs orbites. Elle se leva, alluma la lumière, puis agita la souris pour réveiller son ordinateur endormi. Elle se connecta et, sans réfléchir, se rendit sur le site de l'université du Maryland. Elle cliqua ici et là, parcourant les différentes pages. Toujours le même bla-bla sur les études et la vie universitaire. Elle se surprit à cliquer sur le lien qui menait aux admissions et, de là, au formulaire d'inscription en ligne. La date de clôture n'était pas indiquée. Son index cliqua sur l'icône « imprimer ».

Ses yeux tombèrent alors sur la liasse de brochures de l'université Williams posée sur son bureau : questionnaire de santé, plaquette sur les chambres universitaires, guide de l'étudiant, et même une carte indiquant où se trouvait le campus, un coin verdoyant dans l'ouest du Massachusetts, à plus de sept heures de route de la maison.

Elle écouta son imprimante bourdonner et crachoter, en s'interrogeant : et si elle n'allait pas à Williams après tout ? Si elle ne disparaissait pas ?

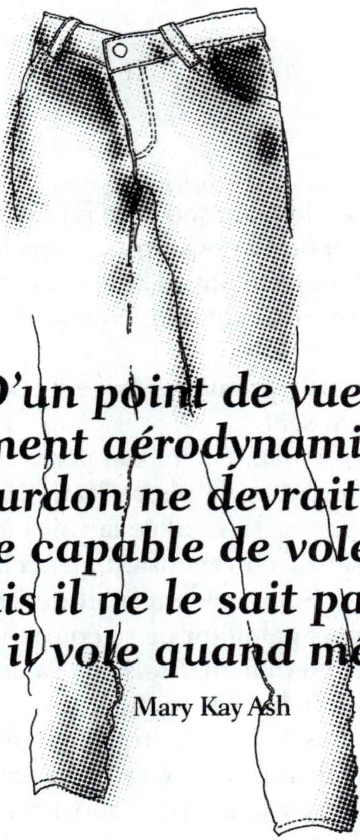

D'un point de vue purement aérodynamique, le bourdon ne devrait pas être capable de voler, mais il ne le sait pas, alors il vole quand même.

Mary Kay Ash

Au dîner, lorsque son père lui demanda comment s'était passée sa journée, Lena lui annonça qu'elle allait faire plus d'heures au restaurant.

Les yeux rivés sur son assiette de pâtes, elle expliqua :

– Je ferai le premier service du soir en plus, de quatre à sept.

– Très bien, la félicita son père.

– Comment va la petite Katherine ? voulut savoir sa mère. Tu es allée la voir hier ?

Lena sourit en repensant au récit animé de Katherine. Son accident était devenu l'événement le plus palpitant de sa courte vie.

– Oui, elle va bien. Mais elle va devoir porter un casque de hockey tout l'été.

– Moi aussi, j'ai dû en porter un, intervint Effie en faisant crisser sa fourchette dans le fond de son assiette. Tu te souviens, maman ?

– Pendant une semaine, confirma Ari. Tu avais reçu un coup, mais tu n'avais rien de cassé, Dieu merci.

Lena mâchonnait un morceau de pain. Pourquoi les petites sœurs cherchaient-elles à tout prix à se fendre le crâne ? Lena n'avait jamais eu le moindre point de suture.

Soudain Valia demanda d'une voix forte :

– Qu'est-ce que c'est que cette sauce ?

– Du pesto, répliqua Ari avec fermeté.

Valia l'étala de la pointe de sa fourchette d'un air soupçonneux.

– Ce n'est pas bon.

Un ange passa. Même Effie n'avait plus rien à répondre à cela.

Après le repas, Lena alla faire la vaisselle. Elle se raidit en entendant sa grand-mère la rejoindre dans la cuisine.

– J'ai papoté avec Rrrena sur Interrrnet aujourrrd'hui.

– Ah bon ?

Lena ne se retourna pas. Elle n'aimait pas avoir ce genre de conversation avec sa grand-mère.

– Elle m'a dit que Kostos, il n'habite plus avec cette femme.

Lena ferma les yeux, les mains plongées dans l'eau chaude et savonneuse. Heureusement que Valia ne pouvait pas voir son visage.

Sa grand-mère avait de nombreux sujets de récrimination, et Kostos en faisait partie. Son grand rêve aurait été que son cher petit-fils d'adoption, le beau Kostos, épouse sa petite-fille, la belle Lena. Elle ne se rendait certainement pas compte que, si elle avait été blessée et profondément déçue, Lena l'avait été mille fois plus. Si elle en avait été consciente, elle ne lui aurait sans doute pas si souvent donné des nouvelles de son île natale, Oia.

Le bébé de Kostos et Mariana, qui avait précipité leur mariage et brisé du même coup le cœur de Lena, n'était pas arrivé à terme. Mais personne ne pouvait vraiment l'affirmer, et les spéculations allaient bon train. Cette première révélation fracassante était tombée dans le courant du mois de décembre. Valia avait laissé Lena ruminer cette nouvelle pendant des semaines. Cependant, vu le manque d'objectivité de sa grand-mère, Lena doutait qu'on puisse se fier à ses informations. Jusqu'à preuve du contraire donc, un bébé Kostos en pleine santé faisait la joie de tous à Oia.

Lena était partagée : elle souhaitait que toutes ces rumeurs soient vraies et, en même temps, elle espérait que non. Son bon côté espérait que non. Elle n'avait pas le choix, si elle voulait oublier Kostos et continuer de vivre sa vie, elle ne pouvait pas laisser la porte ouverte aux « si » et aux « peut-être » qui l'empêcheraient d'avancer. Elle ne voulait pas savoir ce que devenait Kostos. Quoi qu'il se soit passé, c'était terminé. Mais elle brûlait d'envie de savoir quand même.

La présence de Valia, reliée en permanence à Oia *via* le Net, était une épine plantée dans le cœur de Lena, qui rouvrait la blessure dès qu'elle semblait guérir.

– Kostos a prrris un apparrrtement à Vothonas, à côté de l'aérrroporrrt. Il travaille pour une entrrreprrrise de trrravaux publics.

Lena ne pouvait contrôler ses pensées. Si elle avait pu, elle les aurait stoppées net, là, maintenant.

Si Mariana avait fait une fausse couche, Kostos devait la plaindre. Mais si elle lui avait fait croire qu'elle était enceinte pour qu'il l'épouse, il devait la mépriser. Avait-il appris à aimer cette femme ? Ou au contraire à la détester ? Essaieraient-ils d'avoir un autre enfant ? Voilà les questions qu'elle se posait souvent. Maintenant venaient s'y ajouter de nouvelles interrogations : Kostos et sa femme s'étaient-ils réellement séparés ? Ou avait-il déménagé pour son travail, en attendant qu'elle puisse le rejoindre ?

Lena aurait même accepté un traitement aux électrochocs si ça avait pu la débarrasser de ces pensées.

– Ah bon ? fit-elle d'une toute petite voix en s'adressant au mur.

Elle refusait de montrer à sa grand-mère à quel point ces révélations l'affectaient.

Valia entreprit alors de lui faire part de ses commentaires et Lena cessa de l'écouter. Elle finit de récurer poêles et casseroles aussi vite que possible, puis trouva une excuse polie pour filer dans sa chambre. Elle appela Tibby pour parler de tout et de rien. Elle rangea sa chambre déjà rangée.

Enfin, elle se mit au lit avec un livre en s'efforçant, comme bien souvent, de ne pas penser à Kostos.

– Il a un peu grandi, tu ne trouves pas ?

Bridget s'adressait aux poutres, à une trentaine de centimètres au-dessus de sa tête, mais la question parvint tout de même à l'oreille de Diana, dans la couchette du dessous.

– Mm… ouais, c'est possible.

Les orteils de Bee pianotaient sur la barre de métal, au bout de son lit.

– Qu'est-ce qu'il est mignon. En fin de compte, je ne l'avais pas idéalisé dans mes souvenirs.

– Bridget ?

La voix rageuse de Katie venait de l'autre côté du bungalow.

– Ouais ?

– Ferme-la !

Bridget se mit à rire. Elle appréciait la franchise.

– OK.

Elle était heureuse. Elle ne pouvait pas s'en empêcher. Elle était heureuse que Katherine aille mieux. Elle était heureuse d'être heureuse et pas malheureuse qu'Eric Richman dorme dans un bungalow à moins de cent mètres de là.

Bridget tapota encore un peu ses orteils contre le lit, plus ou moins sur le rythme de *Walk on the Wild Side*. Elle se mit sur le ventre.

– Je peux dire encore un truc ?

– Non, aboya Katie – un aboiement teinté d'amusement, cependant.

– Allez !

– Qu'est-ce qu'il y a, Bee ? demanda Diana d'un air las.

Bridget avait eu plus de vingt-quatre heures pour digérer la nouvelle : elle allait passer l'été en compagnie du légendaire Eric Richman. Elle l'avait vu deux fois aujourd'hui. Ils s'étaient souri, sans s'adresser la parole cependant. Elle retrouvait cette sensation de pétillement au creux du ventre, comme lors de leur première rencontre. Ce n'était peut-être pas bon signe. Mais elle avait changé. Elle se sentait changée.

– Ça ne me dérange pas qu'il soit là, dit-elle finalement. Je crois que ça va aller.

LennyK162 : J'ai enfin eu Bee. C'est dingue, pour Eric.

Carmabelle : Ouais, complètement dingue. Mais elle dit que ça va aller.

LennyK162 : Tu crois qu'on peut la croire ? Ou on file en vitesse la chercher en Pennsylvanie pour la ramener de force à la maison ?

Carmabelle : Donnons-lui une semaine.

Aujourd'hui, Valia avait rendez-vous chez le médecin. Apparemment, ses reins avaient décidé de faire n'importe quoi, il fallait donc qu'elle se rende à l'hôpital tous les quinze jours pour subir des examens.

C'était leur première sortie, et Carmen s'en réjouissait. Ça leur ferait sans doute du bien de mettre le nez dehors. Même si elles se faisaient écrabouiller par un bulldozer juste devant la maison. Tout plutôt que de passer un autre après-midi interminable dans la pénombre du salon des Kaligaris.

En plus, c'était au tour de Carmen de porter le jean magique… et rien de magique ne pourrait bien entendu se produire si elle restait enfermée avec Valia, dont l'influence néfaste n'était plus à prouver.

Elles n'avaient passé qu'une semaine ensemble et, déjà, une pesante routine s'était installée. Après deux bonnes heures passées à papoter sur Internet, en hurlant copieusement après l'ordinateur – et après Carmen –, tout en écoutant la télé, Valia donnait des signes de fatigue. Vers trois heures, elle s'installait dans un fauteuil confortable où elle dodelinait de la tête, luttant contre le sommeil. Cela correspondait à peu près au début du feuilleton de Carmen, *La Belle et le Costaud*. Elle se penchait donc en avant pour tenter – avec mille précautions – d'atteindre la télécommande sans se lever. Elle attendait, le temps qu'il fallait, que les paupières ridées de Valia se ferment. Après cela, elle patientait encore un peu. Puis... lentement, elle baissait le son et faisait défiler les chaînes. Arrivée à ce stade, son cœur battait à tout rompre. Une fois sur la quatre, si proche de la victoire, elle se réjouissait déjà à l'idée de voir les yeux turquoise de Ryan Hennessey, mais soudain...

Valia se redressait brusquement dans son fauteuil en beuglant : « Ce n'est pas mon émission ! » La pauvre Carmen, déconfite, n'avait plus qu'à remettre l'émission en question. Et tout recommencer.

Elle était donc honteusement reconnaissante aux reins de Valia d'avoir des ratés, ce qui les obligeait aujourd'hui à faire un petit tour en voiture pour aller chez le médecin. Elle se concentra sur la route, sourde aux remarques désobligeantes de Valia sur sa manière de tenir le volant.

Carmen était tellement impatiente de quitter la maison qu'elles étaient ridiculement en avance pour le rendez-vous. Elle fit donc preuve d'une grande souplesse en acceptant, à la demande de Valia, de s'arrêter chez le glacier juste à côté de l'hôpital. De toute façon, une bonne glace, ça ne se refuse pas.

Valia voulait une boule pistache. Non, finalement elle préférait vanille-noix de pécan. Non, non, en fait...

– Pourrrquoi ils mettent des morrrceaux de

cookies dans la glace, hein ? voulut-elle savoir. Qu'est-ce que c'est que ça, des verr… verrrmicelles ? C'est comestible, ce trrruc violet ?

Carmen surprit l'expression de la fille derrière le comptoir : elle faisait exactement la tête qu'elle-même avait dû faire la majeure partie du temps la semaine dernière.

En fin de compte, après un nombre incalculable de questions et de commentaires déplacés, Valia fixa son choix sur une glace à la menthe poivrée. Elle était toute gluante et d'un rouge criard.

Valia l'avait à peine goûtée qu'elle la tendit à Carmen.

– Beurrrk ! Tiens, mange-la.

– Je n'en veux pas.

– Mais j'ai horreur de ça.

Valia lui fourra le cornet sous le nez.

Carmen bouillait intérieurement. Elle détestait la glace à la menthe. Et elle détestait Valia. Valia n'était qu'un gros bébé capricieux. Et Carmen détestait les bébés. Elle détestait les personnes âgées. Elle détestait tous ceux qui se trouvaient dans l'intervalle. Elle détestait le monde entier.

Sauf lui.

Lui, c'était un garçon – de son âge ou à peine plus vieux – qui venait d'entrer chez le glacier au moment même où Carmen repoussait la glace rouge et visqueuse.

Elle ne le détestait pas encore mais, au rythme où elle était lancée, ça n'allait sans doute pas tarder. Il ne ressemblait pas à Ryan Hennessey, pas du tout, mais il avait tout de même quelque chose… Ses cheveux étaient châtain doré, un peu ébouriffés, ses sourcils presque blonds, et ses taches de rousseur lui donnaient un petit air coquin, comme s'il se moquait de tout. En revanche ses yeux lui donnaient l'air grave, comme s'il ne se moquait pas du tout de tout.

Le regard de Carmen s'attarda un peu trop longtemps sur son visage. Lorsqu'elle se retourna, elle vit la boule de glace vaciller sur le cornet… Trop tard ! Elle alla s'écraser par terre, sploch ! sur trente bons centimètres carrés. Valia, furibonde, insulta Carmen en grec et lui tourna résolument le dos. Mais la glace était bien aussi visqueuse et gluante qu'elle en avait l'air. Son talon dérapa dans la flaque et Carmen, horrifiée, la vit s'étaler de tout son long. Le cri de Carmen et le hurlement de Valia se mêlèrent.

En quelques secondes, la vieille dame se retrouva dans les bras de Carmen. Elle était plus légère, plus sèche qu'elle ne l'aurait cru. Elle avait les yeux fermés et le visage crispé de douleur. Sa jambe droite s'était tordue dans le mauvais sens. Lorsque Valia rouvrit les paupières, Carmen vit son regard embué de larmes, et se sentit affreusement mal. Ses yeux se remplirent de larmes à leur tour.

– Oh, Valia, murmura-t-elle en tentant de la prendre fermement sous les aisselles. Je suis désolée.

Elle entendit un petit sanglot s'échapper de ses propres lèvres.

Et découvrit une troisième paire de bras dans la mêlée. Les bras du garçon qu'elle ne détestait pas encore et qui l'aidait à relever Valia.

Les rares clients approchèrent, la serveuse sortit de derrière son comptoir. Elle se balançait d'un pied sur l'autre sur le lino poisseux, mal à l'aise.

Valia poussa un gémissement.

– Je me suis fait mal à la jambe. Faites attention, je vous en prrrrie.

– D'accord, fit Carmen d'un ton apaisant. Ça va aller.

– Si vous passez votre bras autour de mon cou, je pourrai vous soutenir pour que votre jambe ne touche pas par terre, lui proposa gentiment le garçon.

Il se mit en place et fit signe à Carmen de soulever à son commandement. Elle obtempéra.

Valia geignit à nouveau mais, au moins, elle était debout.

– Valia, les urgences sont juste à côté, on va vous y emmener, d'accord ?

Sa voix n'aurait pu être plus douce.

La vieille dame hocha la tête. Pour une fois, toute férocité avait quitté ses traits qui s'accordaient plutôt harmonieusement, malgré la souffrance.

– Prête ? articula le gars pas détestable à l'attention de Carmen.

Voilà qu'ils faisaient équipe !

Ils se mirent en marche. Carmen ne cessait de chuchoter à l'oreille de Valia pour l'apaiser. En sortant du magasin, les deux mains prises, elle ne put retenir la porte qui se referma violemment sur son bras. S'efforçant de ne pas tituber ni même de laisser échapper un gémissement, elle serra les dents et ravala ses larmes. Elle vit le regard du garçon se poser sur son bras. Et, en même temps que lui, s'aperçut qu'elle saignait.

– Ça va, articula-t-elle sans bruit dans le dos de Valia, avec un vague haussement d'épaules.

Elle se promit de ne pas pleurer, coûte que coûte.

Arrivés aux urgences, ils déposèrent avec précaution une Valia livide sur une chaise. Carmen passa alors en mode efficacité absolue. Grâce à son incroyable talent de baratineuse, elle remonta la longue file d'attente, emportant paperasse et formulaires qu'elle promit de remplir dès que Valia serait entre les mains d'un médecin. Par miracle, elle découvrit que l'un des urgentistes parlait grec et, quelques instants plus tard, Valia était installée dans une salle d'examen avec un docteur qui la rassurait dans sa langue natale.

Alors, et alors seulement, Carmen se rappela

l'existence du gars pas détestable. Lorsqu'elle revint dans la salle d'attente, il était encore là, assis sur une chaise en plastique.

Elle s'empressa de le remercier, du fond du cœur.

– Merci, c'est vraiment très gentil de ta part.

– Ça va aller ? demanda-t-il.

– J'espère. Elle était ravie parce qu'un des médecins parle grec. Il pense qu'elle s'est déchiré un ligament du genou, mais apparemment elle n'a rien de cassé, c'est déjà ça. Ils vont quand même lui faire une radio.

C'était bizarre d'avoir tant à dire, tant à partager, avec un garçon dont elle ne connaissait même pas le nom.

Lorsqu'elle s'assit à côté de lui, il lui tendit une serviette en papier mouillée en montrant son bras du doigt.

– Oh, mince. C'est vrai.

Le sang ne coulait plus et avait commencé à sécher, mais ce n'était tout de même pas très beau à voir. Elle s'essuya avec la serviette.

– Merci.

– Ça va ?

– Oui, oui, très bien. C'est juste une égratignure.

C'était plus qu'une égratignure, mais ça lui plaisait de jouer les courageuses.

Elle regarda la serviette tachée de rouge. Il la regarda, elle.

– Bon… eh bien, merci encore, dit-elle doucement.

Elle voulait le libérer, lui dire qu'il pouvait s'en aller, mais il n'avait pas l'air pressé de partir.

Il la regardait toujours, tentant visiblement de comprendre quelque chose.

– Je travaille ici, dit-il pour rompre le silence.

– C'est vrai ?

– Oui, enfin, je suis bénévole. Je suis en prépa médecine, alors j'essaie de découvrir le métier. Histoire de voir si je suis fait pour.

– Je n'en doute pas.

Carmen rougit, surprise d'avoir dit ça tout haut.

– Merci, répondit-il en baissant pour la première fois les yeux.

Ils se turent quelques minutes. Il portait des Puma marron. Des pattes dorées encadraient son visage, comme un homme, un vrai. Ses cheveux avaient la brillance exceptionnelle que donne la fréquentation assidue de la piscine. Il avait les épaules larges, un torse sec et musclé – une véritable carrure de nageur.

– C'est ta grand-mère ? demanda-t-il.

– Valia ? Non, c'est… en fait, c'est ma… c'est la grand-mère d'une amie à moi, Lena. Je l'accompagnais à l'hôpital pour des examens – enfin, je veux dire, on n'était pas censées finir aux urgences.

– Je vois.

Il sourit. Il regardait à nouveau son bras blessé.

Bêtement, elle se dit que, par chance, elle s'était blessée à un endroit qu'elle trouvait plutôt pas mal chez elle.

– Vous allez sans doute devoir revenir. Pour les examens.

– Oh oui, sûrement. Je reviendrai. Valia ne peut pas se déplacer toute seule, surtout maintenant, et comme j'ai une voiture, je…

Il hocha la tête. Se leva.

– On se reverra peut-être, alors. J'espère.

– Moi aussi, dit-elle d'une petite voix en le regardant s'éloigner.

Elle sentait son cœur battre dans des endroits de son corps où elle ne l'avait jamais senti battre auparavant.

Et pourtant, en se repassant la conversation, elle eut comme un remords. Valia était la grand-mère de son amie Lena. Carmen l'accompagnait pour des examens. Carmen avait une voiture à elle.

Mais Carmen était payée huit dollars cinquante l'heure pour ça. Elle venait de se rendre compte qu'elle aurait également pu le préciser.

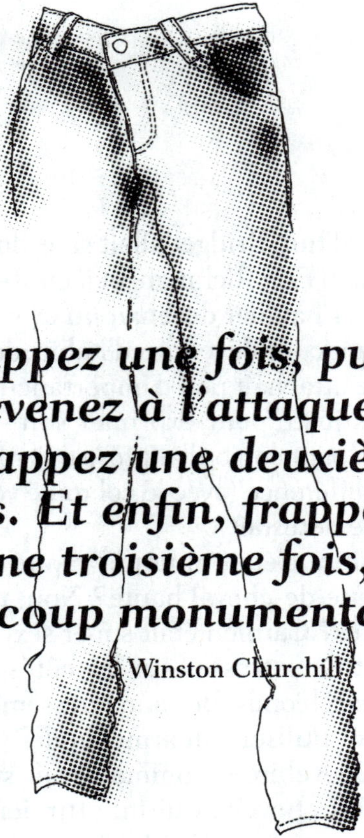

Frappez une fois, puis revenez à l'attaque et frappez une deuxième fois. Et enfin, frappez une troisième fois, un coup monumental.

Winston Churchill

Aujourd'hui, Bridget allait sans doute croiser le chemin d'Eric Richman, et il croiserait le sien. Du coup, s'habiller devenait un exercice légèrement plus complexe que d'habitude. En principe, elle attachait peu d'importance à sa tenue. Ou alors juste pour exprimer son exubérance (avec son pantalon brillant rose très rose) ou marquer sa différence (avec le col roulé vert que tout le monde détestait).

Ce matin, c'était plutôt la vanité qui parlait. Une queue-de-cheval haute ? Non, trop sévère. Des nattes ? Carmen était super sexy quand elle se faisait deux tresses sur les côtés mais, avec ses cheveux blonds, Bee aurait ressemblé à Heidi. Comment utiliser son arme fatale ?

« La Chevelure », comme l'avait surnommée Tibby. Ces cheveux qui lui attiraient des milliers de remarques. Qui faisaient klaxonner les automobilistes, siffler les coursiers, et où le regard des hommes respectables s'attardait un peu trop longuement. Qui arrachaient des exclamations ébahies aux coiffeurs, subjugués par ce miracle de la nature. Les cheveux. Les cheveux de Marly, les cheveux de Greta. Rien de plus en définitive qu'une poignée de cellules mortes qui sortaient de son crâne, mais il s'agissait d'un trésor de famille.

« Ai-je envie que tu me remarques ? » se demandait-elle en se penchant si près du miroir que ses deux yeux ne formaient plus qu'un énorme œil de cyclope.

Le miroir du petit bungalow, tout piqueté, ne reflétait que la partie de son corps comprise entre le front et les hanches. Mais si Bee reculait, elle se retrouverait dans le lit défait de Katie.

Elle n'aurait pas dû se tracasser autant. Ses espoirs bourdonnaient à ses oreilles comme d'agaçants moustiques. Elle n'aimait pas ça. Il fallait qu'elle les chasse.

Elle n'avait qu'à... mettre le premier short qui lui tombait sous la main. Par chance, c'était son joli short Adidas bleu. Et pareil pour le haut. Bon, pas le premier, mais le deuxième, d'accord. Son débardeur blanc croisé dans le dos, beaucoup plus joli. Maintenant, les cheveux. Elle n'avait qu'à les laisser lâchés. Ce n'était pas calculé, non ! Elle était... très pressée, voilà tout. Un entraîneur ne pouvait pas se permettre d'être en retard. Elle passa un élastique autour de son poignet, au cas où.

Puis elle fila hors du bungalow pieds nus, en balançant ses chaussures au bout de leurs lacets. Elle avait tellement grandi, elle serait sûrement plus grande qu'Eric avec ses crampons.

Cinq entraîneurs étaient déjà en train de s'affairer sur le terrain central. Et l'un d'entre eux se trouvait être Eric. Mais non, elle ne l'avait pas cherché des yeux !

Ayant enfin lu le règlement intérieur ce matin à l'aube alors qu'elle n'arrivait pas à dormir, elle connaissait maintenant le fonctionnement du stage. Les stagiaires étaient répartis en deux groupes, les filles d'un côté et les garçons de l'autre. Et chaque groupe comprenait six équipes. Ils jouaient au foot pendant quatre heures tous les matins. Puis, après le déjeuner, filles et garçons s'entraînaient ensemble pendant une heure pour travailler la vitesse et l'agilité. Ensuite, tout un éventail d'activités leur était proposé : natation, ski nautique, randonnées, rafting, etc. Après le dîner, ils avaient quartier libre – parfois un film ou une soirée.

Maintenant qu'elle avait également consulté la liste des entraîneurs (où figurait effectivement noir sur blanc le nom d'Eric Richman), restée plusieurs semaines pliée dans son enveloppe, Bridget savait qu'elle allait s'occuper d'une équipe de garçons. Ça lui allait. Le seul point noir, c'était que Diana travaillait avec les filles. Dommage, elles se seraient bien amusées ensemble.

Bridget s'assit au milieu du terrain et sortit ses chaussettes roulées en boule de ses chaussures. Elle les enfila puis laça ses crampons, alors que le soleil lui chauffait doucement la tête.

« Ce n'est plus pareil, maintenant. Ce n'est plus du tout pareil », se répétait-elle. Mais à quoi bon ? Elle ne s'écoutait même pas. Non loin d'elle, Eric courait à petites foulées, avec le même air un peu perplexe qu'il y a deux ans. Elle le suivit des yeux.

Les stagiaires commençaient à arriver. En principe, ils avaient tous entre dix et quatorze ans mais, surtout chez les garçons, il y avait de tels écarts, c'en était presque comique. Certains faisaient encore petits garçons alors que d'autres ressemblaient déjà presque à des hommes.

Elle repéra Manny, sa responsable, qu'elle avait rencontrée la veille à la réunion. Elle lui fit signe.

Le directeur du camp donna un coup de sifflet. Joe Warshaw. Il avait joué dans l'équipe des San José Earthquake à son heure de gloire. Bridget bondit sur ses pieds et sautilla sur place pour se dégourdir les jambes, tout excitée. Elle avait joué les entraîneurs amateurs en Alabama, l'été dernier. Elle avait également été entraîneur bénévole dans un centre médical, et donnait souvent un coup de main à l'entraîneur de l'équipe junior du lycée. Mais jamais encore elle n'avait entraîné son équipe à elle.

Elle savait que sa réputation l'avait précédée. Elle avait entendu murmurer dans son dos au petit déjeuner ce matin. Elle était non seulement la plus jeune des entraîneurs mais aussi la seule lycéenne médaillée à travailler au camp cet été.

Dans son entourage, personne ne s'intéressait au foot. Ses amies n'étaient pas de grandes sportives. Elles la soutenaient de leur mieux, elles avaient toutes pleuré quand elle avait reçu sa médaille, mais elles ne pouvaient pas vraiment comprendre ce que cela signifiait – et de toute façon, Bee n'y tenait pas. Elle préférait qu'elles l'aiment pour tout le reste. Son père, toujours ailleurs, s'imaginait qu'elle avait été récompensée pour ses bons résultats scolaires. Et son frère n'était venu qu'à un seul de ses matchs. Mais ici, elle avait l'impression d'être une star. Ces gamins admiraient ses exploits. Et Eric... Lui, plus que tous les autres, savait ce que cela signifiait.

Elle se retrouva justement à côté de lui lorsque le directeur répartit les équipes. Elle n'avait pas vraiment fait exprès. C'était le seul qu'elle connaissait. (Et comment !) Il lui semblait tout à fait naturel de se mettre là.

« Mais je ne recommencerai plus », se promit-elle.

Parfois, lorsqu'elle pensait à Eric, et encore plus maintenant qu'elle le voyait, elle éprouvait une certaine nostalgie pour la Bee d'autrefois. Une fille intrépide et pleine d'audace. Dans son souvenir, cette période avait quelque chose de magique. Il est des qualités qu'on possède sans en être conscient, mais le simple fait d'en prendre conscience les rend à jamais inaccessibles.

Elle n'avait pas perdu cette énergie – seulement, désormais, elle la maîtrisait mieux. Cet été-là, avec Eric, la magie avait atteint des sommets… et connu la plus vertigineuse des chutes. Il lui avait fait connaître le pire et le meilleur.

Depuis, Bee était un peu plus fragile. Ou plutôt non, elle était moins fragile. Elle avait pris conscience de ses failles et savait maintenant comment se préserver. Elle cherchait davantage à se protéger, d'accord. Normal, elle n'avait plus sa mère, elle ne pouvait compter que sur elle-même.

Bridget avait l'impression que ses troupes étaient conquises d'avance. Les garçons de son équipe avaient l'air de se considérer comme des privilégiés. Alors qu'ils se regroupaient autour d'elle, certains semblaient pétrifiés d'admiration et d'autres tout simplement terrifiés. Elle avait hérité de plusieurs gaillards pleins de capacités et bien bâtis. L'un d'eux, un grand blond, parlait avec l'accent anglais. Sans qu'elle sache bien pourquoi, son regard s'arrêta sur le visage rond et constellé de taches de rousseur d'un gamin tout dégingandé, doté de pieds immenses.

Il avait l'air super enthousiaste mais, rien qu'à le voir planté devant elle, Bee devina qu'il manquait singulièrement de coordination. Ce serait un défi de le faire jouer, elle le sut aussitôt.

Pendant que les joueurs passaient les maillots aux couleurs de leur équipe (bleu ciel pour celle de Bridget), elle se retrouva de nouveau à côté d'Eric.

– Tu es une vraie star, hein ? Je ne me suis jamais senti aussi délaissé, fit-il en riant.

Elle sourit, espérant qu'il voulait bien dire ce qu'elle pensait qu'il voulait dire.

– Alors, comment ça va ? lui demanda-t-elle d'un air détaché (elle voulait lui montrer qu'elle avait changé). Tu es bronzé.

– Je viens de passer deux semaines au Mexique.

Bridget se raidit. Qu'insinuait-il ? Elle n'avait jamais été du genre à lire entre les lignes et elle n'avait aucune intention de commencer maintenant.

Vu la tête qu'il faisait, il s'était sûrement rendu compte qu'il s'aventurait en terrain glissant.

Elle s'éclaircit la gorge.

– C'était bien ?

Il était mal à l'aise.

– On est allés chez ma grand-mère, à Mulege, puis on est descendus jusqu'à Los Cabos, et on a passé quelques jours à Mexico pour finir.

Un mot résonnait plus fort que tous les autres aux oreilles de Bridget. Il lui faisait le coup du

« on ». Qu'est-ce que c'était que ce « on » ? Qui se cachait derrière ? Elle n'allait pas rester là à se torturer la cervelle.

– Qui c'est, « on » ?

Il mit du temps à répondre. Il ne la regardait plus en face.

– « On » ? Oh... euh... moi et Kaya. Ma petite amie.

Bridget hocha la tête. Sa petite amie. Kaya.

– Waouh. Tu as de la chance.

Avait-il eu l'intention de le lui dire ?

– À plus tard, fit Bridget, un peu sonnée.

Elle s'éloigna pour trouver un endroit où rassembler son équipe. Si seulement elle avait pu exterminer cette nuée d'espoirs bourdonnants avec un coup de bombe insecticide. « Tu espérais encore, reconnais-le. » Elle détestait la mauvaise foi, surtout chez elle. « Tu sais bien que c'est vrai. »

Lena regardait par la fenêtre du bus. Il était vide. Elle en profita pour replier ses jambes sous son menton, ravie de sentir le jean contre sa peau. Elle avait passé un merveilleux après-midi à dessiner, c'était presque magique. En partie grâce au jean, également parce qu'elle faisait d'énormes progrès, elle le sentait.

Elle se remémora la dernière pose de la journée. Une longue séance de vingt minutes, ce qu'elle préférait. Ils avaient un nouveau modèle,

Michelle. Elle avait les hanches rondes et de longs, longs bras. Lena ne jugeait jamais un modèle en termes de beauté. Michelle représentait simplement une série de défis à relever à la pointe de son fusain. En regardant par la fenêtre, Lena revoyait les coudes de Michelle.

Elle appréciait ce trajet en bus, et les quelques minutes de marche de l'arrêt de bus à chez elle dans la douce lumière du crépuscule. Cela lui permettait de faire la transition entre l'atmosphère méditative de son cours et l'atmosphère tendue de la maison.

Ce soir-là, l'accueil fut plus que tendu. Elle n'avait pas posé son sac que son père hurlait déjà :

– Où étais-tu ?

Il ne s'était pas encore changé. Il n'avait pas vraiment l'air décontracté.

Elle n'ouvrit pas la bouche. Elle avait le pressentiment qu'il savait déjà d'où elle revenait.

– Je suis passé te voir au restaurant en rentrant du bureau, mais tu n'y étais pas, gronda-t-il.

Elle secoua la tête, le sang battant à ses tempes. Elle attendait de connaître l'étendue des dégâts avant d'envisager une quelconque tentative d'apaisement.

– Tu ne travailles pas au restaurant le soir, hein ?

Elle secoua de nouveau la tête.

– Tu étais au cours de dessin, c'est ça ?

Inutile de nier. Lena venait de réaliser qu'il y avait une règle implicite que le pacte du jean magique ne mentionnait pas : on ne pouvait mentir lorsqu'on le portait. Enfin, elle, en tout cas, en était incapable.

Il fallait qu'elle recommence à respirer. Elle acquiesça :

– Oui.

Le visage de son père se tordit, déformé par la colère. Il avait les yeux exorbités – ce qu'elle redoutait plus que tout. Avec Effie, elles savaient que, lorsque les yeux de leur père menaçaient de sortir de leurs orbites, l'heure était grave. Cela s'était très rarement produit durant toute leur enfance mais, ces derniers mois, depuis qu'il avait forcé sa mère à venir vivre avec eux, c'était beaucoup plus fréquent.

La mère de Lena apparut dans l'entrée, derrière lui, l'air paniqué.

– On va discuter de tout ça calmement. George, va donc te changer avant le dîner. Lena, va poser tes affaires.

Elle dut éloigner son mari de force, comme un entraîneur de boxe écarte son champion du centre du ring.

Lena fila s'enfermer dans sa chambre et attendit de voir si les larmes venaient. Elle fut secouée de quelques sanglots. Une larme tomba sur le genou du jean magique. Elle avait les joues en feu et sentait son cœur battre dans tout son corps.

Ils dînèrent dans un silence crispé. Effie était chez une amie. Il y avait tant d'électricité dans l'air que, contre toute attente, les jérémiades de Valia – alimentées par sa récente blessure au genou – détendirent un peu l'atmosphère. Au moins, elle meublait le silence.

Puis Lena et ses parents s'enfermèrent dans le salon.

La fureur de son père était un peu retombée pour laisser place à une colère froide.

– J'ai bien réfléchi, Lena.

Elle était assise sur ses mains.

– Je suis très peiné que tu nous aies menti.

Inspiration. Expiration.

– Tu sais que je n'ai jamais été très enthousiaste à l'idée que tu fasses une école d'art, poursuivit-il. Ce ne sont pas de vraies études, ça coûte cher et, à la sortie, tu n'auras aucun débouché professionnel. Tu ne t'imagines quand même pas que tu vas gagner ta vie en étant artiste.

Lena se tourna vers sa mère. Ari ne savait pas quoi faire. Elle n'était pas d'accord avec son mari, mais elle n'était pas contre non plus.

– Et puis ce cours m'a fait comprendre que ce n'était pas pour toi, de toute façon. Ce n'est pas un environnement convenable pour une jeune fille. Certains parents acceptent peut-être que leur fille fréquente ce genre de milieu, mais pas moi.

Au moins, il ne criait pas.

– J'ai déjà expliqué tout ça à ta mère. Je ne soutiendrai pas ce projet. Nous ne paierons pas tes études à l'école d'art de Rhode Island. Nous sommes prêts à t'inscrire dans une véritable université, mais pas là-bas.

Lena n'en revenait pas.

– Il est un peu tard pour prendre une décision pareille, non ? répliqua-t-elle d'une voix sourde.

– À mon avis, tu vas trouver une place ailleurs. Tu as de bonnes notes. Les inscriptions sont encore ouvertes dans certaines universités. Sinon tu déposeras un dossier pour l'année prochaine et, en attendant, tu resteras à la maison pour travailler et mettre un peu d'argent de côté.

« Plutôt mourir ! », voilà ce qu'elle avait envie de lui crier. Mais elle se retint. Elle ne répondit rien. Que pouvait-elle dire ? Rien n'aurait pu l'ébranler. En tout cas pas ses arguments, ni ses sentiments.

Il la punissait parce qu'elle lui avait désobéi. Il déguisait le châtiment sous des dehors de décision rationnelle, jouant les bons pères soucieux de son avenir, mais elle ne s'y trompait pas.

Lena sortit les mains de sous ses fesses. Elles

étaient froides comme le marbre. Son sang s'était figé dans ses veines.

Elle se leva lentement et sortit de la pièce. Il refusait d'entendre ce qu'elle avait à dire. Elle doutait qu'il entende son silence.

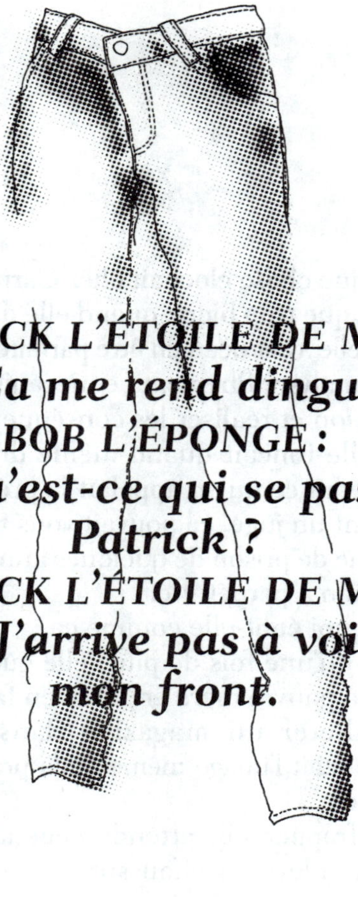

PATRICK L'ÉTOILE DE MER :

– Ça me rend dingue !

BOB L'ÉPONGE :

– Qu'est-ce qui se passe, Patrick ?

PATRICK L'ÉTOILE DE MER :

– J'arrive pas à voir mon front.

Quelque chose clochait chez Carmen, elle ne le savait que trop bien : quand elle dépassait les bornes, elle avait beau en être parfaitement consciente, analyser finement ce mécanisme d'autodestruction et réaliser les conséquences de ses actes, elle fonçait quand même droit dans le mur. C'était ce qu'on appelait la préméditation et, devant un juge, ça pouvait vous transformer une peine de prison de quelques années en condamnation à perpétuité.

Pourquoi était-elle comme ça ?

Alors qu'une fois de plus, elle guettait l'arrivée de sa pauvre mère éreintée en faisant mine de feuilleter un magazine dans le salon, Carmen était l'image même de la préméditation coupable.

Pour frapper, elle attendit cependant que sa mère ait enlevé ses chaussures et se soit allongée sur le canapé. Maintenant que sa grossesse était rendue publique, le ventre de Christina prenait des dimensions impressionnantes.

– J'ai reçu un coup de fil de la responsable des inscriptions de l'université du Maryland aujourd'hui, fit Carmen d'un ton détaché, en faisant tourner les pages de son magazine un petit peu trop vite.

Pour tout avouer, l'idée de passer sa première année de fac là-bas ne l'enthousiasmait guère. L'université du Maryland était un établissement correct, mais pas extraordinaire, rien de comparable avec Williams. Une machine immense et impersonnelle alors que, à Williams, tout était plus petit, moins anonyme.

Le seul plaisir pervers qu'elle en tirait, c'était de l'annoncer à sa mère.

Christina était trop fatiguée pour parvenir à exprimer pleinement sa surprise. Elle se contenta de demander :

– Mais... *pourquoi* ?

– Parce que j'ai déposé un dossier de candidature. La responsable des inscriptions voulait m'informer qu'ils m'acceptaient à titre exceptionnel, malgré ma demande tardive.

Christina tenta de se redresser un peu sur le canapé.

– *Nena*, je ne comprends rien à ce que tu me racontes.

– J'envisage d'entrer à l'université du Maryland plutôt qu'à Williams.

Maintenant Christina était assise bien droite.
– Mais pourquoi diable ferais-tu ça ?
– Parce que je ne sais pas si je suis prête à quitter la maison. Je pourrais rester pour te donner un coup de main à la naissance du bébé…
Elle avait lancé ça négligemment comme s'il s'agissait de prendre rendez-vous chez l'esthéticienne pour une manucure.
– Carmen ?
Ce regard, c'était exactement ce qu'elle attendait. À ce moment précis, Christina était préoccupée, entièrement et uniquement, par l'avenir de sa fille et de personne d'autre.
– Quoi ?
Carmen battit des paupières d'un air innocent.
Sa mère inspira et expira plusieurs fois, lentement, profondément, comme au yoga. Puis elle se cala dans les coussins et réfléchit un moment avant d'ouvrir la bouche.
– Ma chérie, dans mon petit cœur de mère égoïste, j'aimerais que tu restes à la maison. Je n'ai pas du tout envie de te voir partir. Tu vas terriblement me manquer, tu le sais. J'aimerais que tu restes avec moi, et David, et le bébé. C'est mon petit rêve égoïste de maman.
Carmen sentit les larmes jaillir de ses paupières. Elle était passée de l'indifférence la plus totale aux larmes en moins de vingt secondes.
Christina poursuivit d'une voix douce :

– Mais une bonne mère ne se contente pas de suivre ce que lui dicte son petit cœur égoïste. Une bonne mère fait ce qu'elle croit le mieux pour son enfant. Parfois, les deux sont compatibles. Mais pas cette fois.

Carmen s'essuya les joues d'un revers de main. Pourquoi pleurait-elle exactement ? Larmes de joie ? Larmes de tristesse ? De peur ? De ne plus savoir où elle en était ? Peut-être un peu tout ça à la fois ?

– Comment peux-tu le savoir ? demanda-t-elle d'une voix chargée d'émotion. Comment peux-tu savoir que, cette fois, les deux sont incompatibles ?

– Parce qu'une fille aussi intelligente et douée que ma *nena* doit aller à Williams. Ta place est là-bas.

– Ma place est ici.

– Bien sûr, tu auras toujours ta place ici. Ce n'est pas parce que tu vas aller à Williams que tu n'auras plus ta place ici.

– Si, peut-être, répliqua Carmen.

– Je t'assure que non.

Elle haussa les épaules et s'essuya de nouveau les yeux du revers de la main.

– Moi j'ai l'impression que si.

Lenny,

Tu avais l'air tellement triste au téléphone tout à l'heure qu'on a pensé que ça te remonterait le moral. La dame de la boutique de bonbons n'avait encore jamais rencontré quelqu'un qui n'aime que les Dragibus noirs. Pour être honnête, ce sachet plein de petites boules noires me paraît nettement moins appétissant que le paquet multicolore. Mais tu es unique Lena, et on t'aime avec tes goûts bizarres !

BISOUXXXXXXXXXXXXXXXXXXXX

Tibou + Carma

Tibby regardait sa fenêtre. De l'extérieur. Suspendue dans le vide par le bout des doigts. Dedans régnait une douce lumière jaune, tandis que là, dehors, il faisait tout noir. Le pommier était quelque part derrière elle, mais elle ne le voyait pas. Elle avait mal aux mains, ses bras étaient tout engourdis. Elle avait tellement envie de rentrer dans sa chambre. Comment était-elle arrivée là ? Pourquoi avait-elle fait ça ? Elle ne pouvait pas se laisser tomber dans le vide tout noir, mais elle ne pouvait pas non plus rentrer.

– Tibby ? Tibby ?

Elle ouvrit les yeux. Mit un moment à reprendre ses esprits. Elle était affalée dans un fauteuil, au beau milieu d'une salle de cinéma. Les lumières s'étaient rallumées et devant elle l'écran était vide. Margaret essayait tout doucement de la réveiller.

– Ah, Margaret. Salut. Je me suis endormie, on dirait, hein ?

– Ouais, mais t'en fais pas, ton service est terminé, d'façon. J't'ai nettoyé la salle, j'ai sorti les poubelles, c'est tout bon.

Tibby la regarda avec reconnaissance.

– Merci beaucoup. Je le ferai pour toi la prochaine fois, d'accord ?

Elle se redressa, un peu groggy, le temps que le rêve s'estompe. Elle ne s'endormait jamais pendant les films, d'habitude. Voilà ce que c'était, de travailler dans un cinéma. Une fois qu'elle avait récupéré les tickets de la séance de quatre heures, qu'elle s'était assurée que tout le monde avait une place et qu'elle avait passé l'aspirateur dans le hall, elle avait le droit de regarder le film. C'est pour cette seule raison qu'elle avait demandé à Margaret d'appuyer sa candidature pour ce boulot.

Depuis, elle avait vu *The Actress* quatorze fois. Les trois ou quatre premières fois, elle avait apprécié. Mais ensuite, la répétition tuait le suspense. L'histoire d'amour perdait toute spontanéité. Au douzième ou treizième visionnage, Tibby avait l'impression d'être dans la tête des acteurs, elle voyait tourner les rouages de leur cervelle. Elle connaissait tous les effets de caméra qui manipulaient le spectateur. Et au bout de quatorze fois… eh bien, elle s'était endormie.

Pour elle qui avait toujours aimé le cinéma, c'était triste, d'une certaine façon, de voir l'illusion, la magie se ratatiner comme un vulgaire macaroni sur la tablette de la chaise haute de Katherine. Ça la déprimait au plus haut point. Et quand elle voyait l'air enthousiaste des spectateurs, c'était encore pire. Elle savait qu'ils étaient pris par la tension qui montait *crescendo*, au son des violons et des violoncelles, avec ces gros plans sur d'immenses visages francs et pleins d'émotion. Ils avaient l'impression que tout cela se déroulait pour le seul plaisir de leurs yeux, comme par magie. Bien entendu, ils se moquaient que tout ne soit qu'une gigantesque machination. Aucune importance.

Tibby avait été admise dans le département cinéma de l'université de New York grâce à son court-métrage sur Bailey. Elle allait passer quatre ans à apprendre comment faire des films. C'était ce qu'elle avait toujours voulu. Mais maintenant elle n'en était plus si sûre.

Elle s'imaginait à quel point ce devait être déprimant de célébrer des mariages ou de faire naître des bébés tous les jours. De voir des gens, complètement émerveillés par cet événement, persuadés de vivre une expérience unique… puis une ou deux heures plus tard, de voir d'autres personnes vivre exactement la même chose, et ainsi de suite. Miracle pour les uns, pain quotidien pour les autres.

Quelle déception de constater que la magie de l'écran n'était qu'une suite de manipulations.

De découvrir que l'art n'était que l'application d'une formule toute faite pour plaire au public.

Bridget décida d'en discuter ce soir avec Diana, une fois les stagiaires couchés. Assises au bord du lac, elles lançaient des cailloux dans l'eau. Bee lui exposa sa stratégie qui était très simple. Elle allait se contenter d'éviter Eric. Elle resterait à bonne distance de lui et trouverait d'autres centres d'intérêt : son équipe, l'entraînement, bavarder avec Diana, se faire de nouveaux amis. En plus, elle avait trois week-ends de libres, tout comme Eric. Avec un peu de chance, leurs jours de congé ne tomberaient pas en même temps. Finalement, ce n'était pas si grave qu'ils travaillent dans le même camp. Le camp était grand.

À la réunion du lendemain, avant le petit déjeuner, les directeurs leur donnèrent de nouvelles instructions. Chaque entraîneur allait se voir assigner un coéquipier avec qui il serait chargé d'animer les activités de l'après-midi, de surveiller repas et veillées, et d'accompagner les sorties du week-end.

C'était long et ennuyeux, et Bridget avait fini par décrocher, plus intéressée par les photos que Diana lui montrait discrètement – Michael encore, les filles de son dortoir, l'équipe de foot de Cornell – quand, soudain, elle entendit son nom.

– Vreeland, Bridget. Rafting et canoë-kayak, de quatorze heures trente à dix-sept heures tous les jours de la semaine. Plus le petit déjeuner du mercredi, le déjeuner du lundi, le dîner du jeudi et le bain de minuit du dimanche. Pour les week-ends, on verra plus tard, annonça Joe Warshaw.

Elle haussa gaiement les épaules. Ça avait l'air chouette. Elle ne s'y connaissait pas plus en kayak qu'en rafting, mais elle apprenait vite. En plus, elle adorait nager sous le ciel étoilé.

Joe farfouillait dans ses papiers.

– Vreeland, Bridget, tu feras équipe avec…

Il parcourut la page des yeux.

– Richman, Eric.

Joe ne leva même pas la tête en prononçant ce nom et passa immédiatement à la personne suivante.

Bridget espérait avoir rêvé. Mais Diana lui lança un regard paniqué. Elle n'était donc pas la seule à avoir des hallucinations.

Cela paraissait tellement insensé qu'elle avait presque envie de rire. C'était une blague ou quoi ? À croire que quelqu'un de Bahia avait téléphoné ici pour dire que Bridget et Eric avaient vécu une passion dévastatrice et qu'il fallait absolument les mettre ensemble.

Quand elle releva la tête, Eric croisa son regard. Elle fronçait les sourcils.

– Tu n'as qu'à échanger, lui chuchota Diana.

Parles-en à Joe. Il t'aime bien. Il acceptera de changer.

Après la réunion, Bridget se dirigea droit vers Joe.

– Euh, je peux vous demander quelque chose ?

– Bien sûr.

Le personnel des cuisines commençait à préparer le petit déjeuner.

– Je pourrais... euh... changer de coéquipier ? C'est possible ?

– Si tu me donnes une bonne raison.

Comme s'il avait deviné ce qu'elle allait dire, avant même qu'elle ait ouvert la bouche, il compléta :

– Un motif médical ou professionnel, j'entends. Pas de changement pour motif personnel. Ça, je n'accepte pas.

– Ah...

Elle se creusait la tête pour essayer de trouver une excuse de type médical ou professionnel. Des plaies suintantes ? Ça marcherait, peut-être... Des champignons aux pieds très contagieux ? Un dédoublement de personnalité ? Elle pourrait se montrer très convaincante sur ce coup-là.

– Bon, dans ce cas, tu restes avec ton coéquipier. Tout le monde veut toujours changer au début.

Joe rassembla ses papiers et se leva pour partir.

– Ça va bien se passer.

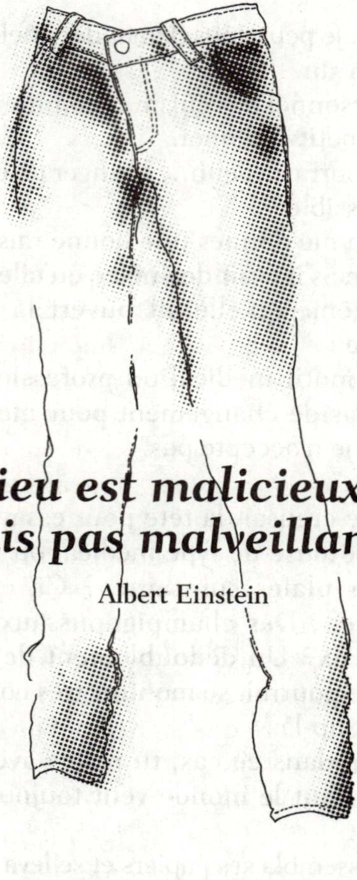

Dieu est malicieux, mais pas malveillant.

Albert Einstein

Le visage de Valia avait repris son air féroce – plus féroce que jamais, même. Elles avaient un nouveau rendez-vous à l'hôpital et, cette fois, l'enjeu était double : des examens sanguins pour les reins de Valia et une séance de kiné pour son genou. Elle avait refusé de monter en voiture avec Carmen, sous prétexte qu'elle tenait mal le volant. Carmen la poussait donc dans son fauteuil roulant, comme une maman pousse dans sa poussette un bébé très grognon.

« Carma, c'est ton karma, mauvais, mauvais karma ! Couches, poussettes et sucettes ! » chantonnait-elle dans sa tête en remontant l'avenue. Et dire qu'elle ne voulait pas faire de baby-sitting cet été !

Elle avait une bonne raison de parcourir d'un pas alerte les trois kilomètres qui les séparaient de l'hôpital sous le soleil de plomb de juillet, mais elle ne connaissait pas encore son nom.

De toute façon, mieux valait être dehors pour faire profiter le monde entier de la mauvaise humeur de Valia plutôt qu'être seule à la subir, coincée dans une pièce sombre.

Tenant le fauteuil roulant d'une main, elle ouvrit son téléphone de l'autre pour appeler Lena.

– Salut. Tu es sortie du boulot ?

– Non, je fais le service du midi et celui du soir. Là, je suis en pause.

– Ah... Écoute...

Carmen dut s'interrompre parce que Valia avait tourné la tête pour la fixer, une moue réprobatrice aux lèvres.

– Je ne veux pas t'entendrrre parrrler au téléphone, décréta-t-elle. Comment peux-tu me pousser d'une seule main ?

– Il va falloir que tu raccroches, constata Lena, compatissante.

– Eh oui !

Carmen referma sèchement son portable. Son visage avait également pris un air féroce. Les bébés avaient au moins un avantage sur Valia, ils étaient mille fois plus mignons et, en plus, ils ne parlaient pas !

Elle continua à pousser le fauteuil les dents serrées. Arrivée à l'hôpital, elle monta d'abord au huitième étage, l'étage des reins. Laissant Valia aboyer après d'autres innocents qui essayaient de l'aider, Carmen fit les cent pas dans le couloir.

En quarante minutes, elle vit passer de nombreux visages, mais pas celui qu'elle guettait.

Il lui fallut attendre d'être à l'étage des genoux – le troisième – et arpenter les couloirs vingt minutes supplémentaires pour voir le garçon qu'elle ne détestait pas encore pointer le bout de son nez. Et, lorsqu'il l'aperçut, le reste de son corps suivit.

– Salut ! s'exclama-t-il en venant vers elle, tout sourire.

Mon Dieu, voilà un garçon qui savait porter un jean. Qu'avait-il fait pour avoir l'air encore plus beau que la dernière fois ?

– Salut ! fit-elle, l'estomac pirouettant à sa vue.

– Je me suis rendu compte que j'avais oublié de te demander ton nom, l'autre jour. Ça m'a travaillé toute la semaine.

– Et alors, tu as une idée ?

Il réfléchit.

– Euh… Florence ?

Elle secoua la tête.

– Cendrillon ?

– Non.

– Angela ?

Elle fronça le nez de dégoût. Elle avait une cousine éloignée qui s'appelait Angela, et elle était énorme.

– Je donne ma langue au chat.

– Carmen.

Il pencha la tête, le temps de s'habituer à son prénom.

– Oh. Mmm… Carmen. D'accord.

– Et toi ?

– Je m'appelle Win.

Il avait prononcé son nom avec détermination, comme s'il attendait une objection.

Carmen plissa les yeux.

– Win… Comme *Winnie* ?

– Non, Win comme… (Il prit un air navré.) Winthrop.

– Winthrop ?

Elle sourit. Le connaissait-elle depuis assez longtemps pour se permettre de le taquiner ?

– Je sais.

Il fit la grimace.

– Le nom d'un de mes ancêtres. Je l'ai détesté dès le début, mais je n'ai su parler qu'à deux ans, il était déjà trop tard.

– On ne devrait pas laisser aux autres le soin de choisir notre prénom ! fit-elle en riant.

– Oui, tu as raison, s'indigna-t-il. Il faudrait changer cette coutume ridicule.

– Il y avait une skieuse aux Jeux olympiques, ses parents l'avaient laissée choisir son prénom, se souvint Carmen. Elle avait décidé de s'appeler Coucou, autant te dire qu'elle l'a regretté plus tard.

Il hocha la tête d'un air entendu.

– Oui, effectivement, c'est le risque…

Elle sourit. *Win*. Bon… Win, Win, Win, Win. Ça ne la dérangeait pas du tout.

– Comment va ton… ?

Il désigna son bras.

Ce n'était pas vraiment un hasard si elle portait son plus joli haut sans manches qui découvrait le galbe et le bronzage doré de son bras. Et même des deux.

– Bien. C'est pratiquement guéri.

– Tant mieux.

– Et Valia, comment va-t-elle ? Un problème de ligament croisé antérieur, c'est ça ?

Elle hocha gaiement la tête. Le plus gros souci que Carmen rencontrait avec les garçons, c'est qu'elle n'avait rien à leur dire. Elle était donc ravie de pouvoir parler de tant de choses avec Win (Win, Win, Win !) alors qu'ils se connaissaient à peine.

– Carrrmen ? Caaaarrrrmen ?

Encore ce cri qui lui glaçait les sangs, lui desséchait les os et lui retournait l'estomac. Elle essaya néanmoins de faire bonne figure.

– Ça doit être Valia. Elle m'appelle. Je ferais mieux d'y aller.

– Elle n'a pas l'air de bonne humeur, remarqua Win.

– Mmm…

Carmen se mordit les lèvres. Elle n'avait pas envie d'étaler ses problèmes devant Win. Non, il ne valait mieux pas.

– Elle traverse une période difficile. (Carmen baissa la voix.) Elle a perdu son mari il y a moins d'un an et elle a dû quitter la belle île grecque où elle a passé toute sa vie et…

Carmen avait sincèrement de la peine pour Valia en racontant son histoire.

– Elle est vraiment très… triste.

Win avait l'air grave.

– En effet, c'est dur.

– Oui. Bon, il faut que j'y aille, reprit Carmen.

Elle n'était pas sûre de pouvoir supporter le hurlement de Valia une nouvelle fois.

– Mais elle a de la chance dans son malheur, lança Win tandis qu'elle s'éloignait.

Carmen tourna la tête, et ses longs cheveux suivirent élégamment le mouvement, comme dans un film.

– Ah oui ?

– Elle t'a, toi.

Lena ne se sentait pas d'attaque pour retourner au cours de dessin avant quelques jours. Elle savait que son père la surveillait de près désormais. Elle attendit d'avoir retrouvé la force de l'affronter avant d'oser y retourner.

Elle demanda à Annik si elle pourrait lui parler à la pause. Cette fois, c'est elle qui se dirigea la première vers la petite cour intérieure. Annik avait été tellement contente lorsqu'elle lui avait annoncé qu'elle était reçue à l'école d'art de Rhode Island. Elle n'arrêtait pas de lui parler de tous les professeurs qu'elle connaissait là-bas. Lena se sentait donc obligée de la prévenir du revirement de situation.

– Et voilà, il ne veut pas que j'y aille, conclut-elle d'une voix sourde. Mes parents ne paieront pas les frais de scolarité.

Annik serra les lèvres, ses yeux sombres s'agrandirent entre ses longs cils roux. Elle paraissait se retenir. Elle savait sans doute que, quoi qu'ils aient fait, on ne critiquait pas les parents des autres, ça ne servait à rien.

– Il a dit qu'il t'interdisait d'y aller ou qu'il ne paierait pas ? demanda-t-elle finalement.

– Les deux, j'imagine. Je ne peux pas y aller s'ils ne me donnent pas l'argent.

– Tu en es sûre ?

Lena haussa les épaules.

– Je n'ai pas vraiment réfléchi à la question.

– Tu devrais. On peut entrer dans cette école sans avoir beaucoup de moyens. Tu as deux possibilités. Je suppose que tu ne peux pas demander une bourse sur critères sociaux ?

Lena secoua la tête. Ils vivaient dans une immense maison avec piscine. Son père était un grand avocat. Sa mère avait un bon salaire.

– Alors tu vas devoir déposer un dossier pour une bourse de mérite, conclut Annik.

– Comment fait-on ?

Lena avait peur d'oser espérer.

– Je pourrais appeler mon amie…

Annik s'interrompit et joignit les mains.

Lena compta ses bagues, elle en avait neuf en tout.

– Si j'étais toi, reprit-elle, changeant de tactique, j'irais sur le site de l'école ou je les appellerais pour savoir. Et, s'ils te disent non, insiste, pose davantage de questions jusqu'à ce que tu tombes sur quelqu'un qui te dise oui.

Lena n'avait pas l'air convaincue.

– Je ne suis pas très douée pour ce genre de choses.

Annik commençait à perdre patience. Elle n'était pas en colère, elle ne lui reprochait rien, mais elle s'impatientait.

– Tu veux faire cette école d'art ou rester chez toi ?

– Je veux faire l'école d'art. Je ne peux pas rester chez moi.

– Alors débrouille-toi, trouve une solution.

Annik posa la main, juste un instant, sur son bras.

– Lena, je crois que tu peux réussir. Tu as du talent, sans doute même beaucoup, et je ne dis pas ça à la légère. Je veux que tu essayes. Je vois bien que tu aimes ça. Mais je ne peux pas me battre à ta place. C'est toi qui dois te battre, et toi seule.

– Vous croyez ?

Annik lui adressa un petit sourire d'encouragement.

– Oui, déploie tes ailes, ma grande.

Bridget pouvait tirer un trait sur ses belles résolutions. Non seulement elle ne pourrait pas éviter Eric, mais elle allait devoir travailler avec lui. À croire que quelqu'un là-haut s'amusait à lui jouer un mauvais tour.

Après le déjeuner, elle profita de sa pause pour aller courir et essayer d'échafauder un plan de rechange.

Impossible de faire comme s'ils ne se connaissaient pas, ils allaient donc devoir être amis. Elle pouvait y arriver. Elle pouvait tout à fait le traiter comme n'importe quel garçon. Non ?

Elle pouvait essayer d'oublier que, dans sa vie, il avait été le premier, et le seul. Elle pouvait fermer les yeux sur les effets désastreux que leur courte relation avait eus sur son existence. Elle pouvait ignorer – ou s'efforcer d'ignorer – la puissante attirance qu'elle ressentait pour lui. Elle pouvait même accepter qu'il ne ressente pas la même attirance pour elle.

Bridget commençait à être essoufflée, le sentier grimpait, grimpait autour de la colline. De tous côtés, la forêt l'entourait comme un écrin.

À dire vrai, jamais elle ne s'était sentie aussi irrésistiblement attirée par quelqu'un. Durant ces deux dernières années, elle s'était interrogée sur le magnétisme d'Eric. Possédait-il réellement un pouvoir sur elle ou l'avait-elle imaginé, emportée par ses fantasmes sur cet été à Bahia ?

Quand elle l'avait revu, l'autre jour, elle avait eu la réponse. C'était bien réel. Elle avait beau croire qu'elle avait changé, elle était toujours aussi sensible à son charme.

Qu'avait-il de si spécial, pourtant ? Il était beau et doué, d'accord. Mais il n'était pas le seul. L'été dernier, en Alabama, Billy Klein lui plaisait beaucoup, elle se sentait même attirée par lui, mais ça n'avait rien à voir. Pourquoi la vue de telle personne et pas une autre vous prenait-elle aux tripes si fort ? Si Bridget avait été à la place de Dieu, elle aurait décrété interdit par la loi d'éprouver de tels sentiments pour une personne sans qu'ils soient partagés.

Elle était arrivée au sommet. La forêt s'éclaircissait soudain, découvrant des collines aux doux sillons et des vallées humides à perte de vue. Le camp, lieu de tous les dangers, n'était qu'un petit cercle, vu de cette hauteur. Elle avait l'impression de pouvoir en faire le tour avec ses bras.

Bridget savait quoi faire. Ce qu'elle éprouvait pour Eric, elle ne pouvait pas le contrôler, mais son comportement, si. À l'époque, elle était forte et déterminée, elle l'était toujours. À l'époque, elle avait trouvé le moyen de le séduire, elle allait maintenant trouver comment s'en empêcher.

Elle allait bientôt avoir un week-end de libre. Ça lui permettrait de se ressaisir. Et quand elle reviendrait au camp, elle se maîtriserait : elle ne flirterait pas, elle ne le tenterait pas, elle ne soupirerait pas, elle ne se lamenterait pas. Elle n'aurait même aucun désir. Enfin, si, peut-être un peu, mais elle les garderait pour elle.

Elle entama la descente à toute allure, dévalant la pente sans contrôler tout à fait sa course.

Oui, ils seraient amis. De vrais potes. Jamais il ne saurait ce qu'elle ressentait.

L'été allait être long.

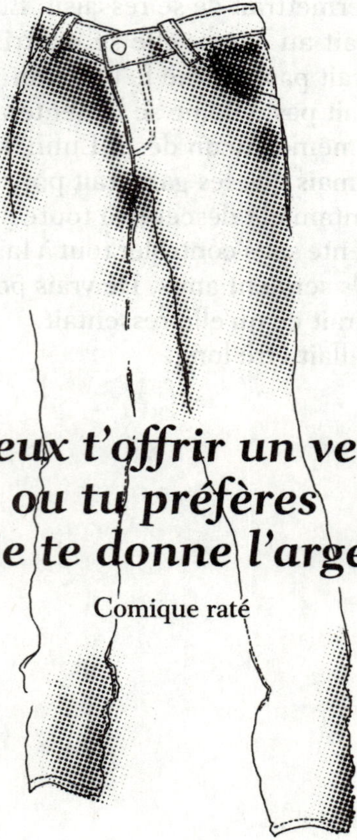

Je peux t'offrir un verre ou tu préfères que je te donne l'argent?

Comique raté

– Allez, viens, Tibby ! On y va !

Debout sur le perron, Tibby regardait Bee sautiller dans le jardin en l'appelant. Sa tête blonde luisait dans l'obscurité.

– Où on va ? demanda-t-elle d'une voix maussade.

– C'est une surprise. On va s'amuser. Viens !

Tibby descendit sur la pelouse, de petits bouts d'herbe collaient à ses pieds nus.

– Je ne veux pas de surprise. Je ne veux pas m'amuser.

– C'est bien pour ça que tu en as besoin.

Carmen était au volant de sa voiture, elle klaxonnait et lui faisait signe par la fenêtre. Tibby vit que Lena était à l'avant, du côté passager.

Bee s'approcha d'elle pour coller son front contre le sien.

– Allez, Tibou. Katherine s'est remise à sauter partout comme un kangourou. Tu as le droit d'aller bien, tu sais ? Je n'ai qu'une soirée libre avant de retourner en Pennsylvanie. Et je ne veux pas la passer sans toi.

Tibby rentra vite prévenir ses parents qu'elle sortait. D'habitude, ils n'étaient jamais là le samedi soir mais, depuis l'accident de Katherine, ils restaient plus souvent à la maison. En plus, ils avaient renvoyé Loretta, ils n'avaient donc pas vraiment le choix.

Tibby se traîna jusqu'à la voiture de Carmen, sans même prendre la peine de mettre des chaussures.

– J'ai pas envie d'y aller, annonça-t-elle aux autres, une fois à bord.

– Tu ne sais même pas où on va, fit remarquer Lena.

– Eh ben, j'ai pas envie quand même.

Carmen desserra le frein à main et démarra malgré tout.

– La chance que tu as, Tiboudou, c'est que tes amies ne t'écoutent jamais.

Tibby secoua la tête, sans aucun humour.

– Je ne vois vraiment pas en quoi c'est une chance.

– Parce qu'on t'aime trop pour te laisser passer le reste de l'été à croupir dans ta chambre, expliqua Carmen.

« Croupir » était son mot de la semaine.

– Peut-être que j'aime bien croupir.

– Oui, mais croupir… c'est pas bon pour les Tibby.

Carmen ponctua sa phrase d'un hochement de tête décidé, pour indiquer que le sujet était clos.

Tibby se renfonça dans la banquette et se laissa bercer par les bavardages de ses amies.

Leurs voix résonnaient à ses oreilles comme une symphonie familière où les instruments se superposaient. Leurs inflexions se mariaient et s'harmonisaient en une musique rassurante.

Jusqu'à ce que Carmen se gare sur le parking de la piscine de Rockwood.

– Qu'est-ce qu'on fait là ?

– On va nager, tiens, annonça Bee.

– Pourquoi on ne va pas chez Lenny plutôt ? demanda Tibby.

– Ses parents sont là. Et Valia dort, ajouta Carmen.

Tout était dit. Aucune personne saine d'esprit n'aurait voulu réveiller Valia, et la fenêtre de sa chambre donnait sur la piscine.

– Mais c'est fermé, remarqua Tibby d'une voix aigre.

– Viens, on te dit, répliqua Bee.

Tibby les suivit sur le petit pont enjambant l'insignifiant ruisseau qui, à ses yeux d'enfant, avait longtemps été un rapide tumultueux dont les eaux cascadaient vers l'inconnu. Il ne s'agissait probablement que d'un système d'évacuation des eaux usées. Elle les suivit dans l'escalier interminable qui, à l'époque, la menait au paradis. Elles s'approchèrent du portail clos, puis se déployèrent sur les côtés.

Tout ça lui plaisait de moins en moins.

– C'est là ! s'exclama Bee en désignant un endroit où la clôture n'était pas hérissée de fil barbelé.

Le temps qu'elles la rejoignent au pied du grillage, Bee était déjà en train de l'escalader.

– Allez, on passe la jambe, et hop ! lança-t-elle avec désinvolture, comme si c'était aussi facile que d'enfourcher un vélo.

– Moi, je ne viens pas, décréta Tibby.

Carmen et Lena se tournèrent vers elle d'un seul mouvement.

– Mais pourquoi ?

D'habitude, elle effectuait sans problème ce genre d'acrobatie. Mais la simple idée d'escalader cette clôture la rendait malade. Elle n'aurait pas su expliquer pourquoi en détail, mais elle savait qu'elle en était incapable.

– Je n'ai pas envie, c'est tout.

Bee se figea de l'autre côté du grillage. Elles étaient visiblement très déçues que Tibby ne partage pas leur enthousiasme. Bee commença à remonter. Maintenant Tibby culpabilisait.

– Vous pouvez y aller, vous, dit-elle en essayant de prendre un ton plus léger. Sérieusement, allez-y. Ça ne me dérange pas. Et puis, il faut bien que quelqu'un fasse le guet… on ne sait jamais.

Elle se trouvait pitoyable.

– C'est dommage que tu ne viennes pas. Ça ne sera pas pareil sans toi, fit Lena.

– La prochaine fois, promit Tibby (franchement, quelle nulle).

Elle s'assit là, affalée contre le grillage – dehors, en dehors du coup –, à faire semblant de monter la garde, pendant que ses amies se déshabillaient et plongeaient dans l'eau. Elles avaient moins d'entrain que si Tibby était venue avec elles. Mais quand même, elles avaient envie de s'amuser.

– Je te revaudrai ça, Carma, je te jure.

L'intéressée leva les yeux au ciel.

– Arrête. Pourquoi tu dis ça ? Pas de ça entre nous, on ne tient pas les comptes.

Tibby interrompit son activité frénétique pour la dévisager avec reconnaissance.

– Bon, alors, je ne te le revaudrai pas.

– Je préfère.

Carmen prit un tube de baume pour les lèvres à la cerise dans le bazar entassé sur la commode de Tibby et s'en mit un peu tout en disant :

– Onzième étage, c'est bien ça ?

– Oui, et à l'accueil, tu demandes le docteur Barnes. Il y a une salle d'attente pour les enfants au cas où.

– *No problemo*. L'hôpital, c'est ma deuxième maison, maintenant.

Carmen déplia le T-shirt gris fumé de Tibby et envisagea un instant de le lui piquer.

– Katherine va être ravie, affirma Tibby.

Carmen reposa le T-shirt sur le tas et reprit :

– Et puis, ça va me faire de l'entraînement.

Sentant le changement d'humeur dans sa voix, Tibby lui tapota le poignet.

– Je crois que tu as ça dans le sang, Carma.

Carmen passa devant pour descendre l'escalier. Katherine l'attendait avec impatience en bas, son sac à dos jaune sur les épaules, et son casque de hockey un peu de travers sur la tête.

– T'es prête, ma poulette ?

Elle se mit debout sur sa chaise puis, sans égard pour son plâtre, leva les deux bras en l'air comme un plongeur… et sauta au cou de Carmen.

Elles l'attachèrent dans le siège auto à l'arrière de la voiture de Carmen et Tibby grimpa à l'avant. Carmen commença par la déposer à son travail, avant de se rendre à l'hôpital. En se garant sur le parking, elle constata qu'il était bien agréable d'avoir un passager comme Katherine. Elle pépiait à l'arrière, sans jamais se plaindre de sa conduite, contrairement à certaines personnes – disons, au hasard, Valia.

Pour passer les grandes portes automatiques et pénétrer dans le hall immense, Carmen la prit dans ses bras. Katherine se cramponna gentiment à elle comme un petit koala. Son casque de hockey dodelinait juste sous le nez de Carmen.

– Je peux appuyer sur le bouton ? demanda-t-elle dans l'ascenseur.

– Oui, c'est au onzième. Un et un.

Carmen orienta son petit doigt potelé dans la bonne direction. Elle avait l'air tellement contente, on aurait dit que Carmen venait de lui faire le cadeau de sa vie.

– C'est toujours Nicky qui appuie, lui expliqua-t-elle en enfonçant trois ou quatre fois de suite le bouton.

Carmen ne pouvait s'empêcher de scruter les couloirs. Son cœur battait bien plus vite et bien plus fort que d'habitude. Évidemment, elle pensait à lui. Évidemment, elle avait envie de le voir. En même temps, elle n'en était pas sûre.

Elle posa Katherine sur le comptoir, à l'accueil du service de pédiatrie.

– Katherine Rollins pour le docteur Barnes, annonça-t-elle à la secrétaire.

La dame nota le nom et sortit le dossier correspondant.

– Tu veux aller t'amuser un peu dans la salle de jeux, ma puce ? proposa-t-elle.

– Elle peut venir ? demanda Katherine en touchant du doigt la pommette de Carmen.

– Bien sûr, acquiesça la dame, et elle leur montra le chemin.

Carmen jeta un coup d'œil par-dessus son

épaule avant de s'éloigner. Une part d'elle-même avait très envie de le voir. Une grosse part, même. « Tant pis, ce sera pour une autre fois », se dit-elle en entrant dans la salle de jeux. C'était une pièce claire et ensoleillée où il y avait déjà quelques enfants, beaucoup de jouets, et des meubles miniatures. Carmen devrait se contenter de s'asseoir par terre car cette petite chaise Télétubbies n'était vraiment pas à sa taille. Et si par miracle elle arrivait à y poser ses fesses, jamais elle ne pourrait en ressortir. Elle s'imagina obligée de traverser l'hôpital, coincée dans la chaise en plastique rouge.

Elle posa Katherine devant un labyrinthe de perles et lui rajusta son casque sur la tête.

– Alors, poulette, à quoi tu veux jouer ?

La poulette se mit à gambader un peu partout, au comble du bonheur. Elle lui rapporta une arche de Noé, un xylophone, deux marionnettes et un livre. Katherine était ravie d'avoir enfin l'une des quatre filles pour elle toute seule – d'habitude elles ne venaient que pour sa sœur.

Carmen entendit rire une petite fille derrière la maison de poupée installée dans un coin. Elle vit aussi des jambes d'homme qui dépassaient – sans doute le père de la petite. Elle pourrait y jouer avec Katherine quand ils seraient partis... Des jumeaux se lançaient des balles en mousse. Carmen remarqua que quelqu'un avait croqué dans la mousse et laissé des marques de dents.

– Si on jouait à ça ? proposa Katherine en secouant l'arche pour faire tomber les animaux.

Alors elles jouèrent. Il y avait beaucoup de célibataires dans cette version de l'histoire de Noé – leurs compagnons ayant probablement été perdus ou volés –, mais ça n'avait pas l'air de gêner Katherine. Carmen faisait l'hippopotame, l'éléphant, le lion et le pingouin. Elle avait toujours adoré imiter les cris des animaux. Elle se mettait vraiment dans la peau du personnage. Aujourd'hui, elle imagina un pingouin-mafioso, un peu comme Marlon Brando dans *Le Parrain*, mais façon pingouin. Katherine rigolait tellement qu'elle s'en étranglait. Ça riait aussi derrière la maison de poupée. Les jumeaux tournaient autour d'elles, épatés.

Carmen s'aperçut alors que la jambe qui dépassait de la maison de poupée était chaussée d'une basket marron. Une Puma marron, plus exactement. Elle abrégea le monologue du pingouin. Une minute plus tard, un visage apparut au-dessus du toit miniature.

Elle se cacha les yeux. Quelle humiliation !

– Salut, Win.

Elle avait atteint le summum du ridicule.

Il se releva. On voyait qu'il se retenait de sourire. Non, d'éclater de rire. De rire d'elle.

– Salut, Carmen.

Il rampa jusqu'à l'endroit où elle était assise en tailleur et poussa le bras sur lequel elle était appuyée pour qu'elle s'écroule.

– De toute ma vie, je n'avais encore jamais rencontré de pingouin aussi sympa. Pour tout te dire, je ne savais même pas que les pingouins parlaient !

– Ha, ha ! fit-elle en se redressant.

Elle se rassit bien droite, essayant vainement de retrouver un peu de dignité.

Elle toussota.

– Win, voici Katherine, une amie à moi. Katherine, je te présente Win.

Katherine se leva assez solennellement et déclara :

– Salut !

Win désigna son casque.

– Pas mal, tes autocollants.

Elle hocha la tête.

– Je me suis brisé le crâne.

Horrifiée, Carmen rectifia :

– Tu ne t'es pas brisé le crâne, ma puce. Tu as une fracture.

Katherine écarta ce détail insignifiant d'un revers de main.

– Et tu guéris très vite, ajouta Carmen, juste pour se rassurer.

Elle voyait bien que Win avait du mal à garder son sérieux.

– Hé, Maddie.

Une jolie petite métisse apparut derrière la maison de poupée.

– Je te présente Katherine.

Qui fonça droit vers la petite maison.

– Waouh, je peux regarder ?

Maddie y consentit :

– À condition que tu ne déranges pas le salon.

Elle devait avoir environ quatre ans. En tout cas, la différence d'âge avec Katherine était suffisante pour que celle-ci soit d'emblée séduite.

Win s'était assis par terre à côté de Carmen. Elle sentait la chaleur de son corps. Elle sentait son odeur. Une odeur à la fois salée de noix de cajou et sucrée de shampooing à la mangue.

Elle en avait la tête qui tournait.

– Je ne m'attendais pas à te voir ici, dit-elle.

Après avoir fait son petit numéro avec les animaux en plastique, elle se sentait soudain toute timide dans la peau de Carmen.

– C'est pourtant mon boulot.

– Je sais que tu travailles ici, mais..., commença-t-elle.

– Eh bien, voilà : de neuf heures à quatorze heures, je bosse en pédiatrie, essentiellement ici, dans la salle de jeux. Je joue avec les enfants pendant que leurs parents discutent avec les médecins.

Elle haussa les sourcils.

– Ah bon ?

– Oui, et si tu cherches du travail, je t'embauche sur-le-champ. Tu as mis une sacrée ambiance avec ce pingouin.

Elle ferma les yeux.

– Arrête.

– Le problème, c'est que ce n'est pas très bien payé, reprit-il.

– Combien ?

– Rien du tout.

– Ah oui, pas terrible.

– Mais ça rapporte plus que mon autre job. À quatorze heures, je monte en gériatrie pour distraire les petits vieux. Et ils arrivent toujours à me convaincre de leur payer un truc au distributeur. Je perds de l'argent en faisant ce boulot !

Une infirmière apparut à la porte de la salle de jeux.

– Katherine Rollins ?

Carmen se leva.

– Tu viens, Katherine. C'est à toi.

Win se leva également.

– C'est… ta sœur ?

– Non, je suis fille unique, répondit Carmen.

Elle ne savait pas pourquoi elle avait dit ça. C'était vrai, au fond, mais ça paraissait tellement mesquin et petit, formulé comme ça, qu'elle avait l'impression de mentir.

– Alors c'est… ?

– La petite sœur de mon amie Tibby. Elle est

tombée par la fenêtre il y a quelques semaines. Elle s'en tire bien, mais on la suit de près pour voir si tout se remet comme il faut. Tibby devait l'accompagner, mais aujourd'hui on lui a demandé de faire des heures sup à son boulot, elle économise pour...

Carmen releva la tête.

– Pourquoi je te raconte tout ça ?

Il haussa les épaules en souriant.

– Je ne sais pas.

– Allez, viens, Katherine.

La petite n'avait aucune envie de quitter Maddie et la maison de poupée.

– Mais tu peux continuer, Carmen, reprit Win. J'écouterai avec plaisir tout ce que tu as envie de me raconter.

Elle entendit à sa voix, à son ton plein d'espoir, qu'il le pensait vraiment. Il ne disait pas ça pour la séduire ou la charmer. Il s'intéressait sincèrement à elle, il la respectait profondément. Il avait réellement envie de la connaître. Et rien au monde n'aurait pu lui faire plus plaisir. En même temps, ça lui faisait de la peine. Parce qu'elle n'était pas la fille qu'il avait envie de connaître. Il ne la voyait pas telle qu'elle était. Il la voyait comme une fille gentille et dévouée, attentive aux gens qui l'entouraient. Tout ce qu'il s'imaginait était faux.

Et le pire, c'est qu'elle ne le détrompait pas.

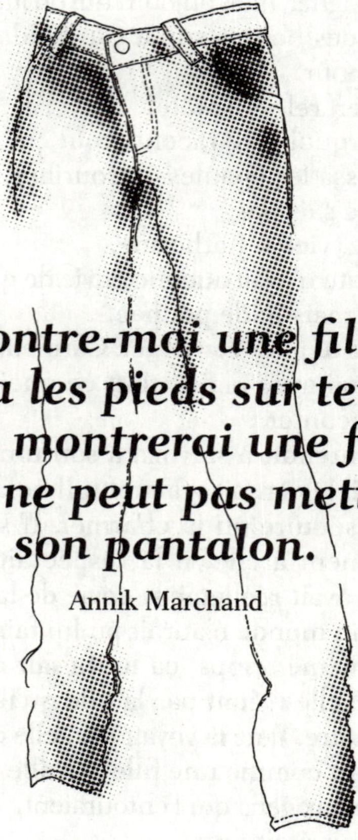

Montre-moi une fille qui a les pieds sur terre, je te montrerai une fille qui ne peut pas mettre son pantalon.

Annik Marchand

– Vreeland ! Bon sang ! Ça suffit la bronzette ! Viens m'aider à mettre ces machins à l'eau !

Étendue sur le ponton, Bridget ouvrit un œil, puis se redressa. Et elle éclata de rire. Eric essayait de traîner quatre kayaks dans le lac en même temps et il ne s'en sortait pas vraiment avec panache.

– Hé, mon pote ! s'exclama-t-elle en imitant l'accent traînant de Katie, la fille de son bungalow. T'es en retard, là. Je peux pas continuer à te couvrir comme ça.

Elle se rallongea, en appui sur les coudes, pour laisser le jean magique se gorger de soleil. Elle avait déjà sorti les radeaux, les rames, les gilets de sauvetage, les chaussures étanches, et les deux kayaks doubles. Elle était toujours en avance et lui toujours en retard. Et il faisait toujours semblant d'être dépassé par le peu de choses qu'elle lui laissait à faire.

– Ah ! Je vois arriver la foule en délire, annonça-t-il.

C'était devenu une blague entre eux. Depuis trois semaines que le camp avait débuté, presque personne n'était venu participer à leurs activités. Il faut croire que le rafting était moins cool que le mountain bike. De temps à autre, un petit groupe de garçons faisait une apparition mais, d'après Eric, ils ne venaient pas pour le sport.

Si elle ne s'était pas fait la promesse solennelle de ne pas flirter, Bridget aurait battu des cils en disant : «Ah bon ? Qu'est-ce qui les attire, à ton avis ? » Mais il n'en était pas question.

– Pourquoi tu fais peur à ces pauvres stagiaires ? demanda-t-elle à la place.

Le soleil la fit bâiller.

– Parce que je ne veux pas travailler. Je n'ai pas envie de me bouger les fesses.

Bridget sourit. Elle savait qu'il se donnait à fond sur le terrain de foot. Mais effectivement, de quatorze heures trente à dix-sept heures, ils ne se bougeaient pas beaucoup les fesses. Ce rythme lui convenait bien : se démener comme une folle avec son équipe le matin, puis paresser au soleil avec le garçon de ses rêves tout l'après-midi.

Elle se mit debout. Elle s'était scrupuleusement obligée à porter son une-pièce le moins sexy ces derniers jours, mais il était sale. Et en plus, ce n'était pas un jour comme les autres. Aujourd'hui, c'était son tour d'avoir le jean magique. Elle l'avait rapporté de son week-end de congé. Sa présence enchantait l'atmosphère, plus encore que le doux parfum du chèvrefeuille qui flottait dans les airs. Elle l'avait passé par-dessus son joli deux-pièces vert. De toute façon, Eric n'avait probablement rien remarqué, et il n'en avait probablement rien à faire (n'est-ce pas... ?). Pourquoi se posait-elle seulement la question ?

Quand elle eut trop chaud, elle ôta le jean avec précaution, le plia et le posa sur le ponton. Elle lâcha ses cheveux nattés. Puis, pour se faire plaisir, sauta en décrivant un magnifique arc de cercle dans les airs, et piqua droit dans le lac. Elle plongea profond, jusqu'à toucher les petits cailloux dans le fond. Elle prit son temps pour remonter. Elle avait toujours eu une bonne capacité pulmonaire.

Lorsqu'elle refit surface, Eric la cherchait des yeux.

– Ma parole, une vraie baleine !

Elle prit l'air offensé.

– Merci beaucoup ! Tu sais, Eric, en général, les filles n'apprécient pas tellement qu'on les traite de baleines. Tu n'as qu'à demander à ta copine.

– Un être humain normalement constitué n'est pas censé rester si longtemps sous l'eau.

– Parle pour toi.

Elle s'approcha à la nage de la rangée de canots en plastique.

– Hé, si on essayait un de ces machins ?

Ça, c'était une idée.

– Ah ouais ! Au moins, on aura l'air de maîtriser notre sujet.

Elle prit un kayak double et le tira où il y avait plus de profondeur. Elle s'assit à l'avant et se mit en position pour ramer. Il la rejoignit dans l'eau.

Il monta à bord en faisant tanguer l'embarcation pour la faire rire. Puis il s'installa.

– Je crois que tu as oublié un truc, lui signala-t-elle.

Il regarda autour de lui et haussa les épaules.

– Une pagaie, peut-être ?

– Ah, ça ?

Il croisa les bras derrière sa nuque, offrant son visage au soleil.

– Tu crois que c'est important ? demanda-t-il en réprimant un sourire.

– Ce n'est pas vraiment du kayak si on se contente de flotter à la dérive, répliqua-t-elle.

Mais elle reposa sa pagaie dans le fond du canot et croisa à son tour les bras derrière sa tête. Ils dérivèrent un moment.

En une semaine à peine, ils avaient passé tellement de temps ensemble que Bridget se sentait plus détendue avec lui. Ils parlaient de tout et de rien. Rien de plus bizarre que de tuer le temps avec quelqu'un qui vous inspire des sentiments aussi passionnés.

Elle avait trouvé le courage d'évoquer Kaya au détour de la conversation au moins une ou deux fois par jour. Elle voulait qu'il sache qu'elle comprenait. Elle voulait qu'il sache qu'elle respectait le fait qu'il ait une petite amie, et qu'elle n'avait pas l'intention de s'en mêler.

Il se redressa.

– Bee, l'abeille[1].

– Ouais ?

Bee l'abeille. C'était son surnom quand elle était petite. Bizarre, quand même, qu'Eric l'appelle comme ça…

– Bee ! L'abeille !

La voix d'Eric se faisait pressante. Elle leva la tête.

– Quoi ?

– *L'abeille !*

Il tendit le doigt. Elle entendit alors bourdonner à son oreille. Poussant un petit cri, elle essaya de chasser l'insecte qui s'en fut bourdonner dans son autre oreille. Elle bondit sur ses pieds. Le kayak tangua dangereusement et… l'abeille fila vers Eric et voleta dans ses cheveux. Il se leva d'un bond, l'embarcation tangua encore plus dangereusement.

---

1. En anglais, *bee* signifie «abeille».

Elle criait, elle riait et faisait tanguer le bateau en essayant de rester debout. Il hurla et le fit tanguer davantage. Ce fut elle qui tomba à l'eau la première. Elle entendit son gros splash ! peu après.

Quand ils émergèrent à la surface, ils riaient encore plus fort.

Elle cracha, toussa, souffla l'eau qu'elle avait dans le nez.

– Franchement, on a vraiment l'air de maîtriser notre sujet.

Lena prit Annik à part avant le début du cours. Elle sortait du restaurant, en sueur et toute poisseuse. Elle avait mal aux pieds, sa chemise était dégoûtante, mais elle était néanmoins assez contente d'elle.

– J'ai appelé l'école. La responsable du bureau de l'aide financière m'a expliqué que si je déposais mon dossier à la commission avant le 15 août, je pourrais postuler pour une bourse de mérite.

Annik lui adressa un grand sourire.

– Bien joué.

– Je les ai prévenus que mon père allait demander le remboursement des frais de scolarité, mais que je ne souhaitais pas annuler mon inscription. Elle m'a dit qu'il faudrait que je verse un acompte avant la fin du mois.

– Tu pourras y arriver ?

– J'ai accepté de faire des heures supplémentaires au restaurant. Je déteste ce boulot, mais ça paie bien.

Annik lui donna une tape dans le dos. Le fauteuil roulant, ça muscle les bras, constata Lena.

– C'est ce que j'appelle se battre, commenta Annik, admirative.

– Je vais déposer ma candidature, ça ne veut pas dire que je vais être sélectionnée. Il leur reste une bourse à attribuer et ils ont déjà soixante-dix dossiers à examiner.

Annik regarda le plafond.

– Ah… Tu as intérêt à présenter quelque chose de bien, alors.

Après le cours, elle attendit que Lena ait fini de passer le balai et lui demanda :

– Tu as une petite heure de libre ?

– Bien sûr.

Lena pouvait toujours appeler chez elle et inventer une excuse. Effie la couvrirait si besoin.

– J'aimerais voir ce dont tu es capable avec une pose plus longue. Je vais jouer les modèles. Rester assise sans bouger, ça me connaît !

Annik sourit à sa propre plaisanterie. Lena n'osa pas.

– Vous êtes sûre que ça ne vous dérange pas ?

– Au contraire, j'en serais ravie. Je vais me mettre là-bas.

Elle approcha son fauteuil de la fenêtre.

– Il nous reste environ une heure de lumière.

Lena ne se sentait pas très à l'aise en installant son chevalet. Ça faisait bizarre de fixer son professeur comme ça mais, une fois le fusain en main, elle se plongea dans son dessin. Elle travailla sans s'arrêter pendant une demi-heure entière. Puis Annik se détendit un peu le cou, et Lena se remit à l'œuvre pour une autre demi-heure. C'était la première fois qu'elle essayait une pose de plus de vingt minutes et ça lui plaisait.

Sa gêne réapparut lorsqu'il fallut montrer le résultat à Annik. Elle regarda le dessin avec attention, en roulant légèrement d'avant en arrière et d'arrière en avant. Lena attendait en se rongeant le petit doigt.

– Lena ?

Elle poussa un cri un peu étranglé.

– Oui ?

– Tu n'as pas fait du mauvais boulot.

– Merci.

Elle sentait qu'il y avait autre chose.

– Mais tu n'as pas dessiné mon fauteuil.

– Comment ça ?

Lena était affreusement embarrassée.

– Tu m'as dessinée jusqu'aux épaules. Sous cet angle, tu devais certainement voir une partie du fauteuil, mais tu l'as ignorée. Pourquoi ?

Lena avait le feu aux joues.

– Je ne sais pas, fit-elle d'une voix presque inaudible.

– Je ne te dispute pas, fit Annik. Mais ce fauteuil fait partie de moi, tu comprends ? J'ai un rapport très particulier avec cet objet, je le déteste parfois, je lui en veux, mais il fait partie de moi. Je ne m'imagine pas sans. Je suis surprise que tu l'aies laissé de côté.

Lena s'en voulait. Elle avait pensé que ça pouvait paraître désobligeant pour Annik de dessiner ce fauteuil. Elle ne savait pas quoi en faire alors, sans vraiment réfléchir, elle l'avait ignoré.

– Tu as un très beau trait, Lena. C'est l'approche qui te convient – des portraits, des poses longues. Tu rends les attitudes, les expressions du visage avec une grande sensibilité, je le vois. Tu excelleras dans ce genre si tu travailles dur.

Annik avait vraiment l'air de penser ce qu'elle disait.

– Mais… Lena ?

– Oui ?

– Il faut que tu dessines le fauteuil.

Tibby n'avait jamais apprécié Loretta jusqu'à ce qu'elle se fasse renvoyer.

Et si elle ne l'appréciait pas, c'était principalement parce que, bien que Tibby soit trop grande pour être sous ses ordres, Loretta s'obstinait à jouer les baby-sitters avec elle.

Puis il y avait aussi eu la fois où Loretta avait mis son pull en cachemire au sèche-linge. Il avait tellement rétréci qu'il était même trop petit pour Katherine. Tibby savait que c'était mesquin, mais elle était rancunière. Elle fut malgré tout scandalisée lorsque ses parents demandèrent à Loretta de partir. Scandalisée et rongée par la culpabilité.

En apprenant la nouvelle, elle tenta de la défendre :

– Elle n'y est pour rien. S'il faut blâmer quelqu'un, c'est moi : je n'aurais jamais dû laisser la fenêtre ouverte.

Mais ses parents ne revinrent pas sur leur décision et Tibby continua à culpabiliser pour Loretta. Durant les trop nombreuses heures qu'elle passait cloîtrée dans sa chambre (fenêtre soigneusement fermée), Tibby pensait beaucoup à elle. Elle lui manquait.

Tibby n'avait jamais réalisé à quel point Loretta était de bonne composition. Jamais elle ne prenait la mouche, quoi qu'il arrive. Avec son entrain et sa bonne humeur, elle réussissait à désamorcer les crises les plus aiguës de la famille Rollins. Elle était experte dans l'art de couper court aux bouderies et pleurnicheries de Katherine et Nicky. C'était ce don que Tibby regrettait le plus amèrement quand elle entendait sa mère se quereller sans fin avec Nicky, qui lui sortait son grand numéro de sale gosse. Quel dommage qu'Alice n'ait pas profité du bel exemple que lui offrait Loretta pour apprendre comment s'y prendre avec lui !

Un soir que Tibby se trouvait d'humeur particulièrement larmoyante, elle pleura à chaudes larmes en se disant que la pauvre Loretta était maintenant sans emploi, que c'était sa faute, et que, en plus, elle ne lui avait jamais dit qu'elle était formidable.

Le lendemain matin, elle chercha l'adresse de Loretta dans le carnet de sa mère, s'attacha les cheveux avec les barrettes qu'elle lui avait offertes à Noël deux ans auparavant, enfila sa plus radieuse chemise jaune, monta dans sa voiture et fila vers les contrées les plus reculées des environs de Washington. Elle n'avait rien d'autre pour la guider qu'un plan de la banlieue… et toute sa culpabilité.

Il lui fallut deux heures et demie (dont une passée à se perdre) pour atteindre son but, mais le sourire qui éclaira le visage de Loretta lorsqu'elle l'aperçut en valait la peine. Même s'il lui fallut ensuite vingt-quatre heures pour retrouver le chemin de la maison.

– Tibby ! *¡Mi hija! ¿Cómo estas? ¡Dios te bendiga! ¡Ay mira que hermosa! ¡Que suerte verte! ¿Cuentame, cõmo te va*[1]? explosa-t-elle en espagnol.

Non seulement elle ne paraissait absolument

1. « Ma fille ! Comment vas-tu ? Dieu te bénisse ! Oh, là, là ! Regardez-moi comme elle est belle ! Quel plaisir de te voir ! Raconte-moi, comment vas-tu ? »

pas lui en vouloir, mais elle la serra dans ses bras comme si elle retrouvait sa propre fille après des mois de séparation. Ses yeux s'emplirent de larmes alors qu'elle lui plantait de gros baisers sur les joues.

Tibby n'était pas encore revenue de sa surprise que, déjà, elle l'attirait à l'intérieur de la petite maison pour la présenter à divers membres de la famille, à croire qu'ils avaient déjà tous entendu parler d'elle. Loretta désigna du revers de la main une femme toute pâle en robe de chambre, étendue sur le canapé.

– Elle peut pas se lever. Elle a…

Loretta se frappa la poitrine pour illustrer son propos.

–… infection.

Tibby en conclut que c'était sa sœur. Et elle se sentit encore plus mal.

Elle s'assit à la table de la salle à manger avec Loretta qui lui tapotait la main en lui demandant comment allait Katherine.

– Elle va bien. Elle se remet très vite. Mais vous lui manquez, ajouta précipitamment Tibby.

Elle lui montra alors une photo récente de Katherine, rayonnante sous son casque de hockey, que Loretta s'empressa d'embrasser. Elle voulut avoir des nouvelles de Nicky et s'inquiéta même des restes qu'elle avait laissés dans le réfrigérateur et qui risquaient de pourrir. Elle pleurait beaucoup, de tristesse et de joie, et disait plein de choses en espagnol que Tibby ne comprenait pas.

Mais ce qu'elle comprenait, c'était que Loretta aimait vraiment Katherine. Elle aimait Nicky. Elle aimait même Tibby, Dieu sait pourquoi. Comment ses parents avaient-ils pu renvoyer quelqu'un qui aimait autant leurs enfants ? Ce n'était pas juste.

Loretta insista pour que Tibby reste dîner, et elle accepta. Du coup, durant l'heure suivante, Loretta, sa nièce et son autre sœur s'activèrent aux fourneaux pendant que, assise dans le canapé avec la sœur malade, Tibby regardait la télévision. On lui tendit un grand verre de jus d'orange en lui interdisant de venir donner un coup de main.

Tout en suivant des yeux les acteurs qui jacassaient en espagnol, Tibby laissa son esprit vagabonder. Elle était touchée par l'étonnante capacité de Loretta à aimer, alors qu'elle avait été renvoyée dans des circonstances aussi cruelles. Elle n'avait pas l'air perturbée par l'injustice de toute cette affaire, ni même consciente que les parents de Tibby avaient frappé au hasard.

Certaines personnes passent leur existence entière à ruminer leurs rancœurs, tandis que d'autres, comme Loretta, font contre mauvaise fortune bon cœur et ne laissent pas les petits revers de la vie les atteindre.

Quand, avec moult cérémonie, Tibby fut invitée

à passer à table, elle découvrit à quel point Loretta était fière de l'accueillir. En son honneur, Loretta, sa nièce et sa sœur lui avaient préparé un bon steak.

Elle s'efforça de garder un visage impassible. L'intention la touchait. On ne mangeait certainement pas du steak tous les soirs à cette table. Tibby entreprit donc de mâcher la viande avec autant d'enthousiasme que possible, elle qui était végétarienne depuis l'âge de neuf ans.

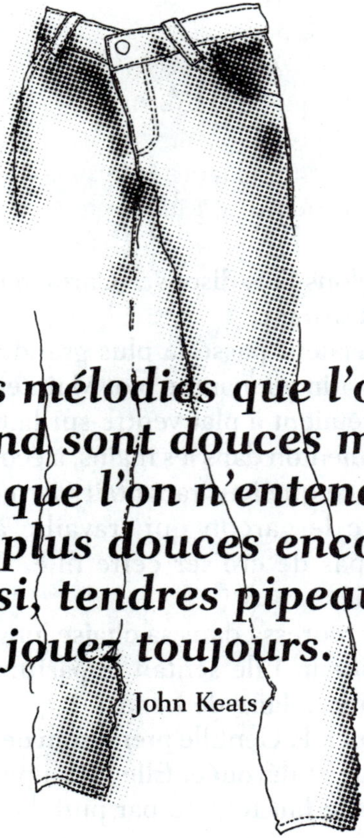

Les mélodies que l'on entend sont douces mais celles que l'on n'entend pas sont plus douces encore ; aussi, tendres pipeaux, jouez toujours.

John Keats

Traduction d'É. de Clermont-Tonnerre.

– Appelons-la… disons… Carmen la Gentille, suggéra Carmen.

Elles avaient passé la plus grande partie du samedi matin au marché bio. Maintenant, Lena et Tibby étaient à plat ventre sur la terrasse de Tibby, le menton dans les mains, à écouter attentivement ce que leur racontait Carmen.

– Donc le garçon qui travaille à l'hôpital n'arrête pas de croiser cette fille, Carmen la Gentille.

Elle se redressa dans sa chaise longue et s'assit en tailleur. Elle sentait le parfum d'ananas de la crème solaire de Lena.

– Carmen la Gentille prend soin de Valia. Elle est stoïque et dévouée. Elle s'occupe de Katherine. Et elle fait tout ça par pure bonté d'âme. Le problème, c'est que ce garçon s'imagine que Carmen la Gentille, c'est moi.

– Il est mignon ? voulut savoir Tibby.

Carmen fronça les sourcils.

– Tibby, as-tu seulement écouté un mot de ce que je viens de dire ?

– Oui, j'ai tout bien écouté. Mais il me faut un peu plus de contexte : comment il s'appelle, à quoi il ressemble, à quel point ce qu'il pense compte pour toi. Ce genre de choses.

Carmen réfléchit.

– Eh bien… Hum…

En vérité, le simple fait de penser à Win lui faisait plaisir. Et parler de lui, c'était l'extase.

– Tu veux savoir s'il est mignon ? Bon, ce n'est pas Ryan Hennessey, évidemment, mais…

– Ça, c'est sûr, répliqua Tibby. Lui, il existe en vrai.

– Oui, il existe en vrai, il a déjà ça pour lui. Et oui, il est mignon.

Elle ne put s'empêcher de sourire.

– Il est très mignon, affirma Lena. Je le sais. Regarde la tête que tu fais.

– Et il s'appelle comment ? demanda Tibby.

– Win.

Elle s'aperçut que, pour prononcer son nom, elle avait adopté le même ton légèrement péremptoire que lui. Elle prenait déjà sa défense.

– Win ? répétèrent-elles en chœur.

– Oui, c'est le diminutif de Winthrop. Il n'y peut rien. Ce n'est pas lui qui a choisi son prénom.

– J'aime bien, moi, décréta Lena.

Tibby dévisagea longuement son amie.

– Oh, mon Dieu ! Carma. Carmenita. Carmabelle ! Il te plaît, hein ?

Carmen rougit.

– Quel scoop ! C'est fou, poursuivit Tibby. Ce garçon te plaît.

– Oui, mais moi, je ne lui plais pas, voilà le problème. C'est quelqu'un de bien. Il est en prépa médecine. Il travaille comme bénévole à l'hôpital toute la journée. C'est Carmen la Gentille qui lui plaît.

– Alors pourquoi tu ne lui dis pas la vérité ? demanda Lena.

– Parce qu'il ne m'aimera plus.

– Tu devrais essayer…

– Mais j'ai peur. Peur de tout gâcher. Je préfère qu'il garde cette image idéale de moi, plutôt que de lui montrer mon vrai visage. Ça me plaît qu'il me prenne pour quelqu'un de bien, moi aussi.

Lena leva ses lunettes de soleil d'un air résolu.

– Carmen, c'est trop bête. Sois toi-même. S'il ne t'aime pas telle que tu es, alors il n'en vaut pas la peine.

– Alléluia, conclut Tibby.

Carmen les toisa d'un œil soupçonneux.

– Qu'est-ce qui vous prend, toutes les deux ?

Bridget était assise sur le bord du terrain, son bloc-notes sur les genoux, en train de mâchonner un brin d'herbe. Elle ne s'embêtait même pas à lacer ses crampons ces derniers temps. Elle se baladait pieds nus. Elle jouait même pieds nus. Ce n'était pas très orthodoxe, d'accord, et alors ?

Eric faisait les cent pas, quelques mètres plus loin, en regardant son équipe s'entraîner à dribbler. Maintenant, quand elle le voyait, toutes ses cellules ne se mettaient plus à hurler en chœur. Elle s'habituait à lui.

– Blye, à l'avant, dit-elle pour elle-même, les yeux rivés sur son bloc-notes.

Elle avait mis Lundgren, le Suédois, en défense. Il était polyvalent. Les jeunes joueurs européens avaient vraiment d'excellentes bases. Elle choisit Naughton, son petit chouchou, comme gardien de but. D'accord, il n'avait aucune coordination, mais il possédait une sorte de magnétisme étonnant qui attirait le ballon. Elle avait envoyé son équipe faire un parcours pour travailler les accélérations. Elle voulait avoir complété son tableau de service avant qu'ils ne reviennent.

Brusquement une ombre tomba sur son bloc-notes.

– Ouste ! Arrête de m'espionner ! ordonna-t-elle sans lever les yeux.

Eric recula d'un pas.

– Tu es dingue de mettre Naughton dans les buts.

– Je suis dingue de le mettre où que ce soit sur le terrain, répliqua-t-elle. On n'espionne pas. On ne copie pas. On ne copine pas. On ne *capone* pas.

– C'est un conseil d'ami.

– Tu seras moins amical quand on t'aura mis la pâtée.

– Ouh, là, là, j'ai peur !

Elle finit par relever la tête. Il fit mine de lui marcher sur les pieds. Elle mit sa main en visière pour protéger ses yeux du soleil et lui sourit. Une pensée agréable lui traversa l'esprit. « Je crois qu'on est vraiment amis. »

Ça faisait deux soirs qu'il dînait à leur table. Au début, Diana avait paniqué, puis elle s'était habituée. On s'habitue à tout, ou presque. Ils restaient trois heures à la cantine à discuter des mérites comparés de leurs équipes, en grands malades du foot qu'ils étaient.

Bridget et Eric passaient maintenant du temps ensemble, même quand ils n'y étaient pas obligés. Il venait parfois courir avec elle le soir. Le midi, ils pique-niquaient sur le terrain en parlant stratégie (sauf le lundi où ils faisaient semblant de surveiller le déjeuner). Tranquillement, naturellement.

Elle était capable de supporter ça. Oui, ce n'était pas si dur. Elle l'aimait, d'accord, mais elle aimait aussi être avec lui. Elle pouvait se contenter de ça. Elle n'avait pas besoin de plus.

Enfin, finalement, en définitive, le malaise de leurs retrouvailles se dissipait. La nouvelle relation qu'elle avait établie avec lui avait presque totalement éclipsé l'ancienne. Elle maîtrisait ses réactions, elle pouvait se faire confiance, maintenant.

Bridget regardait son équipe hors d'haleine foncer vers elle. Elle les attendait, debout sur le bord du terrain comme une *mamma* fière de sa progéniture. Naughton fut le premier à surgir sous son nez. Elle le soupçonnait d'avoir coupé dans les coins, parce qu'il n'était pas si rapide que ça.

– Hé, Naughty[1], comment ça va ?

– Bien, fit-il en s'efforçant de reprendre sa respiration.

– Vous allez tous prendre un coup d'eau, leur ordonna-t-elle. Puis on se remettra au travail.

Naughton resta près d'elle, pas très stable sur ses genoux cagneux, pendant que les autres allaient boire. Il n'arrêtait pas de lui demander des faveurs. C'était son chouchou, et il le savait.

– Tu vas courir, ce soir ?

– Sûrement, mais pas très longtemps.

– Je peux venir ?

C'était inattendu.

– Euh… pourquoi pas, oui. S'il te reste de l'énergie une fois que je vous aurai achevés.

Il avait l'air enthousiaste.

– T'inquiète, je tiendrai le choc.

1. En anglais, ***naughty*** signifie « vilain », « pas sage ».

Cette conversation la renvoya à ce qui s'était passé il y a deux ans. Quand elle s'était jetée au cou d'Eric alors qu'il organisait des joggings sur la plage de Bahia. Elle le cherchait, elle se pavanait, elle flirtait outrageusement. Mon Dieu, avait-elle vraiment fait tout cela ?

Elle y pensait encore lorsque Eric la rejoignit sur le chemin de la cafétéria, deux heures plus tard.

Il remarqua qu'elle ne parlait pas beaucoup, mais n'insista pas.

Joe Warshaw les intercepta à l'entrée de la salle.

– C'est justement vous que je cherchais, fit-il en les prenant à part.

Il adressa un clin d'œil à Bee comme pour dire : « Tu vois, il est pas si mal, ton coéquipier, hein ? »

Bridget fixa ses orteils.

– Nous avons prévu une sortie rafting ce week-end, expliqua Joe. Deux jours pour descendre la rivière Schuylkill, avec une nuit de camping. C'est une portion facile. On a huit inscrits. Esmer devait les accompagner, mais il doit rentrer chez lui, ce week-end. Et comme vous restez tous les deux au camp... Ça vous va ?

– Qu'est-ce que ça change si ça ne nous va pas ? demanda Eric qui connaissait les façons de faire de Joe.

Le directeur sourit d'un air satisfait.

– Eh bien, rien, en fait.
– Dans ce cas…, fit Eric.
– Je vais dire aux gars des cuisines de charger les tentes et le matériel dans le minibus. Ça vous facilitera la tâche, OK ?

Pendant qu'Eric et Joe discutaient logistique, les pensées de Bridget s'emballaient. Elle allait camper une nuit avec Eric.

Oh, bon sang ! Elle arrivait à se tenir au badinage amical lors des repas et même sur le bord du lac. Elle excellait dans cet art subtil. Mais dormir à côté de lui dans un sac de couchage à la belle étoile ? Elle n'était pas sûre de pouvoir se contrôler.

Salut, les filles,
Plus que 41 jours ! Vous avez sorti les maillots ?
Bee

L'idée lui vint en rêve. Si, vraiment.

Lena rêvait de Valia, de sa mère, d'Effie et de tout un bric-à-brac incongru. Dans son rêve, elle entrait dans la salle à manger – un endroit qu'elle reconnaissait comme la salle à manger, même si ça n'y ressemblait pas vraiment. Et autour de la table, à la place des membres de la famille, il y avait leurs portraits – de grandes feuilles de papier avec des croquis au fusain, posées sur les chaises. Non seulement ces dessins lui plaisaient, dans le rêve, mais ils étaient son œuvre.

Et quand elle se réveilla, elle savait ce qu'elle allait présenter à la commission. Elle n'avait pas franchement envie de dessiner les membres de sa famille, mais c'était ce qu'elle devait faire, elle le savait.

Elle décida de commencer par sa mère, la source de toutes choses. En plus, elle n'aurait pas de mal à la convaincre. Après le dîner, elle chercha un endroit où la faire poser.

– Assieds-toi là.

Lena désignait le canapé en velours vert du salon, avec ses coussins soigneusement disposés. Elle observa sa mère. Non, elle ne se reposait pas très souvent dans le salon.

– Essayons la cuisine, proposa Lena.

Et sa mère la suivit.

Elle la fit asseoir à la table. C'était mieux. Mais Ari s'asseyait rarement, en fin de compte.

– Mets-toi debout, d'accord ?

Elle la laissa retrouver sa place habituelle, derrière le bar. Oui, c'était ça. Sans réfléchir, sa mère posa son menton dans ses mains, les coudes en appui sur la plaque de granit.

– Ne bouge pas, dit Lena. C'est bien.

Elle s'assit sur un tabouret en face de sa mère, sa planche à dessin sur les genoux, et la contempla longuement avant de commencer. Elle voulait tout voir – la réalité et le reste. Elle n'allait pas fuir, cette fois.

Elle se mit au travail. Elle aimait la peau

douce de sa mère, qui contrastait avec la froideur du plan de travail en granit, ses coudes un peu fripés. Sa mère refusait sa douceur, elle aurait voulu être dure, mais elle n'était que douceur.

Lena voulait fixer sur le papier la manière dont la peau de ses mains plissait au niveau des articulations, usée, légèrement détendue, en opposition avec la rigidité inaltérable de son alliance, qui appuyait sur sa joue. Elle étudia l'éclat glacé des deux diamants – cadeau de son père pour leur vingtième anniversaire de mariage – qui brillaient à ses lobes d'oreilles tendres et fatigués.

Annik répétait souvent que le dessin n'était pas un exercice passif. Il fallait aller trouver l'information, la traquer.

Lena se poussa à regarder au fond des yeux hésitants de sa mère, à sonder les rides qui entouraient ses lèvres, creusées par l'expression prudente, étudiée, qu'elle arborait.

Ari voulait d'une certaine façon aider sa fille. Elle poserait pour ce dessin jusqu'à ce que tous ses membres soient engourdis. Mais elle se devait également de rester aux côtés de son mari. Elle s'était déjà trop impliquée dans cette affaire pour rester neutre. Elle était pour la paix, certes, mais elle devait prendre parti.

Chaque centimètre carré de son visage reflétait les conflits qui l'agitaient. Lena voyait les lignes de faille trahissant les sentiments contradictoires qui la déchiraient. Ari semblait tellement placide vue de l'extérieur, avec ses cheveux souples, ses sourcils épilés, ses vêtements élégants dans un camaïeu de beiges. Mais sa fille savait que, à l'intérieur, la tempête faisait rage.

Lena se mit à la place d'un général, sur le champ de bataille, surveillant le déroulement des hostilités entre les sourcils de sa mère. Puis elle joua les cartographes, répertoriant les moindres courbes et concavités qui se succédaient de sa pommette à sa mâchoire. Elle s'imagina dans la peau d'un aveugle qui se frayait un chemin le long du cou, puis de la clavicule, en tâtonnant avec son fusain. Elle se vit à la taille d'un acarien, escaladant les creux et bosses qui formaient de véritables canyons au niveau des épaules de sa mère.

Lorsqu'elle lui montra son dessin le lendemain, Annik fut vraiment stupéfaite. Elle en resta sans voix.

– Alors, j'ai dessiné le fauteuil, cette fois ? osa timidement Lena.

Annik la serra dans ses bras, lui donnant un bon coup de roue dans les tibias au passage.

– Oh que oui !

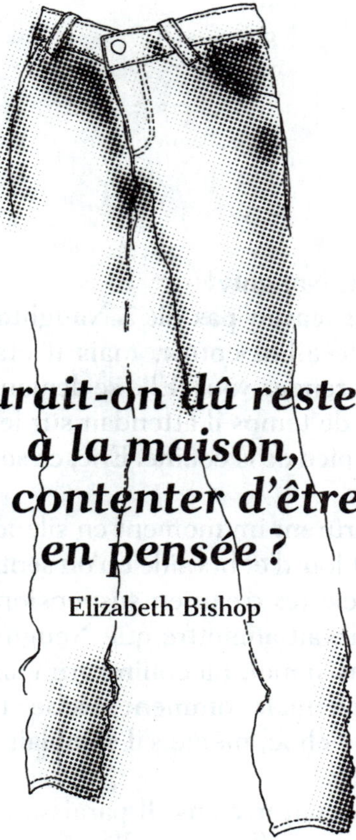

Aurait-on dû rester à la maison, et se contenter d'être ici en pensée ?

Elizabeth Bishop

– Salut, Naughty !

Bridget n'avait pas dit à Naughton à quelle heure elle allait courir, mais il était tout de même au rendez-vous. Elle se demandait depuis combien de temps il attendait sur le bord de la route, au pied de la colline. Eric, ce soir-là, n'était pas venu.

Ils coururent un moment en silence. Il faisait tellement lourd et humide qu'on sentait presque les gouttelettes d'eau en suspension dans l'air. Bridget devait admettre que Naughton ne s'en sortait pas si mal. La colline grimpait vraiment sec – Bee aimait commencer assez fort –, mais il tenait le choc, même s'il semblait au bord de l'asphyxie.

Il avait quatorze ans. Il paraissait infiniment plus jeune qu'elle, mais elle réalisa, mortifiée, qu'il y avait la même différence d'âge entre eux qu'entre elle et Eric.

Il n'arrêtait pas de tourner la tête pour la regarder. Il était nerveux.

Elle fit une petite pause en haut de la montagne pour admirer la vue. C'était rituel. Seul le halètement de Naughton troublait le silence – il n'allait quand même pas s'exploser un poumon ?

Elle attendit qu'ils soient redescendus pour engager la conversation :

– Comment ça va ? lui demanda-t-elle.

– B-b-bien, bégaya-t-il.

Il attendit qu'ils aient fini leurs six kilomètres de footing pour vider son cœur, alors qu'ils marchaient tranquillement.

– Hum, Bridget ?

– Ouais ?

– Tu préfères Bridget ou Bee ?

– Les deux, peu importe.

– Ah... bon. Euh, Bee ?

– Ouais ?

– J'ai quelque chose à te dire.

– Je t'écoute.

Silence.

– Euh... Laisse tomber.

Son visage était luisant de sueur.

– OK.

Mais il ne pouvait quand même pas en rester là.

– Je... euh... je te trouve géniale.

– Moi aussi, je t'aime bien, Naughty.

Il se racla la gorge.

– Je crois que je parle d'une autre façon d'aimer.

Elle alla droit au but, sinon ça risquait de prendre la nuit :

– Tu veux dire comme on aime une petite amie, c'est ça ?

– Oui, confirma-t-il, surpris.

– Je suis ton entraîneur, Naughty. Je ne peux pas être ta petite amie.

Cet argument ne l'avait pas convaincue, il y a deux ans, à Bahia. Pourquoi s'imaginait-elle que ça marcherait avec lui ?

– Tu as déjà un copain ? lui demanda-t-il.

Il lui offrait une porte de sortie facile, mais elle n'avait pas envie de lui mentir.

– Non, pas vraiment.

– Peut-être après le camp, alors. Je peux attendre.

Il était mille fois plus mignon et raisonnable qu'elle ne l'avait été. Pourquoi lui ôter tout espoir ?

– Peut-être un jour, dit-elle. Qui sait ?

Quelques heures plus tard, elle était assise à côté d'Eric sur le ponton. Le soleil se couchait derrière les arbres, elle était pensive.

– Je peux te présenter mes excuses ? lui demanda-t-elle en balançant ses pieds nus dans l'air chaud.

– De quoi voudrais-tu t'excuser ? répondit-il paresseusement.

Ses cheveux étaient restés ébouriffés après son dernier bain dans le lac. Il n'était pas rasé et avait un air détendu qu'elle ne lui connaissait pas.

– Pour ce qui s'est passé il y a deux ans.

Il tressaillit légèrement, mais la laissa continuer.

– Il y a un gamin de mon équipe, Jack Naughton, qui veut sortir avec moi. Il est mignon, mais il me fait trop penser à moi. Ça m'a rappelé la manière dont je m'étais comportée avec toi. J'ai tellement honte.

Elle arracha un éclat de bois du ponton et le jeta dans l'eau. Puis elle soupira.

– Je suis désolée d'avoir agi ainsi. Tu as dû me trouver ridicule.

Eric avait une expression peinée. Il garda longtemps le silence.

Elle remonta ses pieds sur le ponton et replia ses jambes contre sa poitrine, puis elle posa le menton sur ses genoux bronzés, redoutant de croiser son regard. Elle sentait le poids de ses cheveux lâchés qui séchaient dans son dos.

Ils n'avaient encore jamais abordé le sujet. Malgré toutes les heures qu'ils avaient passées ensemble, ils n'avaient jamais évoqué le fait qu'ils se connaissaient déjà – quel euphémisme. Ils ne disaient jamais « nous ». Il n'y avait pas de « nous ».

Mais, à l'instant, elle venait de faire surgir le

fantôme du « nous ». Pas pour le réveiller, non, se promit-elle. Ce n'était pas le but. Une version détournée de la célèbre phrase de Jules César lui traversa l'esprit : « Je ne viens pas pour nous encenser mais pour nous enterrer. »

Eric se passa la main dans les cheveux.

– Je ne t'ai jamais trouvée ridicule, dit-il enfin, un peu sur la défensive. C'est plus compliqué que ça.

– Mais tout était de ma faute. Je le sais.

Il avait l'air infiniment las. D'un côté, le coin de sa bouche restait droit, de l'autre, il pointait vers le bas. Elle voyait bien qu'il n'avait pas envie de s'étendre sur le sujet.

– Je n'en parlerai plus, dit-elle doucement.

Ses yeux s'emplirent de larmes mais elle ne voulait pas qu'il les voie.

– Promis, ajouta-t-elle. On n'a qu'à oublier, faire comme si rien ne s'était passé.

Quand il reprit enfin la parole, ce fut d'une voix si basse qu'on l'entendait à peine :

– Tu crois que je serais capable d'oublier ?

Il soupira.

– Tu crois vraiment que c'était uniquement de ta faute ? Que je n'en avais pas envie, moi aussi ?

Brian était là, alors Tibby resta dans sa chambre. Il venait voir Katherine presque tous les jours. Il transformait son plâtre en véritable œuvre d'art, peaufinant un peu plus chaque jour le féroce dragon cracheur de feu qu'il avait dessiné au feutre.

Tibby se doutait qu'il venait aussi pour elle, mais elle n'avait pas envie de le voir. Il la surprenait parfois en pleine expédition ravitaillement dans la cuisine et lui demandait du regard pourquoi elle l'évitait. Et elle persistait à l'éviter parce que, justement, elle n'avait pas la réponse.

Elle était perchée sur son lit, la porte légèrement entrouverte pour pouvoir entendre sa voix sans être vue. C'est alors que Carmen fit son apparition. Si Brian respectait son désir de solitude, avec Carmen il ne fallait pas y compter. Elle entra sans hésitation et referma la porte derrière elle.

– Qu'est-ce que tu fabriques ?

– Quoi ?

– Pourquoi tu refuses de voir Brian ? Le pauvre garçon, il dépérit.

– Il vient voir Katherine, se défendit Tibby.

Carmen n'était pas connue pour sa patience légendaire.

– Arrête. Il adore Katherine, je sais, mais c'est pour toi qu'il vient.

– Et pourquoi je ne peux pas rester seule si j'en ai envie ? demanda Tibby, capricieuse.

Carmen soupira. Elle était d'humeur romantique.

– Parce que Brian t'aime. Et je suis sûre que

tu l'aimes aussi. Alors ça rime à quoi ? Que ça te plaise ou non, tu pars pour New York dans un mois et demi. Tu ne peux pas tout laisser en plan comme ça.

Tibby en avait assez d'entendre ce petit discours. Sa mère lui avait sorti le même moins de vingt-quatre heures auparavant.

– Pourquoi êtes-vous tous tellement pressés de nous caser ensemble, Brian et moi ? Pourquoi faut-il absolument qu'il soit mon petit ami ? On n'est pas vraiment quelqu'un tant qu'on n'a pas de petit ami ? Pourquoi est-on obligé d'être amoureux ?

– Tu n'es pas obligée d'être amoureuse, répliqua Carmen. Mais il se trouve que tu *es* amoureuse. Et, en plus, pour toi, Brian est bien plus qu'un simple petit ami.

Elle promena un regard dégoûté sur le désordre ambiant, puis demanda :

– C'est à cause de Katherine, c'est ça ? Ta sœur est presque guérie et, toi, tu te casses en mille morceaux.

– Ça n'a rien à voir avec Katherine, assura Tibby pour que Carmen lui fiche la paix. Ça n'a rien à voir avec rien. Et, en plus, tu te trompes. Si ça se trouve, je ne suis pas amoureuse de Brian.

Carmen la toisa.

– Tu peux affirmer en toute honnêteté que tu n'es pas amoureuse de Brian ?

Tibby ne pouvait pas acquiescer sans mentir, alors elle décida de ne rien dire.

– Salut, papa. C'est moi !

– Salut, ma petite brioche ! Ça me fait plaisir d'entendre ta voix. Qu'est-ce qui se passe ?

Carmen et Al s'appelaient tous les dimanches soir. Un coup de fil le jeudi soir justifiait donc qu'il demande ce qui se passait.

Si, avec une certaine perversité, Carmen s'était fait une joie d'annoncer à sa mère qu'elle renonçait au rêve de sa vie – aller à Williams –, elle était beaucoup moins enthousiaste à l'idée d'annoncer la nouvelle à son père. Elle avait repoussé au moins cent fois le moment de lui téléphoner.

– Je… euh… Comment va Lydia ?

– Très bien.

Son père avait visiblement compris qu'elle tournait autour du pot.

– Et Krista ?

– Bien aussi, je crois.

Al se montrait toujours assez réservé sur ce sujet. Il ne voulait pas insister sur le fait qu'il vivait tous les jours avec Krista alors qu'il ne parlait à Carmen qu'une fois par semaine. Même si c'était la réalité.

– Tu lui passeras le bonjour de ma part, hein ?

– D'accord, elle sera contente. Bon, dis-moi, et toi ? Tout va bien ? Comment ça se passe, ton boulot ?

– Euh… ça va. Écoute, je t'appelle parce que… euh… parce que…

Il fallait qu'elle le dise.

– … Parce que je pense beaucoup à la rentrée.

– Oui…

– Je ne suis pas sûre d'être prête à quitter la maison.

Elle avait prononcé cette phrase si vite qu'on aurait dit un mot interminable.

– Qu'est-ce que tu veux dire par là, ma petite brioche ?

– Avec maman et David, maman qui attend un bébé et tout ça. C'est pas facile de partir maintenant.

– Mm…

– Je crois que je vais peut-être rester à la maison. Je pourrais aller à l'université du Maryland. J'ai envoyé mon dossier, au cas où.

– Oh, je ne savais pas.

– C'est tout récent.

– Bon. Tu crois donc que tu vas *peut-être* rester à la maison ?

– Oui, je pense. Peut-être.

Elle fut obligée de reprendre sa respiration. Elle retenait son souffle depuis plus d'une minute.

– Alors tu ne vas pas à Williams ?

– Peut-être pas.

– Peut-être pas ?

– Probablement pas.

– Probablement pas.

– Oui. Le truc, c'est qu'il faut que j'appelle à Williams pour le leur dire. Autant libérer la place pour un autre si je n'y vais pas, hein ?

– Oui, tu as raison.

Son père n'avait pas l'air en colère. Il semblait plutôt calme.

– Bon, alors je ferais mieux de les appeler, hein ?

Elle l'entendit changer le combiné d'oreille.

– Je vais m'en occuper, ma petite brioche, d'accord ? Je leur ai déjà versé un gros acompte, il va peut-être falloir que je discute un peu pour le récupérer.

– Oh, non. Tu crois ?

Carmen ne supportait pas l'idée que son père perde plusieurs milliers de dollars en plus de tout le reste.

– Je pense qu'il n'y aura pas de problème, affirma-t-il. Laisse-moi m'en charger, d'accord ?

Il était tellement calme.

Était-il possible que sa mère l'ait déjà prévenu ? Ça sentait le complot parental, ça.

Même les parents divorcés pouvaient unir leurs forces en cas de nécessité.

– Merci, papa.

Une fois de plus, les larmes s'engouffrèrent dans la brèche.

– Tu n'es pas déçu, hein ?

Sa voix lui désobéit et s'étrangla sur la dernière syllabe.

Il soupira.

– Si tu veux aller à Williams, je veux que tu ailles à Williams. Si tu veux aller à l'université du Maryland, je veux que tu ailles à l'université du Maryland. Je veux que tu sois heureuse, ma petite brioche.

Pourquoi avait-elle des parents aussi gentils ? Et surtout, comment des parents aussi gentils avaient-ils pu mettre au monde une fille aussi abominable ?

Et il n'avait pas fini d'être gentil.

– Je t'aime, Carmen. J'ai confiance en toi, je sais que tu prendras la bonne décision.

Carmen avait l'impression que, par un étrange tour de passe-passe, une enclume avait remplacé ses intestins. Parfois la confiance se révélait le pire cadeau au monde.

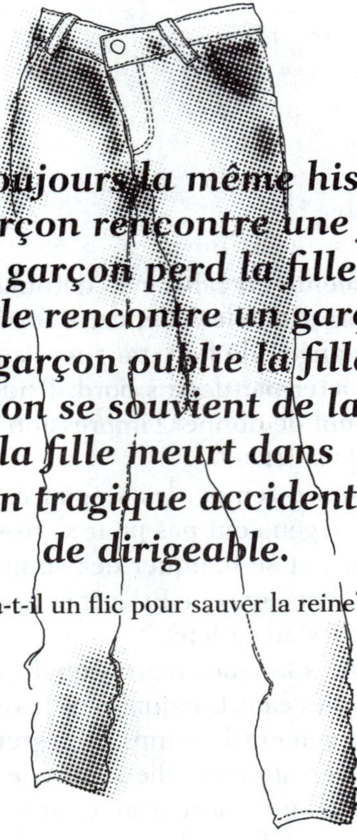

C'est toujours la même histoire.
Un garçon rencontre une fille,
le garçon perd la fille.
La fille rencontre un garçon,
le garçon oublie la fille,
le garçon se souvient de la fille,
la fille meurt dans
un tragique accident
de dirigeable.

Y a-t-il un flic pour sauver la reine?

La descente en rafting se déroula sans problème. Pas d'abeille folle, cette fois. Pas question de plonger, de faire tanguer l'embarcation ou de se jeter par-dessus bord. Bridget et Eric s'efforçaient de donner l'impression qu'ils maîtrisaient le sujet.

Pendant ce temps, les stagiaires, huit garçons, ne se gênaient pas pour s'arroser, se rentrer dedans et se flanquer des coups de rame. Ils s'éclataient alors que Bridget et Eric prenaient leur rôle très au sérieux.

Durant les longues heures qu'ils passèrent à dériver sur les eaux tranquilles de la rivière, Bridget eut largement le temps de regretter la dernière conversation qu'elle avait eue avec Eric. Depuis, quelque chose avait changé entre eux. Bien sûr, c'était forcé. Leur complicité avait disparu. Brusquement, ils étaient redevenus courtois et polis. Bridget ne le supportait pas.

Tout était sujet à tension désormais. Elle se sentait gênée d'enlever son T-shirt alors que tous les autres étaient en maillot de bain et qu'elle mourait de chaud. Elle évitait de regarder Eric, pourtant elle l'avait déjà vu torse nu des centaines de fois. Tandis qu'elle était en train de se faire une natte, en se retournant, elle vit qu'il la regardait. Aussitôt ils baissèrent les yeux.

Lorsqu'il se mit à pleuvoir, peu après un dîner frugal constitué de riz et de haricots, le découragement les gagna. Il y avait trois tentes : deux quatre-places pour les stagiaires; une deux-places pour les animateurs. Une canadienne qui, au montage, se révéla ridiculement petite.

Bridget se doutait qu'Eric avait espéré dormir à la belle étoile. Comme elle. Ils auraient ainsi pu s'installer chacun à un bout du campement et éviter ce casse-tête. Mais le vent prit de la vigueur et de grosses gouttes de pluie les cinglèrent comme pour leur signifier que ce n'était pas la peine d'y compter. Ce soir, tout le monde dormirait sous la tente.

D'habitude, Bridget réglait ce genre de problème par la manière forte. C'était sa spécialité. Elle arrivait avec ses gros sabots et écrasait hésitations, gêne et embarras de tout son poids. Mais, cette fois, c'était plus délicat. Le malaise s'entortillait autour de ses chevilles et l'empêchait d'agir.

Elle ne savait pas où se changer. Elle n'avait

pas envie qu'il la voie se brosser les cheveux ou les dents. Et encore moins faire pipi derrière un arbre. Elle ne tenait pas à le croiser en caleçon ou pire. Elle appréhendait de devoir se tortiller pour se glisser dans son duvet en chemise de nuit alors qu'il serait dans la tente.

Elle était horrifiée lorsqu'elle repensait à la manière dont elle s'était comportée avec lui deux ans auparavant. Comment avait-elle pu faire ça alors qu'elle ne le connaissait même pas ?

Peut-être était-ce justement parce qu'elle ne le connaissait pas.

Eric la laissa un long moment seule dans la tente avant de demander poliment la permission d'entrer. Tellement poli qu'il était trempé.

Allongée dans son sac de couchage, les cheveux roulés en boule dans le cou, elle se tourna dos à lui, en faisant semblant d'ignorer qu'il était en train de se glisser dans son duvet à dix centimètres de là. Elle aurait aimé pouvoir en rire mais, pour le moment, ils étaient bien incapables de voir le côté comique de la situation.

Ils étaient étendus côte à côte sous une petite tente orange. La pluie tombait à verse. Elle sentait l'odeur de son shampooing et de sa peau mouillée. L'étrangeté de la situation lui donnait presque un côté magique.

Elle refusait de laisser son esprit vagabonder et imaginer les alléchantes possibilités qui s'offraient à eux. Franchement, ce qu'elle voulait avant tout, c'était le rassurer. Elle ne constituait pas une menace. Pas le moins du monde. Elle allait le lui prouver.

Elle s'allongea sur le dos, les yeux rivés sur la toile de tente. Il fit de même.

Puis elle toussota et dit :

– Parle-moi de Kaya. Elle est comment ?

Eric ne répondit pas tout de suite.

– Je parie qu'elle est belle.

Il laissa échapper un long soupir.

– Oui, très belle.

Il avait l'air sur ses gardes. Il était assez réservé concernant ce genre de choses.

– Brune ou blonde ?

– Brune. Elle est d'origine mexicaine, comme moi.

– C'est cool.

Bridget eut un instant l'espoir absurde de se découvrir soudainement des racines mexicaines.

– Elle est aussi à l'université de Columbia ?

– Elle vient d'obtenir sa licence.

Ça paraissait tellement adulte, cool, absolument irrésistible d'être d'origine mexicaine et tout juste diplômée de Columbia, Bee ne pouvait pas rivaliser. Elle développa soudain un complexe d'infériorité, allongée là, bêtement, dans son sac de couchage, ratatinée dans sa peau de non-Mexicaine encore mineure. Elle n'osait plus rien dire de peur de paraître encore plus immature et stupide face à cette éblouissante petite amie.

Pourquoi donc avait-elle invité la dulcinée d'Eric dans leur minuscule tente orange ?

Il se tourna sur le côté, face à elle, en appui sur le coude. Le simple fait de parler un peu, même de ça, avait détendu l'atmosphère.

– Allez, donne-moi des nouvelles de tes amies, maintenant.

C'était une proposition qui ne se refusait pas. Bridget passa donc ses nerfs en pépiant, babillant et jacassant, plus immature et stupide que jamais.

Lena devait maintenant affronter une épreuve de taille : Valia. Elle avait évité sa grand-mère si soigneusement et pendant si longtemps qu'elle était terrifiée de devoir la regarder en face.

Elle avait presque espéré que Valia refuserait de poser, mais elle accepta. Elle s'assit derrière le bureau du salon et fixa sa petite-fille droit dans les yeux.

– Tu peux travailler sur l'ordinateur, si tu veux. Je pourrais te dessiner dans cette pose, proposa Lena.

Valia haussa les épaules.

– J'ai fini avec l'orrrdinateurrr pour aujourrrd'hui.

Lena réalisa qu'il devait déjà être tard en Grèce ; voilà l'explication.

– Tu pourrais regarder la télévision, ce serait plus confortable.

– Non, je vais rrrester là, décida Valia.

Lena dut se secouer un peu. Elle cherchait une échappatoire alors que sa grand-mère la regardait fixement. Elle se força à être courageuse.

Au début, ce fut très dur. Lena avait jusqu'à présent refusé de voir la souffrance de sa grand-mère et la souffrance que ça lui causait aussi, à elle. Obligée de scruter le visage de Valia, elle ne pouvait plus l'ignorer. Pour la dessiner, elle ne pouvait se contenter de la regarder, il fallait qu'elle la sonde. Elle allait procéder strate par strate, c'était le seul moyen.

Comme sa grand-mère avait vieilli au cours de cette dernière année. Sa peau était tellement fripée qu'elle paraissait prête à se détacher de ses os. Ses yeux autrefois noirs et vifs étaient vitreux et éteints, avec une nuance bleutée autour des iris. Enfouis dans les replis de la peau, ils fixaient le monde comme du fond d'une grotte.

Bapi avait aimé Valia. Lena supposait que, même durant les dernières années de sa vie, Bapi voyait toujours en Valia la jeune et belle femme qu'elle avait été. Maintenant il n'y avait plus personne pour la regarder ainsi, en conséquence de quoi elle s'était ratatinée.

Lena décida tout à coup de relever le défi. Elle allait essayer de retrouver cette Valia – la Valia de Bapi – dans ce visage ridé. Elle ne s'arrêterait pas au chagrin, si poignant soit-il. À la manière d'une archéologue, elle exhumerait l'ancienne Valia, elle la redécouvrirait malgré les ravages du temps.

Maintenant c'était Lena qui regardait, et Valia qui soutenait son regard. Lena n'avait jamais dessiné un sujet qui la fixait droit dans les yeux. C'était un bras de fer de regards voué à durer indéfiniment.

Lena l'archéologue crut trouver un indice dans la ligne des sourcils de sa grand-mère. Elle s'inspira un peu d'Effie, qui paraît-il lui ressemblait. Elle retrouva la bouche de son père dans les lèvres et le menton de Valia. Lena dessinait ce qu'elle voyait, mais en laissant le passé compléter l'interprétation qu'elle en avait, autant que possible. En se donnant vraiment la peine de la chercher, elle parvenait à déceler la beauté de sa grand-mère

Petit à petit, les traits de Valia se détendaient, perdaient leur habituel air renfrogné. Les différents éléments qui constituaient son visage prenaient de nouvelles formes, plus naturelles. Lena comprit alors que Valia aimait être regardée. Et constata avec tristesse à quel point il était rare qu'on la regarde. Ils avaient tous peur d'elle. Ils détournaient les yeux. Chacun avait son lot de souffrances personnelles. Ils l'ignoraient poliment ou subissaient ses lamentations, espérant s'en débarrasser au plus vite. C'était ça, ils n'avaient qu'une envie : s'en débarrasser. Ou, tout du moins, ils voulaient se débarrasser de sa colère, de sa souffrance, de son isolement, de son désarroi et de toutes ses récriminations. Le reste, ça allait.

Pas étonnant que Valia soit en colère. Son fils l'avait amenée ici de force et passait maintenant tout son temps à regretter sa présence. Et Valia ne supportait pas d'être là. Ils voulaient qu'elle parte, et elle avait envie de partir. Quel gâchis.

Lena dessinait, encore et toujours. Valia faisait un modèle exceptionnel. Bien meilleur que les professionnels payés quinze dollars l'heure. Pendant soixante-dix minutes, elle conserva une immobilité parfaite, sans le moindre soupir, gémissement ou tressaillement.

Au bout d'un moment, Lena sentit ses yeux s'emplir de larmes mais elle ne s'arrêta pas pour autant. Comme Valia était seule ! Comme elle aimait qu'on la regarde, en fin de compte. Quelle tragédie qu'ils n'aient pas compris à quel point ça lui manquait.

Lorsque Lena eut fini, elle se leva pour déposer un baiser sur son front. Elles ne s'étaient pas touchées depuis des mois. Valia en parut toute secouée.

Timidement, Lena lui tendit son dessin. « Je t'ai vue telle que tu es. Je crois que j'ai enfin réussi », lui dit-elle en pensée.

Valia l'étudia longuement. Sans rien dire. Puis elle hocha brusquement la tête, mais Lena était convaincue que, en cet étrange après-midi, elles avaient enfin réussi à se voir.

Le lendemain matin, au petit déjeuner, Valia avait repris ses petites habitudes.

– Qui a fait ce café ? demanda-t-elle, prête à le recracher sur la table.

– Moi, répliqua Lena. Il n'est pas bon ?

– Pirrre que tout, affirma Valia sans complexe.

Lena soutint son regard et ne céda pas.

– Ne le bois pas alors.

Toute la famille la dévisagea avec stupéfaction, et Lena fut assez contente d'elle.

« Salut… Carmen ? J'espère que c'est bien toi. Si c'est la bonne Carmen, alors c'est Win. Sinon, c'est… c'est toujours Win, désolé de vous avoir dérangée. Même si c'est la bonne Carmen, je te dérange peut-être, et j'en suis désolé. J'ai trouvé ton numéro sur… Enfin, bref. Je ne suis pas un malade, hein, je te le jure. Je n'ai jamais appelé quelqu'un sans prévenir comme ça. Mais j'avoue que je pense beaucoup à toi et… » Biiiiip.

Au beau milieu de la nuit, Bridget sentit quelque chose lui chatouiller le bras. Elle ouvrit les yeux sans bouger aucun autre muscle. Dans son sommeil, Eric avait roulé vers elle, sa tête frôlait maintenant son épaule. Elle en avait le souffle coupé. Leurs corps étaient tournés dans le même sens, dans la même position. Le bas de leurs sacs de couchage se touchait presque.

Elle ne dormit pratiquement pas cette nuit-là – et encore d'un sommeil léger et rempli de rêves agités. Elle ne pouvait s'endormir profondément, elle était trop près de lui. Elle se demanda s'il avait remarqué comme leurs corps étaient proches, comme leurs souffles se mêlaient. Ou bien dormait-il d'un sommeil lourd et innocent ?

Avec précaution, une infinie précaution, elle bougea le pied. Elle retint sa respiration jusqu'à ce que, à travers le duvet, elle puisse sentir les contours de son talon en l'effleurant du bout du gros orteil. Elle pria pour qu'il ne se réveille pas, qu'il ne remue pas. Il continua à dormir.

Elle retira son pied, déçue.

Elle aurait donné n'importe quoi pour qu'il ait envie d'elle. Mais elle aurait donné plus encore pour qu'il ait confiance en elle.

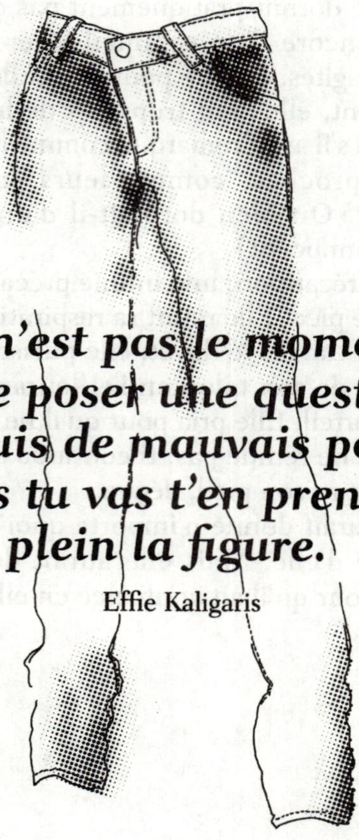

Ce n'est pas le moment de me poser une question, je suis de mauvais poil, alors tu vas t'en prendre plein la figure.

Effie Kaligaris

Tibby attendait dans le hall du cinéma que la séance de treize heures se termine. Elle ne regardait plus les films. Ces derniers temps, elle préférait rester près de l'entrée, à regarder par la vitrine. Un après-midi, comme celle qui vendait les tickets était malade, Tibby l'avait remplacée au guichet. C'était drôle d'être dans cette petite boîte fermée, sécurisée, à l'abri de tout imprévu.

Tibby s'interrogea une fois de plus sur l'orientation qu'elle avait choisie. Elle se demanda si l'université de New York avait un département d'études comptables. Ou proposait un programme de formation pour devenir guichetière au péage, sur l'autoroute. Ou caissière. Elle ferait une brillante carrière derrière l'épaisse vitre en Plexiglas blindé de l'un de ces magasins d'alcool des quartiers un peu chauds, où les clients passent leur argent par une petite fente. Pas mal.

Remarquant un petit groupe sur le trottoir d'en face, elle connut cette brève seconde de détachement qui sépare le moment où l'on voit quelqu'un sans le reconnaître de celui où l'on s'aperçoit qu'on connaît cette personne. Bon sang, bien sûr, le grand là-bas, c'était Brian. Tibby avait toujours du mal à se rappeler à quoi il ressemblait. À l'époque où il était encore le roi des losers, ses cheveux – mi-longs, pas coiffés, informes – jouaient un rôle essentiel dans son apparence cataclysmique. Maintenant il arborait une coupe de cheveux excessivement cool, au négligé soigneusement étudié. Elle lui achetait ses vêtements chez Old Navy deux fois par an, lui évitant ainsi les écueils de la garde-robe. En outre, il acceptait dorénavant de prendre des douches de son plein gré – ça aide.

La petite silhouette surmontée d'une énorme tête de joueur de hockey qui dodelinait était Katherine, évidemment. Chaque fois que Tibby posait les yeux sur ce casque, son estomac se nouait et les muscles de son visage se contractaient en une grimace, sans qu'elle puisse lutter. Cette vision ravivait sa colère et lui donnait envie de pleurer.

Brian lui tenait la main d'un côté, et son frère de l'autre. Même Nicky se montrait plus protecteur avec sa petite sœur depuis l'accident.

Ils traversèrent la rue et se dirigèrent vers l'entrée du cinéma. Lorsque Katherine aperçut

Tibby à travers la vitrine, elle agita la main avec une telle ferveur que son casque glissa de côté, la jugulaire lui pliant l'oreille en deux. Tibby leur ouvrit la porte.

– On vient voir un film dans *ton* cinéma ! claironna Katherine.

Tibby lui remit son casque droit. Elle faisait ça tout le temps.

– Hé, regarde !

Katherine montrait sa tête.

– Quoi ?

Elle exultait.

– Les autocollants ! C'est Nicky qui m'a aidée à les coller.

Le casque était effectivement recouvert d'autocollants – tous les superhéros et personnages de dessins animés de l'histoire du merchandising bas de gamme.

– Waouh ! siffla Tibby. Joli !

– Si ça se trouve, je ne vais plus jamais vouloir l'enlever, déclara sa sœur d'une voix triomphante.

Tibby sentit le souffle lui manquer. Il y avait là quelque chose qui tenait de la torture et qu'elle ne parvenait même pas à analyser. Sacrée Katherine ! Comment pouvait-elle être aussi… ? Et comment Tibby pouvait-elle être aussi… en tous points différente ? Était-ce pour cela qu'elle souffrait alors que Katherine allait parfaitement bien ? Ce n'était pourtant pas elle qui était tombée par la fenêtre. Sa prévenance à l'égard de sa sœur ne servait à rien, Katherine n'en avait pas besoin. Pour qui s'inquiétait-elle vraiment, au fond ?

Oubliant un instant ce qui s'était passé entre eux, Tibby se tourna instinctivement vers Brian. Il lui effleura tendrement la main et l'enveloppa d'un regard bienveillant qui n'avait rien à voir avec le fait qu'il ait envie de l'embrasser ou non.

Carmen avait conservé le message de Win et se l'était repassé quatorze fois en une heure. Alors que faisait-elle ratatinée derrière son livre, avec un chapeau et des lunettes de soleil, alors qu'elle était à l'hôpital – justement l'endroit où il travaillait ? Valia avait sa séance de kiné, comme tous les mercredis après-midi. Carmen savait où trouver Win. Peut-être même était-il à sa recherche.

Pourtant elle s'était installée dans le coin le plus reculé de l'hôpital – un couloir désert de la maternité. Au début, l'endroit était assez calme, mais soudain un véritable troupeau de femmes enceintes fondit sur elle en se dandinant. Elle baissa la tête, déterminée à poursuivre sa lecture, mais elle n'était plus du tout concentrée. Pour la solitude, c'était raté. Il n'y avait pas moyen d'être tranquille ici !

Les femmes s'engouffrèrent dans une salle, suivies de leurs époux. Carmen était en train de se demander ce qu'ils venaient faire là – une super teuf d'enfer pour meufs enceintes ? – quand, brusquement, ça lui revint. Elle consulta sa montre.

En général, dès que sa mère prononçait les mots « travail », « naissance », « grossesse » ou « bébé », elle l'ignorait avec une méchanceté délibérée. Mais, dans le fond de sa mémoire, elle avait vaguement enregistré que David et sa mère venaient suivre des cours de préparation à l'accouchement dans cet hôpital.

Ce n'était pas possible. Si…

Oh, non.

Elle essaya de se replonger dans son roman, mais en vain. Page après page, l'élégant badinage de Jane Austen défilait sous ses yeux sans pénétrer son cerveau. Carmen était intriguée. Quand une question surgissait dans son esprit, elle avait beaucoup de mal à ne pas chercher la réponse. Elle glissa son livre dans son sac et remonta le couloir pour s'arrêter devant la salle où étaient entrées les femmes enceintes. La porte était munie d'une petite fenêtre tout à fait commode pour jeter un coup d'œil discret. Les hommes étaient assis par terre, jambes écartées, avec leurs femmes rondelettes au milieu, suivant les instructions que donnait la prof. La scène était pour le moins étonnante.

Carmen était arrivée à la conclusion que sa mère ne faisait en définitive pas partie de ce groupe étrange quand elle aperçut une frange familière de cheveux bruns au fond de la salle. Elle ne l'avait pas repérée tout de suite parce que, malgré son gros ventre rond, Christina semblait vouloir se fondre dans le décor.

Tout le monde était en couple, sauf elle. Comment cela se faisait-il ? L'exercice du moment consistait à se faire masser le dos par son mari et Christina restait là, les bras ballants.

Où était passé David ? Carmen contemplait la scène, stupéfaite, lorsque sa mère commença à se masser les épaules toute seule. Il ne lui en fallut pas plus. Dans un soudain élan de compassion, elle poussa la porte de la salle.

– Puis-je vous aider ? lui demanda le professeur.

– Excusez-moi, j'en ai pour une seconde.

Carmen alla trouver sa mère.

– Qu'est-ce qui se passe ? Où est David ?

Christina avait les yeux rouges.

– Il a eu une urgence, tu sais, pour son affaire. Il a dû prendre le premier vol pour Saint-Louis, chuchota-t-elle.

Il y avait une infinie tristesse dans sa voix, mais pas le moindre accent de reproche, quelle abnégation !

– Qu'est-ce que tu fais ici, *nena* ?

– Valia a une séance de kiné, expliqua-t-elle.

Christina hocha la tête.

La prof les rejoignit.

– Vous êtes inscrite dans ce cours… ? demanda-t-elle à Carmen.

Son ton n'était pas agressif mais, visiblement, elle préférait que tout soit en ordre.

Carmen la regarda, puis regarda sa mère. Elle montra Christina du doigt.

– Je suis sa partenaire.

La prof parut surprise. Selon la règle du « politiquement correct », elle se devait d'accepter tous les couples, quels qu'ils soient.

– Bien, très bien. Pour commencer, nous étudions quelques techniques de massage. Suivez l'exemple des autres.

Carmen installa sa mère entre ses genoux et se mit à masser ses épaules contractées. Elle avait des mains fortes, elle se débrouillait bien. Elle sentit un léger hoquet secouer sa mère : Christina pleurait.

Mais elle savait qu'elle pleurait de joie, et ça lui réchauffa le cœur. Elle n'avait pas connu un tel bonheur depuis bien longtemps.

Salut les beautés !

Mon père vient de m'envoyer un tas de paperasse de Brown.

Ma voisine de chambre s'appelle Aisha Lennox. Cool, non ?

Je vais vivre avec elle. On va faire sa connaissance, les filles, vous imaginez ? C'est pas dingue, ça ?

Bee

Lena pensait que le portrait d'Effie serait le plus facile à exécuter. Elle n'avait pas peur. Elle ne s'était pas vraiment préparée, elle y allait les mains dans les poches. Ce n'était pas son genre d'aller quelque part les mains dans les poches. Pour la bonne et simple raison qu'elle finissait toujours par le regretter.

– Tu veux te mettre où ? demanda-t-elle. Dans ta chambre ? Sur ton lit ? Ailleurs ?

– Hum…

Effie était en train de se vernir les ongles de pieds.

– Tu ne peux pas me dessiner là, dans le salon ?

Elle était assise par terre devant la télé où aboyait un *reality show*. Le menton appuyé sur un genou, elle se concentrait intensément sur ses orteils, comme s'il s'agissait de la chose la plus délicate qu'il lui ait été donné d'accomplir.

– Si, pourquoi pas…, répondit Lena. Ça t'embête si j'éteins la télé ?

– Laisse-la allumée, répliqua Effie. Je ne regarde pas de toute manière.

Lena n'insista pas. Elle devinait que ce n'était pas en brusquant son modèle qu'on l'aidait à se détendre. Même si ce modèle se comportait de façon éminemment stupide.

Elle se décida pour un portrait de profil, les genoux pliés, le menton baissé, les orteils écartés. Elle commença son esquisse.

Effie n'était pas Valia. Elle continuait à

s'activer, indiquant clairement que poser pour sa sœur n'était pas sur la liste de ses priorités.

– Ef, tu peux arrêter de bouger une minute ?

Effie la fixa un instant puis retourna à ses orteils.

Lena se donnait du mal. Vraiment. Difficile de dessiner une main en mouvement. Elle la laissa floue. Difficile de dessiner le visage de quelqu'un qui a la tête tournée. Elle s'efforça d'exprimer la résistance de sa sœur. C'était la seule chose qui ressortait vraiment de sa pose.

Au bout d'un moment, Lena fut obligée de se demander pourquoi sa sœur résistait autant. D'accord, elles n'avaient pas beaucoup l'occasion de se voir cet été, ça leur manquait à toutes les deux. Elles avaient commencé à travailler sitôt les cours terminés. Elles passaient le plus de temps possible hors de la maison. Sa relation avec Effie subissait-elle aussi les effets nocifs de la présence de Valia ?

S'étaient-elles éloignées l'une de l'autre plus que Lena ne le croyait ?

– Effie ?

– Quoi ? répliqua-t-elle sans tourner la tête.

La bouche de Lena fonctionnait apparemment un petit peu mieux lorsqu'elle avait un fusain à la main. Elle l'ouvrit :

– Ef, j'ai l'impression que tu n'as pas envie de poser. Que tu es en colère après moi.

Effie leva les yeux au ciel. Elle souffla avec

application sur son gros orteil pour faire sécher son vernis rose brillant.

– Qu'est-ce qui te fait penser ça ?

– Tu ne me regardes pas. Tu n'arrêtes pas de bouger.

Si Effie avait été Lena et Lena Effie, ça aurait pu prendre la journée. Mais, heureusement, Effie était Effie. Lorsqu'elle se retourna enfin, son visage était chargé d'émotion.

– Je n'ai peut-être pas envie que tu partes dans ton école d'art.

Lena reposa son bloc.

– Et pourquoi donc ?

Elle ne put cacher sa stupéfaction. Elle avait toujours cru qu'Effie prenait son parti quelle que soit la question qui l'opposait à ses parents, tout comme elle prenait systématiquement la défense d'Effie, même quand elle avait tort. Effie était-elle du même avis que ses parents, cette fois ? Peut-être lui en voulait-elle de perturber plus encore leur vie de famille déjà très perturbée ?

Les yeux pleins de larmes, elle reboucha enfin son vernis et le mit de côté.

– Pourquoi, à ton avis ? demanda-t-elle.

Lena sentit ses propres yeux s'agrandir.

– Ef… Je ne sais pas. Dis-le-moi, je t'en prie.

Sa sœur enfouit son visage dans ses mains.

– Je ne veux pas que tu partes. Je ne veux pas que tu me laisses ici… avec eux.

Lena parcourut à quatre pattes les quelques mètres qui la séparaient de sa sœur. Elle la prit dans ses bras.

– Je suis désolée, dit-elle en toute sincérité. Je n'ai pas envie de te quitter.

Sentant les larmes d'Effie dans son cou, elle la serra plus fort.

– Je ne supporte même pas l'idée de te quitter.

Ce qui est bien quand on pousse les gens à vous dire ce qui ne va pas, c'est qu'on peut ensuite tenter de les rassurer un peu. Dans un coin de sa tête, Lena nota que c'était un truc à faire plus souvent.

Un peu plus tard, Carmen disait au revoir à sa mère dans le hall lorsqu'elle aperçut Win. Il lui adressa un grand sourire, pressant le pas pour la rejoindre, comme s'il craignait qu'elle ne lui échappe.

– Carmen !

– Salut, Win.

Elle ne put s'empêcher de lui sourire. Il était trop mignon. Win et Christina se dévisageaient. Win devait se demander quelle parente éloignée de quelle relation éloignée Carmen accompagnait à l'hôpital aujourd'hui.

– Je te présente ma mère, Christina, dit-elle. Maman, je te présente Win.

– Enchantée, Win.

Carmen le vit à travers les yeux de sa mère et

fut une nouvelle fois frappée par sa monstrueuse beauté. En général, les garçons trop beaux l'intimidaient, mais avec Win ce n'était pas pareil. Il n'était pas arrogant ni impressionnant. Son sourire « je me prends pas au sérieux » et son allure hésitante étaient complètement à l'opposé des fanfaronnades habituelles de ces messieurs Je-suis-le-plus-beau.

– Enchanté, répondit-il, sincère. Je me doutais que vous étiez de la famille. Vous êtes aussi belle que Carmen.

Si Carmen n'avait pas assisté à la scène en personne, et qu'on la lui ait racontée, elle aurait soupiré, levé les yeux au ciel et envoyé M. Lèche-bottes se faire voir ailleurs. Mais elle avait entendu Win prononcer ces mots, elle avait vu son expression, et il lui sembla que c'était le compliment le plus innocent et le plus sincère qu'on lui ait jamais fait.

Et sa mère était du même avis, visiblement.

Christina rougit de plaisir.

– Merci. Je suis heureuse de lui ressembler.

Carmen se sentit déstabilisée, frappée de plein fouet par toute cette bienveillance. Elle n'avait aucune idée de ce qu'il fallait répondre à cela.

– Ma fille m'a sauvé la vie aujourd'hui, annonça Christina d'une voix vibrante d'émotion. Mon mari n'a pas pu m'accompagner au cours de préparation à l'accouchement, mais Carmen a volé à mon secours. Elle fait un excellent coach ! Vous imaginez ?

Christina riait, les yeux pleins de larmes. Carmen avait entendu dire que les femmes enceintes étaient plus émotives que la moyenne, mais là, bon sang, c'était un peu trop !

Win regarda Christina avec attention, puis il se tourna vers Carmen. Elle avait tant espéré qu'un jour un garçon comme ça la regarde comme ça, mais elle n'avait pas l'impression de le mériter. Et tout ce que disait sa mère ne faisait qu'empirer la situation.

Elle ouvrit la bouche pour répliquer quelque chose. Lorsqu'elle se souvint…

– Oh, mince ! Il faut que j'aille récupérer Valia ! Je vais être en retard.

Mon Dieu, elle entendait presque son cri à vous glacer les sangs qui traversait les huit étages.

– Je viens avec toi, décréta Christina en courant après elle vers les ascenseurs.

– Salut, Win ! lança Carmen par-dessus son épaule.

Il avait l'air un peu triste lorsqu'elle lui fit signe dans l'entrebâillement des portes coulissantes. Une fois qu'elles se furent refermées, Christina explosa :

– Qui est-ce, *nena* ?

Elle était surexcitée.

– Il est… il est *adorable* ! Et il faut voir comment il te regarde.

Carmen avait les joues en feu.

– Oui, il est… très gentil.

Elle ne voulait pas que sa mère remarque son sourire béat. Si seulement ses lèvres voulaient bien reprendre leur forme normale !

– Gentil ? Il est bien plus que gentil ! Tu l'as connu comment ?

Carmen haussa les épaules.

– Je ne le connais pas vraiment. Enfin, si, en quelque sorte.

Elle se mordit l'intérieur de la lèvre.

– Mais lui ne me connaît pas.

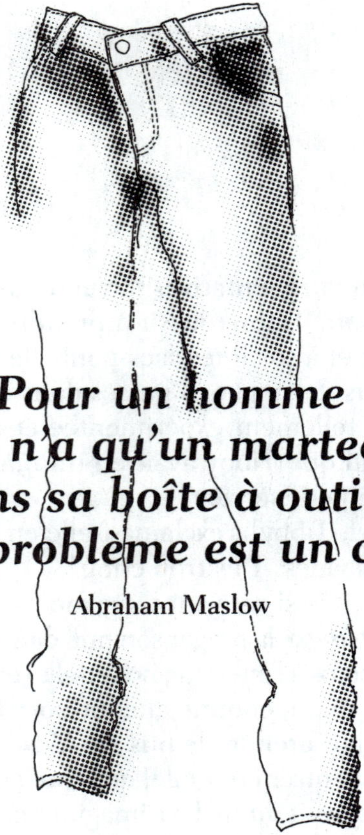

Pour un homme qui n'a qu'un marteau dans sa boîte à outils, tout problème est un clou.

Abraham Maslow

Après quatre tentatives infructueuses, le cinquième soir, Tibby réussit à prendre Margaret de vitesse et à sortir les sacs-poubelle avant elle. Après plus de vingt ans passés dans ce cinéma, elle était tellement expérimentée et dévouée à son travail que Tibby avait eu un mal fou à lui rendre ce petit service.

– Merci, Tibby ! s'exclama-t-elle en voyant les poubelles vides. T'es trop chou !

– Tu le fais si souvent pour moi.

Tibby la regarda ranger son pull dans son casier (pas de photos à l'intérieur, nota-t-elle) et reprendre son sac à main, comme chaque soir. Elle savait qu'elle allait prendre le bus sur Wisconsin Avenue pour rentrer chez elle, quelque part plus au nord. Elle avait du mal à s'imaginer ce que Margaret pouvait bien faire de son temps libre, mais elle était pratiquement sûre que, en tout cas, elle le faisait seule.

Prise d'une soudaine inspiration, Tibby s'écria :

– Hé, Margaret !

Celle-ci se retourna, son sac bien coincé au creux du coude.

– Tu veux qu'on dîne ensemble ?

Margaret avait l'air plus que perplexe.

– On pourrait juste manger un petit truc rapide, si tu veux. Tiens, si on allait au resto italien, à côté ?

Pourquoi ne pas passer un peu de temps avec une personne si seule ? se disait Tibby en s'applaudissant intérieurement. Il s'agissait d'une noble cause, non ? Une bonne action, même !

Margaret regarda autour d'elle pour voir si, à tout hasard, Tibby ne s'adressait pas à quelqu'un d'autre. Sa lèvre supérieure tressaillit légèrement.

– Excuse-moi ?

– Tu veux qu'on aille dîner ?

Margaret parut un peu effrayée.

– Toi et moi ?

– Oui.

Tibby commençait à avoir des doutes : n'avait-elle pas été trop loin ?

– Eh ben, euh... d'accord. Voui, pourquoi pas.

– Super.

Tibby l'entraîna jusqu'au coin de la rue. Elle n'avait jamais vu Margaret en dehors du cinéma. C'était assez étrange... Elle se demanda si elle sortait souvent du cinéma – à part pour rentrer chez elle, bien sûr. Avec son gilet rose pâle, son sac en vinyle blanc orné d'une boucle dorée et son air ahuri, on aurait dit l'innocente victime d'une erreur d'aiguillage de la machine à explorer le temps.

– Ça te va, ici ? demanda Tibby en lui ouvrant la porte du restaurant.

– Oui, acquiesça-t-elle d'une voix un peu tremblotante.

Tibby était déjà venue manger ici, l'endroit lui avait paru parfaitement normal. Mais aujourd'hui, avec Margaret à ses côtés, il semblait incroyablement bruyant, sinistre… pas du tout adapté à l'occasion.

La serveuse les installa à une table. Margaret se percha sur le bord de sa chaise, le dos raide, prête à prendre la fuite.

– Ils font de bonnes pizzas, murmura Tibby.

Est-ce que Margaret mangeait des pizzas ? Mangeait-elle seulement quelque chose ? Elle était terriblement maigre, presque de la taille d'un enfant. Certains indices permettaient d'estimer son âge : la peau un peu lâche de son cou, la texture de sa queue-de-cheval blonde. Elle devait avoir dans les quarante-cinq ans mais, à bien d'autres égards, elle semblait tout juste sortie de la puberté.

Qu'avait-il bien pu lui arriver pour qu'elle soit comme ça ? s'interrogeait Tibby. Une tragédie ? Un deuil ? Quel terrible drame avait pu la faire sortir du tapis roulant de la vie vers l'âge de quatorze ans ?

Ou alors, plus insidieusement, avait-elle au contraire tourné en rond ? Avait-elle coupé l'une après l'autre les branches de la vie jusqu'à ce que son existence ne puisse plus prendre qu'un seul chemin ?

Margaret avait-elle peur de l'amour ? C'était peut-être ça... Avait-elle quitté la course au moment où tout le monde commençait à se mettre en couple ?

Tibby lui lança un regard implorant. Elle aurait voulu pouvoir faire ou dire quelque chose pour la mettre à l'aise, mais elle n'arrivait absolument pas à trouver quoi.

– Tu aimes les pâtes ? demanda-t-elle. Elles sont très bonnes ici, paraît-il.

Margaret regardait son menu comme s'il s'agissait d'un test diabolique, truffé de pièges.

– Je ne sais pas, fit-elle d'une petite voix.

– Tu n'as qu'à prendre une salade, suggéra Tibby. Mais si tu n'aimes pas ce genre de cuisine, je comprends tout à fait.

Margaret hocha la tête.

– Peut-être une salade, alors...

Tibby sentit son cœur se serrer, elle voyait bien que Margaret essayait aussi de lui faire plaisir. Elle était affreusement mal à l'aise, mais elle ne voulait pas la décevoir.

Qui se dévouait pour l'autre dans cette affaire ?

Le bel élan de générosité de Tibby retomba brutalement et elle réalisa à quel point elle avait pu être bête. Elle avait forcé cette pauvre Margaret à sortir de son petit monde, en se félicitant de faire une bonne action. Mais croyant réconforter une pauvre femme solitaire, elle était tout bonnement en train de la torturer. Qu'est-ce qu'elle s'imaginait ?

– Je crois que, finalement, je n'ai pas envie de manger italien, lança-t-elle gaiement dans le seul but d'offrir une échappatoire à Margaret. Si on retournait au cinéma se prendre une bonne glace, puis je te raccompagnerai à ton arrêt de bus ?

Margaret eut l'air monstrueusement soulagée, ce qui la consola un peu.

– Ça marche !

En rentrant, Tibby se souvint de la phrase que son oncle Fred ressortait à l'occasion de presque tous les anniversaires de la famille. Lorsque ses parents se lamentaient que leurs enfants grandissaient trop vite, il répliquait : « C'est nul de grandir, mais ça vaut mieux que le contraire ! »

Et, tout à coup, Tibby comprit ce qu'était ce contraire. La personne qui marchait à ses côtés en léchant sa glace à l'eau orange en était un exemple déchirant.

– Il m'a encore prise en flagrant délit, annonça Carmen.

Elle sirotait un cappuccino frappé en profitant de l'air conditionné du Starbuck de Connecticut Avenue.

– Comment ça ? demanda Lena.

Elle n'avait pas touché à son cookie et Carmen en avait affreusement envie.

– Win m'a encore prise en flagrant délit de bonne action à l'hôpital.

– Mince alors ! pouffa Lena.

– Ça n'aurait pas été pire s'il m'avait surprise en train de voler à l'étalage. Je ne savais pas quoi dire pour me justifier.

– Tu ne lui as pas expliqué qu'il s'agissait d'un accident ? Que tu n'avais pas fait exprès ? Que tu ne le referais plus jamais de toute ta vie, promis-juré ?

Carmen se mit à rire.

– Carmen la Gentille a encore frappé. Qu'est-ce qu'on va bien pouvoir faire d'elle ?

– L'enfermer dans les toilettes.

– Bonne idée !

Lena la regarda en plissant les yeux, en pleine réflexion.

– Mais, si ça se trouve, Carmen la Gentille, c'est toi. Tu as déjà envisagé cette possibilité ?

Carmen se revit la veille en train de vider délibérément le dernier pot de glace Ben et Jerry's que sa mère se gardait en réserve.

– Nan.

Comme Lena ne se décidait toujours pas à

attaquer son cookie, Carmen en cassa un petit bout et le mangea.

– Devine qui va dormir sur notre canapé demain soir ? lança-t-elle.

– Qui ?

– Paul Rodman. Il revient de Caroline du Sud et je l'ai convaincu de passer la nuit chez nous. Je ne l'ai pas vu depuis des mois.

Lena s'agita sur sa chaise, mal à l'aise.

– Il m'a demandé de tes nouvelles.

Elle hocha la tête timidement.

– Il m'en demande chaque fois. C'est d'ailleurs la seule question qu'il pose.

Lena baissa les yeux vers ses grands pieds dans leurs grandes claquettes à semelle de liège.

– Comment va son père ? voulut-elle savoir.

Carmen arrêta de mastiquer. Elle correspondait avec Paul par e-mail. Elle arrivait à en tirer davantage de mots par ce biais.

– Pas bien. Paul fait plusieurs heures de voiture pour aller le voir chaque semaine. C'est tellement triste.

Lena hochait la tête lorsque le portable de Carmen sonna. Elle fourragea au fin fond de son sac pour le retrouver.

– Allô ?

– Carmen ? Salut, c'est David.

– Qu'est-ce qui se passe ?

Sa voix perdit instantanément toute chaleur.

– Je voulais juste te remercier de t'être occupée

de ta mère hier. Tu ne peux pas savoir à quel point ça l'a touchée. Et moi aussi. J'aurais tellement voulu pouvoir être là, je ne peux même pas te dire…

– C'est bon, l'interrompit Carmen. Pas de problème.

– Sincèrement, Carmen, je…

– Ça va.

Elle n'avait aucune envie qu'il s'étende sur le sujet.

– Tu es toujours à Saint-Louis ?

– Non, ça y est, je suis rentré à la maison maintenant.

Qu'il était lourd ! Pourquoi l'agaçait-il autant ? Ce n'était pas de sa faute s'il avait un boulot de dingue. Il avait une famille à nourrir, maintenant. Il prenait ses responsabilités au sérieux et bla-bla-bla…

– À tout à l'heure, alors, conclut-elle.

– Euh, Carmen… encore une chose…

– Oui ?

– J'ai oublié mon chargeur de portable à l'hôtel. Je peux t'emprunter le tien ?

Il était de notoriété publique qu'ils avaient le même modèle de téléphone. C'était sans doute leur seul point commun. Il avait choisi un air de polka comme sonnerie. Il trouvait ça très amusant.

– Bien sûr, il est branché à côté de ma table de nuit, répondit-elle.

– L'hôtel doit me renvoyer le mien. Je leur ai dit que j'en avais vraiment besoin.

Pourquoi leurs conversations étaient-elles toujours aussi tendues ?

– Ouais, c'est sûr, acquiesça Carmen. Bon, bye.

– Bye.

Elle raccrocha. En rangeant son téléphone dans son sac, elle s'aperçut que son chargeur était lové au fond. Oups !

Lena fronçait les sourcils, essayant de deviner qui était à l'autre bout du fil.

– David ?

– Ouaip.

– Je me doutais que ce n'était pas quelqu'un que tu aimais beaucoup.

– Je l'aime bien, répliqua Carmen avec une légère note d'agacement dans la voix.

Elle soupira.

– Je pourrais être plus sympa, hein ?

– Joker. Je ne réponds pas à cette question.

Un sourire malicieux éclaira le visage de Carmen.

– Je sais ce que je vais faire. Je vais inviter Win à dîner avec maman, David et moi. Comme ça, il verra qui je suis vraiment.

Tibby
Trucs de plage et musique.
Pas de techno, conformément à notre accord.

Bee et moi
Bouffe. Des tonnes. Surtout des cochonneries pleines de calories et de graisses saturées. (Ne me demandez pas ce que c'est, mais le nom me plaît.)

Lena
Autres fournitures domestiques.
(Kleenex, et également papier toilette, mam'selle.)

Faites vos dons (60 $ et en liquide, je vous prie) au Fonds pour le premier fantastique week-end annuel pré-rentrée universitaire de Rehoboth Plage, alias le porte-monnaie de Carmen.

Et que ça saute !

Depuis que Lena avait appris que Paul était en ville, elle ne pensait qu'à lui. Elle rassembla finalement son courage pour l'appeler chez Carmen et lui proposer de passer la voir. Il ne faisait pas partie de la famille, bien évidemment, mais elle ressentait le besoin de le dessiner de toute urgence.

Elle n'avait plus envie de l'éviter.

L'après-midi même, elle alla donc lui ouvrir, fusain en main. Son cœur manqua un ou deux battements lorsqu'elle le vit. Il avait l'air plus vieux, plus triste, et encore plus beau. Elle le serra maladroitement dans ses bras.

En silence, il la suivit dans la cuisine.

« Vous vous ressemblez trop, tous les deux », avait remarqué Carmen à propos de Lena, de Paul et de leur incapacité mutuelle à mener une conversation. Elle fondait de grands espoirs en leur couple à l'époque.

– Tu veux quelque chose à boire ? lui proposa-t-elle.

Il avait l'air stressé.

– Non, merci.

Lena lui fit signe de s'asseoir en face d'elle à la table de la cuisine, et se passa une main dans les cheveux, qu'elle avait brossés pour l'occasion.

– J'ai une faveur à te demander. C'est un peu délicat.

Il paraissait carrément terrifié, maintenant. Mais plein de bonne volonté.

– D'accord.

– Est-ce que tu accepterais que je te dessine ? Ça prendrait environ une heure, une heure et demie. Juste un portrait… de là à là.

De peur qu'il ne s'enfuie en courant, pris de panique, elle encadra son visage en posant une main au-dessus de son crâne et une au niveau de sa clavicule.

– Je dois constituer un dossier pour essayer d'obtenir une bourse. Sinon je ne pourrai pas intégrer mon école d'art, et c'est vraiment ce que j'ai envie de faire. Tu serais d'accord ?

Elle ne lui avait jamais dit autant de choses d'un seul coup.

Il hocha la tête.

– L'idée me plaît.

Elle eut une idée.

– Si on allait dehors ?

Il la suivit dans le jardin derrière la maison, mais elle ne l'imaginait pas allongé dans une chaise longue au bord de la piscine ou quoi que ce soit de ce genre. Elle passa en revue les possibilités. Il y avait une souche d'arbre, dans le fond, près de la clôture. C'était un très beau et très vieux chêne qui avait attrapé une maladie et que ses parents avaient dû faire abattre avant qu'il ne tombe sur la maison. La souche était large et bien stable, parfaite pour Paul. Elle le conduisit là-bas puis retourna se chercher une chaise et prendre son matériel.

– Prêt ? lui demanda-t-elle.

Il s'assit bien droit. La souche était juste à la bonne hauteur pour lui. Les pieds de Lena auraient pendu dans le vide, mais les siens étaient bien à plat sur le sol. Il posa les mains sur les genoux. Cette position aurait pu paraître un peu raide chez un autre, mais elle lui convenait parfaitement. Lena remarqua qu'il portait une grosse chevalière dorée[1] au petit doigt de la

1. Aux États-Unis, les congrégations d'étudiants portent des bagues comme celle-là en signe de reconnaissance.

main gauche. C'était la seule chose qui détonnait. Elle recula un peu. Elle avait envie de dessiner un peu plus que son visage.

– Ça t'ennuie si je prends un angle plus large ?

– Pas de problème.

Elle attacha sa feuille à son carton à dessin. Il la regardait attentivement. Troublée, elle se pinça le doigt. Ça faisait mal, elle le suça un instant. Puis elle releva ses cheveux en queue-de-cheval. Elle prit son fusain, prête à dessiner.

– Il faut que je te regarde ? lui demanda-t-il.

– Hum… Oui.

Paul avait pour habitude de toujours regarder les gens bien en face, ça ne devait pas le déranger. Lena en revanche sentait la pression monter dès que leurs regards se croisaient trop longtemps. Elle avait pour lui des sentiments qu'elle n'éprouvait pour personne d'autre.

Les traits de Paul donnaient l'impression d'être droits, rectilignes. Des mâchoires fortes et carrées ; un front carré ; des pommettes carrées. Cependant, en l'étudiant plus attentivement, plus longuement, elle découvrit des courbes inattendues. Ses yeux, par exemple. Ils étaient grands, ronds, innocents, presque enfantins. Mais dans le coin extérieur, il avait de petits plis en éventail, des rides d'expression qui, elle le devinait, ne lui étaient pas venues à force de rire. Et dans le coin intérieur, entre les yeux et le nez, la peau était fine et bleue, comme légèrement meurtrie.

Ses lèvres étaient étonnamment pleines et pulpeuses. Il avait une belle bouche. Elle se perdit dans les fines lignes verticales qui soulignaient la commissure de ses lèvres. On n'attendait pas une bouche aussi sensuelle chez quelqu'un d'aussi grand et fort. Elle se trouva un peu folle de la fixer aussi avidement et aussi longuement. Elle se sentait un peu coupable aussi de profiter ainsi de cette séance de dessin.

Elle dessina épaules et bras à grands traits. Quand elle arriva aux mains, elle se raidit légèrement. Elle hésita sur la chevalière et se força à lui poser la question :

– Je peux te demander d'où vient cette bague ?

Il referma immédiatement les doigts de son autre main dessus et baissa les yeux. Jusque-là, depuis plus de quarante minutes, il n'avait pas quitté la pose, même de manière infime.

– Pardon, fit-il en s'en apercevant.

– C'est bon, ne t'inquiète pas, s'empressa-t-elle de répondre.

Elle se sentait soudain le devoir de le protéger.

– Tu peux faire une pause, tu l'as bien mérité.

– Non, ça va.

Il gardait les yeux baissés désormais. Sa nuque s'inclinait gracieusement et tristement. La courbe de son cou était si éloquente que les doigts de Lena brûlaient d'entamer un autre dessin.

C'était un miracle, tout ce qu'on pouvait lire dans le moindre petit geste, si l'on se donnait la peine de bien regarder, de vraiment chercher l'information.

Il y avait tant d'émotions, une foule étourdissante de choses que les mots, tout du moins les mots de Lena, ne pouvaient exprimer. Des milliers d'images, de souvenirs et d'idées qui se déployaient si on les laissait venir. Pour qui savait regarder, l'histoire entière de l'humanité était contenue dans le moindre trait. C'était de la poésie pure. Elle n'avait jamais trouvé la poésie poétique, pour être honnête. Mais elle imaginait ce que pouvait être la poésie pour ceux qui l'aimaient et la comprenaient.

C'était de la poésie… ou bien comme si elle était sous l'influence d'une drogue.

Paul avait enlevé la bague. Elle était au creux de sa main maintenant. Il releva les yeux.

– Elle était à mon père. Il a fait ses études à Penn[1], comme moi, alors il me l'a donnée.

Lena le regarda d'un air solennel. Elle espérait que l'élan de compassion qu'elle éprouvait pour lui arrivait par quelque miracle à transparaître dans ses yeux.

– Carmen m'a dit qu'il était malade.

Paul hocha la tête.

– Je suis désolée.

1. Diminutif pour l'université de Pennsylvanie.

Il hochait toujours la tête, plus lentement.

– C'est dur, tu sais…

– Je sais, dit-elle avec émotion. Enfin, non, je ne sais pas. Je sais et je ne sais pas. Je ne sais pas exactement, mais j'ai l'impression de savoir quand même. Mon *bapi*… mon grand-père est mort l'année dernière.

Elle s'interrompit, horrifiée par ce qu'elle venait de dire.

– Enfin, je ne veux pas dire que c'est pareil, s'écria-t-elle. Je ne veux pas dire que ça va arriver !

Elle se détestait vraiment parfois.

Mais Paul la regardait avec une douceur qu'elle ne méritait pas. Il n'était que douceur et pardon. Il semblait même reconnaissant, pour couronner le tout.

– Je sais, Lena. Je suis sûr que tu comprends.

Ils restèrent un moment à se dévisager mais leur silence n'exprimait ni vide ni gêne. Il était naturel.

– Tu veux faire une pause ? lui demanda-t-elle à nouveau.

Cette fois, il accepta.

La souche était assez large pour deux. Elle s'assit en tailleur à ses côtés. Elle s'appuya légèrement contre lui et il la laissa faire. Un soleil bienveillant les caressait.

La brise faisait battre doucement les coins de son dessin qu'elle avait posé dans l'herbe.

Elle avait envie de le finir, mais elle n'était pas pressée. Elle venait de comprendre qu'elle avait commencé ce portrait dans le seul but de dire à Paul qu'elle était désolée.

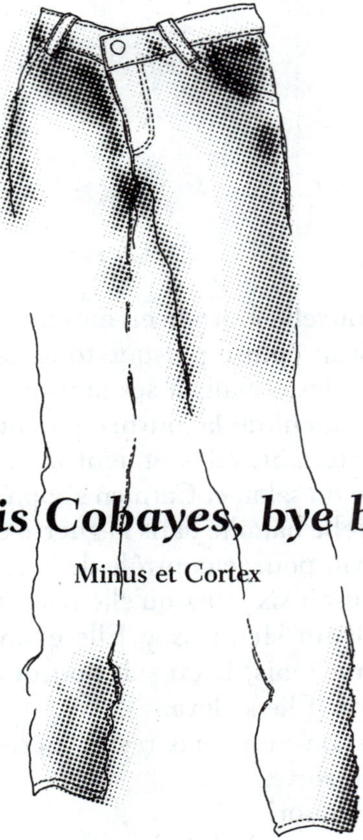

Souris Cobayes, bye bye !

Minus et Cortex

Une nouvelle journée en enfer.

Valia avait épuisé presque toute son énergie à envoyer des e-mails à ses amis grecs. C'était le seul moment de la journée où elle reprenait vie. Maintenant, elles étaient assises dans la pénombre du salon et Carmen s'apprêtait à livrer une nouvelle bataille dans la guerre d'usure qui les opposait pour le contrôle de la télévision.

Cela faisait six jours qu'elle n'avait pas eu sa dose de Ryan Hennessey. Elle essaya de se le représenter mais, Dieu sait pourquoi, elle n'y arrivait pas. Elle se leva.

– Valia, on ne va pas rester à croupir ici. Il faut qu'on sorte.

– Pourrrquoi ?

– Parce que. Il fait beau. On va aller se promener.

– Je rrrregarrrde une émission. Je n'ai pas

envie d'aller me prromener, répliqua-t-elle d'une voix grincheuse et ensommeillée.

– Allez, s'il vous plaît !

Carmen en avait tellement assez tout à coup qu'elle en oublia leur concours de mauvaise humeur. Tant pis, que Valia remporte cette manche, ça lui était égal.

– C'est moi qui ferai tout. Vous n'avez qu'à vous laisser pousser, insista-t-elle.

Valia réfléchit. Elle aimait se faire prier. Elle aimait sentir qu'elle avait un certain pouvoir sur Carmen. Elle haussa les épaules.

– Il fait trrrop chaud.

– Non, pas tant que ça. S'il vous plaît !

Valia ne voulait pas lui donner la satisfaction de dire oui tout de suite, elle se contenta de regarder son fauteuil d'un air résigné.

Carmen profita de l'ouverture. Tout doucement, elle déposa le corps maigre de Valia dans le fauteuil roulant.

– Bon…

Elle vérifia qu'elle avait ses clés, son argent et poussa l'engin vers la porte.

Le ciel était tout bleu. On avait beau être en août, la brume de chaleur écrasante du plein été s'était momentanément levée. Quel bonheur d'être en plein air ! Carmen marchait sans but, laissant son esprit vagabonder. Elle essayait de voir le monde à travers les yeux de Valia, d'imaginer ce que ce paysage de banlieue pouvait évoquer à une vieille dame qui avait passé sa vie sur une île de la mer Égée.

Rien de bon, visiblement. Pourtant, au-dessus de leurs têtes, se déployait le même ciel bleu qu'en Grèce. Est-ce qu'en voyant ce bleu d'azur Valia réalisait qu'il s'agissait du même ciel, de son ciel ?

Sans raison particulière, l'image d'un restaurant où Carmen avait déjeuné quelques fois avec sa mère lui traversa l'esprit. Elle ne se souvenait pas de son nom, mais elle savait exactement où il se trouvait. Elle en prit la direction. Elle avait faim, tout à coup.

Arrivée au restaurant, Carmen fut ravie de constater qu'ils avaient toujours des tables avec de grands parasols blancs en terrasse. Les murs blanchis à la chaux étaient bordés de bacs en bois débordant de géraniums rouges. Carmen n'y était jamais allée, mais elle se disait que ce pan de mur ou ces parasols blancs qui se détachaient sur le ciel bleu devaient avoir un petit air de Grèce.

Elle installa Valia à une table. Il n'y avait pas d'autres clients.

– Qu'est-ce qu'on fait là ? demanda-t-elle.

– J'ai envie de faire une pause et j'ai un peu faim. Ça vous ennuie ?

Valia prit un air de martyre.

– Qu'est-ce que ça change, que ça m'ennuie ou pas, de toute façon ?

– Je reviens tout de suite, promit Carmen.

Comme il n'y avait pas de serveurs pour la terrasse, elle alla commander au comptoir. L'heure du déjeuner était passée, celle du dîner pas encore arrivée et l'endroit était désert. Avec l'impression d'être formidablement rebelle, Carmen consulta le menu. Il ne s'agissait pas à proprement parler d'un restaurant grec, mais il proposait de la cuisine méditerranéenne. Elle reconnut différents plats qu'elle avait déjà goûtés chez Lena. En ce moment, les Kaligaris ne mangeaient pas grec. Elle le savait car Lena lui avait expliqué que, d'après son père, ça risquait de donner le mal du pays à Valia. Il essayait de lui éviter tout ce qui pouvait lui rappeler la Grèce. Il refusait qu'elle cuisine alors qu'elle avait fait ça toute sa vie.

Carmen commanda des feuilles de vigne farcies et un truc chaud qui ressemblait fortement à une *spanakopita*. Elle prit également un plat à base d'aubergines, une salade grecque, quelques *baklavas* et deux grands verres de citronnade. Après avoir payé, elle emporta le plateau dehors et le déposa au milieu de la table.

– J'ai pris un petit assortiment. J'espère que c'est bon.

Valia jeta un regard dédaigneux sur l'ensemble.

Carmen déposa un friand aux épinards brûlant dans une assiette en carton et lui tendit avec une fourchette.

– Tenez, goûtez.

Valia resta l'assiette à la main, à la renifler, parfaitement immobile.

Carmen regretta d'avoir cédé à son impulsion. De toute façon, elle le regrettait presque toujours, quelle que soit l'impulsion.

Valia n'avait aucune envie d'être ici. Elle allait détester ces plats qui manquaient d'authenticité. Elle l'entendait déjà se plaindre : « Ça se mange, ce trrruc ? Qu'est-ce que c'est que cette chose verrrte ? Moi, je n'appelle pas ça des épinarrrds ! »

Les minutes s'écoulaient et Carmen se sentait de plus en plus mal. Pourquoi avait-elle toujours des idées aussi stupides ? Et le pire, c'est qu'elle les menait à bien !

Valia approcha son assiette de son visage. Elle semblait sur le point de goûter, mais s'arrêta brusquement. Carmen, stupéfaite, la regarda reposer l'assiette sur la table et baisser la tête.

Elle resta longtemps tête baissée, puis vinrent les larmes. Des flots de larmes qui cascadaient sur ses joues ridées. La gorge serrée, Carmen vit le visage de Valia se décomposer lentement sous l'effet du chagrin.

Elle se leva d'un bond. Sans réfléchir, elle serra la vieille dame dans ses bras. Valia était toute raide. Carmen s'attendait à ce qu'elle la repousse ou qu'elle lui fasse comprendre qu'elle n'aimait pas être câlinée comme ça, surtout pas par Carmen.

Mais Valia laissa aller sa tête et l'enfouit dans son cou. Carmen sentait sa peau douce et fripée contre sa clavicule. Elle serra un peu plus fort. Les larmes lui mouillaient le cou. Elle nota alors que la main de Valia s'était posée sur son poignet.

« Quel malheur, pensa Carmen, que l'on ait tendance à être odieux quand on est triste, mal, qu'on a désespérément besoin d'être aimé. Quelle tragédie que tout le monde vous évite, vous fuie, juste au moment où vous auriez besoin d'être entouré. » Elle connaissait ce cercle infernal mieux que personne. Quel drame d'être insupportable avec les autres pour finalement se retrouver tout seul à se détester plus que quiconque.

Carmen caressa doucement les cheveux de Valia, surprise de ne pas être l'odieux personnage, cette fois. Contrairement à d'habitude, ce n'était pas elle qui avait besoin des autres, mais les autres qui avaient besoin d'elle.

Elle pensa à M. Kaligaris et à toutes ses théories pour protéger sa mère. Oui, l'odeur de la cuisine grecque avait bouleversé Valia. Il avait raison. Et visiblement elle était aussi bouleversée de se retrouver dans les bras d'un autre être humain. Mais parfois, Carmen le savait bien, on ne pouvait éviter d'être triste, il fallait en passer par là.

– Je veux rentrer à la maison, fit Valia à son oreille d'une voix rauque.

– Je sais, murmura Carmen.

Et elle se doutait que Valia ne parlait pas du 1303, Highland Street, Bethesda, Maryland.

– Amuse-toi bien avec Michael…

Bridget haussa les sourcils de manière suggestive.

– … mais pas trop.

Alors qu'elle aidait Diana à charger ses bagages dans sa voiture, Bridget sentit le monde tanguer autour d'elle. Elle avait mal à la tête, elle était fatiguée. Elle était contente que Diana rentre à Philadelphie passer le week-end avec son petit ami. Elle était moins contente de devoir rester là, par contre.

Elle décida de ne pas passer par le réfectoire. Le repas du vendredi soir était pourtant l'un des meilleurs de la semaine avec, en dessert, un buffet de crèmes glacées où elle allait volontiers se resservir deux ou trois fois. Mais ce soir, elle n'avait pas faim.

« Il faut que je dorme », se dit-elle en se traînant du parking à son bungalow.

Le camp était étrangement désert. Ce week-end, la plupart des stagiaires étaient rentrés chez eux. Seuls quelques moniteurs étaient restés pour surveiller les lieux.

Alors qu'elle se déshabillait avant de se glisser sous les couvertures, Bridget remarqua que, pour une fois, le bungalow était calme. C'était tant mieux. Elle s'emmitoufla du mieux qu'elle put. Il faisait presque trente degrés dehors, pourquoi avait-elle si froid? Plus elle s'enroulait dans les couvertures, plus elle avait froid. Elle tremblait. Elle claquait des dents. Plus elle s'efforçait d'arrêter, plus elle claquait des dents. Elle avait les joues en feu.

«J'ai de la fièvre», conclut-elle. Il fallait faire quelque chose. Elle pourrait peut-être prendre un cachet à Katie... Elle se voyait le faire, mais n'arrivait pas à bouger. Elle sombra petit à petit dans un état second, entre veille et sommeil. Elle se voyait aller chercher une autre couverture. Elle se voyait boire un verre d'eau. Mais elle ne parvenait pas à savoir si elle le faisait vraiment ou pas. Elle se torturait la cervelle pour savoir où finissait la réalité, où commençait le rêve. Elle dut dériver comme ça de longues heures parce qu'il faisait nuit lorsqu'elle se réveilla en sursaut, sentant une présence à ses côtés.

– Bee?

Elle essaya de se rappeler où elle était. Le visage d'Eric flottait près du sien.

– Salut, dit-elle doucement.

Elle maintenait la couverture bien calée sous son menton, l'idée qu'un courant d'air puisse effleurer sa peau brûlante lui était insupportable.

– Ça va?

– Ça va, affirma-t-elle en recommençant à claquer des dents.

Il avait l'air inquiet. Il lui posa la main sur le front.

– Mon Dieu, tu es brûlante !

Elle aurait voulu répliquer quelque chose de drôle, mais elle n'en eut pas la force. Elle était trop fatiguée.

– Je crois que j'ai la grippe.

– Oui, tu as attrapé quelque chose.

Tendrement, presque instinctivement, il écarta les cheveux de son front. C'était un geste doux. Elle était bien, douillettement blottie dans sa fièvre. Il descendit la main pour effleurer sa joue toute rouge.

– Tu veux prendre un cachet ? Tu veux que j'aille voir si l'infirmière est là ?

Il ne la quittait pas des yeux, visiblement inquiet.

– Ne t'en fais pas, ce n'est pas grave.

La fatigue la faisait parler plus lentement que d'habitude.

– J'ai toujours eu de fortes fièvres. Ma mère disait...

Elle dut s'interrompre pour reprendre des forces.

– ... que je montais facilement à quarante et un rien que pour un petit rhume.

Elle ne voulait pas avoir l'air mélodramatique en disant cela, mais Eric parut pourtant bouleversé. Il était au courant pour sa mère. Elle lui avait raconté presque dès leur première rencontre.

– Je ne suis pas sûr que l'infirmière soit là,

mais je vais te chercher quelque chose. Qu'est-ce que tu prends, d'habitude ?

– Peu importe.

– Je reviens vite. Tu ne bouges pas, promis ?

Elle laissa échapper un petit rire qui ressemblait plus à une quinte de toux.

– Je te le promets.

– Il faut que vous laissiez Valia rentrer chez elle, affirma Carmen en suivant Ari dans la cuisine.

D'abord, elle avait dû convaincre Lena. Puis elle avait guetté pendant deux jours le moment où elle se retrouverait seule à seule avec Ari mais, si Carmen avait une qualité, c'était bien la ténacité.

Ari posa le courrier sur le bar et se tourna vers elle, stupéfaite.

– Pardon ?

Elle avait de grands et beaux yeux, comme Lena, mais les siens étaient sombres et insondables, alors que ceux de sa fille étaient clairs, verts, fragiles.

– Je sais que ça ne me regarde pas, reconnut Carmen, et que M. Kaligaris et vous, vous ne m'avez pas demandé mon avis.

Carmen appelait toujours Ari, Ari et M. Kaligaris, M. Kaligaris.

Et il n'en avait jamais été autrement, autant qu'elle s'en souvienne.

Ari fit un discret signe de tête, l'invitant à développer cet avis qu'elle ne lui avait pas demandé.

– Je pense vraiment que M. Kaligaris et vous, vous devriez laisser Valia retourner en Grèce…

Les larmes lui montaient aux yeux. C'était agaçant d'être aussi émotive.

– … Elle dépérit ici.

Ari poussa un long soupir et se frotta les yeux du revers de la main. Au moins, elle ne tombait pas des nues.

– Mais elle est incapable de se débrouiller seule. Surtout maintenant, avec son genou. Qui va s'occuper d'elle, là-bas ?

Elle n'avait pas l'air d'exprimer une opinion personnelle, plutôt de ressortir celle de quelqu'un d'autre.

– Ses amis ? suggéra Carmen. Elle a des amis qu'elle considère comme sa famille, et je la comprends tout à fait. Le seul moment où elle a l'air heureuse, c'est quand elle bavarde avec Rena sur Internet.

Carmen joignit les mains, stupéfaite de s'entendre parler d'égale à égale avec Ari.

– Valia est trop déprimée pour aller se servir un verre d'eau, mais je suis sûre qu'elle aurait su programmer elle-même l'ordinateur pour joindre la Grèce s'il l'avait fallu.

Ari la regarda – un regard las et peiné, mais également plein de tendresse.

Ne s'apercevait-elle pas que Valia n'était pas

la seule à souffrir ? Carmen n'avait jamais vu Ari aussi tendue. Et M. Kaligaris n'avait pas toujours été si sévère et si dur. Ari ne voyait-elle pas les dégâts que cela causait non seulement chez elle, mais aussi chez ses filles ?

Carmen savait qu'elles n'auraient pu avoir cette conversation si M. Kaligaris avait été là. Mais elle avait confiance en Ari. Ari l'appréciait. Ari saurait comprendre qu'elle était bien intentionnée et, il fallait l'espérer, qu'elle avait raison.

– Carmen, ma puce, je ne dis pas que tu as tort. J'apprécie ton geste. Mais tout ça est compliqué. Franchement, comment Valia pourrait-elle retourner dans la maison où elle a vécu avec Bapi pendant cinquante-sept ans ? Comment supporterait-elle le chagrin de continuer à vivre là sans lui ? Parfois le changement a du bon.

Carmen se raidit. Elle n'aimait pas le changement.

– Je sais que ça la rendra triste de rentrer dans sa maison, sur son île, répliqua-t-elle. Bien sûr qu'elle sera triste. Mais c'est sa maison. C'est sa vie. Elle pourra surmonter la tristesse. J'en suis convaincue. Ce qu'elle ne surmontera jamais, c'est la souffrance d'être exilée ici.

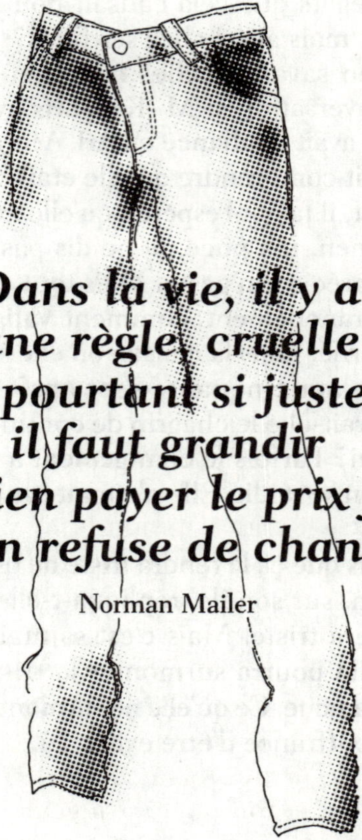

Dans la vie, il y a une règle, cruelle et pourtant si juste : il faut grandir ou bien payer le prix fort si l'on refuse de changer.

Norman Mailer

Tibby n'arrivait pas à dormir. Elle s'assit dans son lit pour regarder par la fenêtre le pommier de tous les dangers. Les pommes étaient rondes et rouges, maintenant. Comment se faisait-il qu'elle n'en ait jamais goûté une ?

Elle les associait à la pourriture, c'était en partie pour cela. Quand elle y repensait, l'odeur écœurante de fermentation et de décomposition des fruits tombés sans être ramassés la prenait encore aux tripes. Cette odeur ajoutée à la vision des insectes et des vers qui grouillaient lui donnait la nausée. Ces pommes pourries la dégoûtaient, mais elle n'avait jamais pensé à en cueillir une sur la branche.

Elle avait l'impression que l'arbre la toisait tout comme elle le toisait. Il la jugeait. Non pour avoir laissé la fenêtre ouverte, ce n'était pas ça, son crime. Ses crimes étaient plus nombreux et plus graves. Elle n'était pas assez généreuse pour aimer Katherine comme elle le méritait. Elle n'était pas assez courageuse pour aimer Brian comme il le méritait. Elle n'était pas assez forte pour garder en vie ceux qu'elle aimait (Bailey, Mimi), ni assez intelligente pour saisir le sens de leur mort.

Tibby était douée pour se cacher. C'était ce qu'elle faisait le mieux. Elle savait s'enfermer dans une petite boîte et attendre. Mais attendre quoi ? Qu'attendait-elle donc ?

Elle pensait avoir tiré une leçon de l'accident de Katherine. Une leçon qui disait : « N'ouvre pas, ne grimpe pas, n'essaie pas et tu ne tomberas pas. » Mais ce n'était pas ça du tout ! Elle avait tout compris de travers !

Du haut de ses trois ans, la petite Katherine lui enseignait exactement l'inverse : « Essaie, tends la main, désire, tu risques de tomber mais, même si tu tombes, tu t'en remettras. »

Remuant ses pieds sous les couvertures, Tibby réalisa qu'une autre leçon encore en découlait : « Si tu n'essaies jamais, bien sûr tu ne risques rien, mais autant être morte. »

Pour Bridget le temps s'écoulait de la plus curieuse manière, un coup en avant, un coup en arrière. Elle se rendit vaguement compte que Katie et Allison revenaient au bungalow. Elles durent croire qu'elle dormait, mais ça ne les empêcha pas d'allumer la lumière, de jacasser bruyamment et de mettre de la musique. Elles avaient dû faire la fête avec le reste de l'équipe. En tout cas, c'était ce que trahissait leur odeur.

Quelques instants plus tard, Eric revint. En découvrant le vacarme que faisaient Katie et Allison, il explosa, furieux :

– Vous ne voyez pas que Bee est malade ? Vous devriez faire encore plus de bruit ! Ça ne va pas ou quoi ?

Même dans son brouillard, Bridget remarqua que c'était un aspect de la personnalité d'Eric qu'elle ne connaissait pas.

– Hé, mec ! Du calme, répliqua Katie. Qu'est-ce qui te prend de débarquer en hurlant dans notre bungalow pour nous donner des ordres ?

Elle avait trop bu pour reconnaître ses torts, peu importait que Bee soit malade.

Eric s'agenouilla au chevet de Bridget. Il lui posa à nouveau la main sur le front, et se pencha à son oreille.

– Je n'ai aucune envie de te laisser ici avec ces deux-là. Tu ne voudrais pas venir avec moi ? Il n'y a personne dans mon bungalow ce week-end. Tu pourras dormir.

Elle hocha la tête, reconnaissante. Elle se demanda juste comment elle allait pouvoir se rendre là-bas sans mourir de froid. Elle était en sous-vêtements sous les draps.

Mais Eric avait tout prévu. Il passa les bras

sous sa nuque et sous ses genoux pour la soulever, encore emmitouflée dans la couverture. Puis il l'emporta hors du bungalow sous le regard stupéfait et indigné de Katie et Allison.

Elle se sentait toute légère dans ses bras. Elle enfouit son visage brûlant dans son cou. Elle avait à nouveau des frissons. Il rajusta la couverture autour d'elle et appuya doucement son menton sur le haut de sa tête.

Elle s'efforçait d'enregistrer ses moindres gestes, de les graver en elle pour toujours, tant ils étaient immensément doux. Jamais elle n'avait connu et plus jamais sans doute elle ne connaîtrait autant de douceur. Elle espérait que, à l'inverse de toutes ces couvertures dont elle avait cru se couvrir et de tous ces verres d'eau qu'elle avait cru boire, ses gestes étaient bien réels. « Faites que ce soit vrai, souhaitait-elle de tout son cœur. Et sinon tant pis, faites juste que je continue à le croire. »

Il poussa la porte de son bungalow d'un coup de rein, et la déposa avec précaution dans un lit – son lit, espérait-elle. Elle voulait sentir son odeur. Il la borda soigneusement. Elle s'efforça de ne plus trembler.

– Je vais te mettre une couverture en plus, mais je ne voudrais pas non plus que tu aies trop chaud, hein ?

Elle hocha la tête. Elle remarqua qu'il avait un sac plastique à la main.

– Tiens.

Il en sortit des médicaments, une bouteille d'eau, une autre de jus d'orange, un thermomètre et un gobelet en carton.

– L'infirmière ne revient pas avant dimanche, mais j'ai accès à l'infirmerie, au cas où on aurait encore besoin de quelque chose.

Elle battit des paupières, tentant de fixer son regard sur son visage grave.

– La porte était ouverte ?

Il haussa les épaules.

– Maintenant elle l'est.

Il remplit le gobelet d'eau et déposa deux cachets dans sa paume.

– On y va ?

Il l'aida à se redresser. Elle essayait de trouver un moyen de sortir le bras de la couverture sans laisser entrer l'air froid. Finalement, elle glissa juste la main dehors au niveau du cou en tenant la couverture bien serrée contre elle. Elle vida goulûment le verre d'eau, puis un autre et encore un autre, avec son petit bras de tyrannosaure.

– Ma pauvre, tu avais soif, dit-il.

Elle avala les cachets en grimaçant. Elle avait la gorge enflée.

– Merci, fit-elle en se rallongeant.

Elle sentait ses yeux s'emplir de larmes tant il était exceptionnellement gentil avec elle.

À nouveau, il posa sa main froide sur sa joue.

– Je m'inquiète pour toi, reprit-il calmement.

Vu son expression, plus jamais elle ne pourrait douter qu'ils étaient amis.

Il sortit le thermomètre de son étui.

– Allez, ouvre le bec !

– Tu veux vraiment savoir ? fit-elle.

Elle sentait qu'elle était brûlante.

Il hocha la tête, elle ouvrit donc la bouche. Il attendit que le mercure se stabilise. Ça ne prit pas très longtemps. Il l'examina, plissant le front.

– Mon Dieu, 40,3° ! C'est dangereux, non ?

– J'ai déjà eu beaucoup plus ! dit-elle d'une voix faible.

Pourquoi présentait-elle toujours les choses de façon aussi mélodramatique ?

– Il faut que j'appelle un médecin ? demanda-t-il.

– Je crois que ça va aller, affirma-t-elle en toute franchise. Je ne suis pas inquiète…

Il s'allongea sur le lit d'en face, sur le côté, sans la quitter des yeux.

– Je vais téléphoner à ton père, annonça-t-il soudain en se redressant.

Il sortit son portable d'un tiroir de sa commode.

– Non, ne l'appelle pas, marmonna-t-elle d'une petite voix. Il n'est… pas là.

– Il est minuit. Où pourrait-il bien être ?

– Non. Je veux dire…

Elle fit une pause.

– … Il n'est pas là, pas vraiment là… enfin, tu vois.

Elle était trop épuisée pour mieux s'expliquer. Il la regarda avec une moue attristée. Il avait l'air profondément bouleversé par tout cela. Puis, il se rallongea en face d'elle.

Elle ne voulait pas qu'il se fasse du souci pour elle. Mais plus elle s'efforçait d'arrêter de trembler, plus elle tremblait.

Il ne supportait pas de la voir trembler comme ça. Il se leva et s'approcha d'elle. Il la souleva, blottie dans son nid de couvertures, et la déplaça légèrement. À sa plus grande surprise – et pour sa plus grande joie –, il s'allongea à ses côtés. Il la prit dans ses bras, la laissant enfouir son visage dans son cou. Elle eut l'impression que son cœur enfiévré allait exploser.

Il la tint serrée contre lui, comme s'il possédait le pouvoir d'absorber la fièvre, la maladie, la douleur de ne pas avoir de mère ou de père sur qui compter. Il resta ainsi pendant des heures, à lui caresser les cheveux. Et peut-être même réussit-il à absorber son mal, car elle finit par s'endormir dans ses bras.

Vers quatre heures du matin, les lueurs de l'aube commençaient à hanter le ciel. Tibby refusait que le soleil se lève avant qu'elle ait pris de vraies décisions.

Au terme de cette longue nuit, elle avait l'impression qu'elle connaissait mieux cet arbre et qu'il la connaissait aussi. Il n'était pas hostile, ce pommier, mais il lui lançait un défi.

Aux alentours de deux heures du matin, elle s'était souvenue que le jean magique était en sa possession. Il patientait sous son lit depuis un nombre inavouable de jours. Tout ce temps, elle l'avait fui. Vers trois heures, elle avait décidé de l'enfiler.

Elle s'assit sur son bureau, ouvrit la fenêtre et s'accouda au rebord, le menton dans les mains. L'arbre ondulait dans le vent. Katherine avait cru pouvoir l'atteindre, alors qu'elle en était incapable. Tibby, elle, se croyait incapable de l'atteindre, alors qu'elle aurait tout à fait pu. Avec l'âge, les ovaires de sa mère produisaient visiblement des ovules de plus en plus intrépides.

Tibby sortit une jambe, puis l'autre. Elle s'assit sur le rebord de la fenêtre puis baissa les yeux. Le sol paraissait si loin. Elle se sentirait incroyablement stupide si jamais elle tombait. Elles seraient chouettes, les deux sœurs, avec leurs casques de hockey ! Tibby sourit malgré elle en imaginant la joie de Katherine. Elle se demanda si Nicky lui proposerait aussi de décorer son casque avec des autocollants.

Tibby saisit une grosse branche des deux mains et s'y agrippa fermement. Elle devina d'instinct où elle devrait placer ses pieds. Elle essaya de trouver comment faire pour ne pas se retrouver suspendue dans le vide, à aucun moment. Puis elle se rappela que, justement, c'était le seul moyen d'y arriver.

Quand elle quitterait la fenêtre, ses bras retiendraient tout son poids pendant une ou deux secondes, le temps qu'elle pose ses pieds. Il n'y avait pas d'autre solution.

OK.

D'accord.

Bon, allons-y.

Tibby regarda vers le bas. Elle distinguait quelques pommes pleines de vers qui se languissaient dans l'herbe sombre. Le sol l'effrayait, alors elle leva les yeux vers le ciel.

Elle se lança, suspendue dans le vide. Elle poussa un cri à cet instant précis mais, avant qu'il ne franchisse ses lèvres, ses pieds étaient déjà sur la branche du bas. Elle était saine et sauve.

Elle descendit lentement, branche après branche. Elle tenait un peu du singe, finalement. Elle se balança au-dessus du sol, cramponnée à une branche basse. Puis lâcha.

La sensation de chute fut brève, mais intense. Ses mains lui faisaient un mal de chien. Tout son corps tremblait d'angoisse et de plaisir. Son cœur était gonflé, prêt à éclater, elle pouvait à peine respirer. Elle avait l'impression de vivre la vie d'une autre.

Elle fit le tour de la maison en rasant les murs pour rejoindre la porte d'entrée. Mais avant même d'avoir tourné la poignée, elle réalisa qu'elle devait être verrouillée de l'intérieur. Tout comme la porte de derrière. Et celle qui donnait sur le côté. Elle était coincée dehors.

La situation lui sembla si incommensurablement drôle qu'elle se laissa tomber par terre et se roula dans l'herbe, morte de rire.

Au petit matin, la fièvre de Bridget baissa. Elle retomba de façon aussi spectaculaire qu'elle était montée. Bee se rendait à peine compte de ce qui se passait autour d'elle lorsque, soudain, l'air passa brusquement d'un froid sibérien à une chaleur tropicale. La sueur ruisselait de tous les pores de sa peau. Elle se réveilla en sursaut et s'aperçut qu'elle avait rejeté ses couvertures dans son sommeil. Mais le plus alarmant, c'est qu'elle était en sous-vêtements, blottie au creux des bras d'un Eric endormi. Elle n'osait pas bouger. Qu'elle soit malade ou pas, une telle vision ne plairait certainement pas à Kaya – par exemple. Elle n'avait aucune envie qu'Eric se réveille et prenne conscience de la situation.

Elle pouvait essayer de remonter avec précaution le drap roulé en boule au pied du lit pour se couvrir avant qu'il ouvre les yeux. Retrouvant d'un coup toute sa lucidité, elle pinça le coin du drap entre le pouce et l'index de son pied gauche. Puis lentement, délicatement, elle replia la jambe.

Par le plus curieux des hasards, c'était la deuxième fois qu'elle dormait avec Eric en moins de deux semaines. Sans l'avoir cherché. Sans avoir voulu coucher avec lui. (D'accord, elle n'était pas contre… mais plus jamais en lui forçant la main.)

Dans un sens, c'était un terrible gâchis mais, dans le fond, jamais elle n'avait vécu situation plus romantique. Il y a deux ans, ils avaient couché ensemble au sens figuré ; cet été, au sens propre. La première expérience l'avait brisée, celle-ci lui donnait la sensation de se retrouver. Le premier été lui avait laissé l'impression d'être abandonnée, cette fois, elle se sentait aimée.

Le sexe peut être une délicieuse communion entre deux êtres, mais peut aussi devenir une arme, et l'abstinence est parfois nécessaire à l'instauration de la paix.

Eric remua et Bridget s'immobilisa, le pied gauche en suspens. Encore endormi, il la serra plus fort, pour qu'elle soit tout contre lui, ses bras et son torse contre sa peau nue. Il soupira. Il devait rêver qu'elle était Kaya. Elle aussi rêvait d'être Kaya, celle qu'il aimait vraiment.

Bridget aurait voulu profiter de cet instant, mais elle en était incapable. Elle ne supportait pas l'idée qu'en se réveillant il se sente coupable, gêné, alors qu'il s'était occupé d'elle avec une telle gentillesse. Elle voulait lui épargner ça.

Elle attendit que sa respiration reprenne un rythme régulier et recommença à remonter le drap. Le jour était presque complètement levé et le soleil entrait à flots par la fenêtre, illuminant leurs corps enlacés. « Ne te réveille pas tout de suite », le supplia-t-elle. Elle avait réussi à tirer le drap jusqu'à ses cuisses lorsqu'il ouvrit les yeux. Oh…

Durant un instant, encore entre veille et sommeil, il continua à l'étreindre. Puis, petit à petit, il parut reconnaître les cheveux blonds déployés sur ses bras, puis réaliser qui était cette fille qu'il tenait contre lui. Perplexe, il l'examina de la tête aux pieds, puis considéra leurs deux corps côte à côte et détourna les yeux.

– Désolé, murmura-t-il en desserrant son étreinte.

Ses bras lui manquaient déjà. Elle remonta le drap sur elle. En dessous, le matelas était trempé de sueur.

– Ne dis pas ça, s'il te plaît, supplia-t-elle.

Bridget avait toujours eu la conviction que la nuit était plus dangereuse que le jour. Mais les douze heures qui venaient de s'écouler l'avaient fait changer d'avis. La nuit l'avait protégée alors que le matin la mettait à nu.

– Je ne voulais pas…, fit-il nerveusement.

– Je sais, s'empressa-t-elle de répondre.

Il n'osait plus la regarder.

– Tu te sens... ?

– Mieux, beaucoup mieux.

Il était déjà debout et lui tournait le dos.

– Je... je vais te laisser t'habiller. Sers-toi dans mes affaires. Tu peux prendre un T-shirt ou ce que tu veux.

Il enfila un short par-dessus son caleçon.

Il y avait tant de choses qu'elle voulait lui dire. Tant de nuances du mot « merci ». Tant de façons d'appréhender l'amour. Pas cette sorte d'amour. Non, l'autre. Enfin, toutes les sortes d'amour, en fait.

Elle avait envie de lui dire tout ça, de lui faire comprendre ce qu'elle ressentait, de lui expliquer que, si fragile et bizarre (et c'était peu dire, elle en était consciente) que soit ce qu'il y avait entre eux, il n'avait rien à craindre.

Mais c'était trop tard. Il était déjà parti.

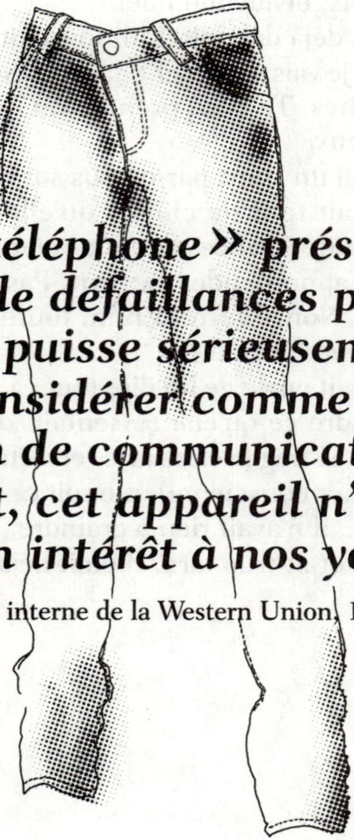

Ce « téléphone » présente trop de défaillances pour qu'on puisse sérieusement le considérer comme un moyen de communication. De fait, cet appareil n'offre aucun intérêt à nos yeux.

Rapport interne de la Western Union, 1876

Maman ?

Carmen traversa la chambre de sa mère pour se poster devant la porte de la salle de bains.

– Ça va, là-dedans ?

Elle était inquiète parce que, pour commencer, ce matin, sa mère n'était pas allée travailler, prétextant qu'elle n'était pas au mieux de sa forme. Carmen lui avait fait des œufs brouillés pour le petit déjeuner mais elle y avait à peine touché.

Et ça faisait un moment qu'elle était enfermée dans la salle de bains. Carmen entendit un gémissement, puis plus rien.

– Maman ?

Elle frappa à la porte.

– Tout va bien ?

Son cœur cognait dans sa poitrine. Lorsque sa mère ouvrit la porte quelques instants plus tard, elle était livide. Même ses lèvres étaient blanches.

– Maman ! Qu'est-ce qui se passe ?

– Je crois… je ne sais pas…

Elle s'appuya au chambranle de la porte pour se rattraper.

– Je crois que j'ai perdu les eaux.

– Tu… tu… tu crois ?

Carmen avait l'impression d'être dans l'un de ces vieux films où la femme annonce soudain qu'elle va accoucher sauf que, là, c'était elle qui tenait le rôle du mari empoté.

– Oui, je crois.

– Ça veut dire que…

Christina posa les deux mains sur son ventre rond.

– Je ne sais pas. Je n'ai pas l'impression que le travail a commencé.

– C'est trop tôt ! cria Carmen à l'intention du ventre de sa mère, priant le bébé de se montrer plus raisonnable.

Il n'était pas prévu avant quatre semaines !

– *Nena* chérie, je sais.

– Il faut que j'appelle l'hôpital ?

– Je vais téléphoner à ma sage-femme, décida Christina.

Elle se dirigea à pas lents vers l'appareil.

– Mais… tu te sens bien ? demanda Carmen en voyant sa mère composer le numéro.

– J'ai l'impression que… je fuis.

Christina pressa un dernier bouton et attendit. Elle attendit encore que la secrétaire bipe la sage-femme.

Carmen faisait les cent pas pendant que, tour à tour, sa mère parlait puis attendait. Lorsqu'elle raccrocha, elle avait l'air paniquée. Le cœur de Carmen passa aussitôt du trot au galop.

– Qu'est-ce qu'il y a ?

Christina avait les larmes aux yeux.

– Je dois aller à l'hôpital me faire examiner. S'il s'avère que j'ai perdu les eaux, il faut que j'entre en travail naturellement dans les douze heures ou ils déclencheront l'accouchement. Le bébé sera prématuré, mais on ne peut pas risquer une infection.

– Donc, le bébé arrive…

– Oui, bientôt, confirma Christina dans un souffle.

– Où est David ? demanda Carmen.

Sa mère se posait visiblement la même question.

– Il est… euh… il est…

Elle enfouit son visage dans ses mains. Elle s'efforçait de ne pas pleurer, ce qui stressait encore plus sa fille.

– J'essaie de me souvenir… Il part tellement souvent. Je crois qu'il est à Trenton dans le New Jersey. Mais peut-être qu'il est à Philadelphie. Je ne sais plus.

– On va le retrouver ! s'écria Carmen. On va l'appeler !

– Mais d'abord, il faut qu'on aille à l'hôpital. La sage-femme m'a dit de venir immédiatement.

Les mains moites, Carmen courait dans tous les sens.

– Tu as pris ton sac ? Je vais conduire.

Une fois au volant, Carmen n'arrêtait pas de se tourner vers sa mère.

– *Nena*, regarde la route. Ça va, je t'assure.

– Est-ce que tu as… ?

Après avoir passé tout l'été à bannir ce vocabulaire de son esprit, Carmen ne trouvait plus le bon mot.

– … des contractions ?

Christina ne lâchait pas son ventre, les yeux dans le vague, essayant de décrypter le message en morse qu'elle recevait de l'intérieur.

– Non, je ne crois pas.

– Tu as mal ?

– Pas vraiment. J'ai une lourdeur dans les reins, juste une gêne, ce n'est pas douloureux.

Arrivée à l'hôpital, après avoir remis sa mère aux mains d'un interne de la maternité pour qu'il l'examine, Carmen tenta de joindre David sur son portable. Elle tomba directement sur sa boîte vocale, sans que ça sonne. Ce n'était pas bon signe. Elle lui laissa un message. Elle voulait adopter un ton calme, adulte et factuel mais, en raccrochant, elle savait qu'elle avait plutôt paru à moitié hystérique.

Elle se releva d'un bond en voyant le visage de sa mère apparaître à la porte de la salle d'attente.

– Alors ? fit-elle doucement en s'intimant l'ordre de rester calme.

– J'ai bien perdu les eaux, répondit Christina.

Elle paraissait complètement dépassée. Elle parlait d'une toute petite voix et on voyait bien qu'elle était terrifiée.

– Bon.

– Mais le travail n'a pas commencé.

– C'est une bonne nouvelle, non ?

– Oui.

– Alors on fait quoi ? On rentre à la maison ?

– Non, je dois rester ici. Ils vont me surveiller jusqu'à ce soir huit heures, puis ils déclencheront l'accouchement.

– Ce qui veut dire…

– Qu'ils me donneront des médicaments pour amorcer le travail.

Carmen hocha la tête solennellement.

– Mais je leur ai dit qu'on ne pouvait pas avant que… Que je ne pouvais pas avoir le bébé tant que…

Carmen, au supplice, vit les larmes emplir les yeux de sa mère.

– Je ne peux pas accoucher tant que David n'est pas là.

Les larmes jaillirent. Carmen serra sa mère dans ses bras pour qu'elle les laisse enfin couler librement. Elle ne l'avait jamais vue dans cet état.

Christina prenait son rôle de mère tellement au sérieux qu'elle ne se laissait jamais aller à pleurer ou à exprimer ses angoisses devant sa fille. Carmen avait peur, elle aussi, mais elle se sentait soudain adulte. Elle était fière que sa mère accepte qu'elle prenne soin d'elle.

En la serrant dans ses bras, elle fit le vœu d'être courageuse, pour une fois.

– Je vais trouver David, lui promit-elle. Je vais aller le chercher et te le ramener pour qu'il soit là quand le bébé arrivera, d'accord ?

Carmen était assise dans le hall de l'hôpital en train de faire ses petits calculs. Rien ne se passait comme il fallait. Carmen Senior, la mère de Christina, était à Porto Rico avec sa tante. Tout le monde, y compris David, avait voulu effectuer ses déplacements avant la naissance. Mais le bébé se souciait apparemment fort peu des projets des autres. Carmen se demandait si, finalement, il n'avait pas quelques points communs avec sa grande sœur.

Elle ne pouvait pas laisser sa mère seule pendant qu'elle partait à la recherche de David. Ça pouvait prendre un moment. Le travail n'avait pas commencé, certes, mais qui aimerait rester tout seul à l'hôpital sans un ami, sans un parent ?

Carmen n'avait qu'une solution : appeler l'une des personnes en qui elle avait le plus confiance au monde. Il y en avait trois, mais Bee était trop loin et Carmen avait des doutes quant à la compatibilité de Tibby avec les hôpitaux. Elle appela donc Lena qui ne répondit ni sur le fixe, ni sur le portable. Pas étonnant, elle ne prenait jamais son portable. Carmen n'avait pas envie de lui laisser un nouveau message hystérique. Elle téléphona donc à Tibby. Signe du destin, elle décrocha à la première sonnerie.

– Tu peux venir à l'hôpital ? la supplia Carmen, d'une voix noyée de larmes. Ma mère a perdu les eaux, David est en déplacement et il faut que je le trouve avant que le médecin ne déclenche l'accouchement. Tu pourrais lui tenir compagnie le temps que je revienne ?

– Oui, répondit aussitôt Tibby. J'arrive tout de suite.

– Prends ton portable, d'accord ? Que je puisse te joindre.

– OK.

Et elles raccrochèrent.

Lorsque Carmen avait appelé, Tibby était réveillée depuis peu. La nuit avait été longue. C'était fatigant, tout de même, de rester jusqu'à l'aube à contempler un arbre, puis d'y grimper pour descendre de branche en branche, de finir la nuit coincée dehors et de ne regagner son lit qu'à sept heures du matin passées. Demandez autour de vous, vous verrez.

Et c'était assez surréaliste de se retrouver à

l'hôpital, en salle de travail, assise au chevet de la mère de Carmen, à écouter biper le monitoring. Surtout après trois heures et demie de sommeil à peine.

Tibby contemplait la montagne qu'était devenu le ventre de Christina. Elle se rappelait bien quand sa mère était enceinte de Nicky, puis de Katherine. Elle avait treize ans au moment de la première grossesse et presque quinze à la deuxième. À l'époque, elle n'avait pas trouvé ça amusant du tout.

« Mais n'ayez crainte, se répétait-elle silencieusement – pour elle-même et pour Christina. Chez Tibby et Cie, nous avons adopté une nouvelle charte concernant les petits frères et les petites sœurs, ainsi que les bébés en général. Nous les aimons et veillons à leur sécurité. Nous manifestons même en public l'amour que nous leur portons – sans trop en faire, cependant. »

– Comment ça va ? demanda-t-elle.

Même si elle appréciait beaucoup Christina, elle avait conscience de ne pas être la personne la plus qualifiée pour remplir la mission qu'on lui avait confiée.

– Ça va, répondit Christina alors que sa bouche crispée disait le contraire.

Elle avait un regard affolé.

– Vous êtes sûre ?

Brusquement, elle se plia en deux.

– Je crois, répondit-elle entre ses dents, serrant les mâchoires.

Tibby se leva d'un bond, paniquée.

– Je vais aller… chercher la sage-femme, hein ?

– Je-je ne…

Christina ne put achever sa phrase, ce qui convainquit Tibby d'aller chercher la sage-femme. Elle s'appelait Lauren et remplissait des papiers dans le local des infirmières.

– Euh… Lauren ? Je crois que Christina a un problème.

Lauren releva la tête.

– Quel genre de problème ?

Tibby écarta les mains, paumes tournées vers le ciel. Elle n'était pas médecin. Elle n'était pas infirmière. Elle n'était ni la mère ni le mari de quiconque. Elle n'avait même pas le droit de vote.

– Je ne sais pas.

Lauren la suivit jusqu'à la chambre de Christina.

– Tu as des contractions ? lui demanda-t-elle.

Assise dans son lit, Christina se tenait le ventre.

– Je ne sais pas.

Lauren consulta le papier qui sortait du moniteur.

– Oh que oui, tu as des contractions.

– Mais le travail n'a pas commencé, fit Christina d'un ton mi-question, mi-affirmation.

– Moi, je dirais que si.

– C'est trop tôt, protesta Christina, les yeux fous, je croyais que ce soir…

– On devait déclencher l'accouchement ce soir si ça ne se faisait pas naturellement. Mais, à ce que je vois, le travail a commencé.

– Mais David et…

Christina ferma les yeux et rentra le menton.

– Une autre contraction, hein ? constata Lauren. Elles deviennent régulières, toutes les sept minutes environ. Je vais vérifier la dilatation de ton col, d'accord ? Allonge-toi et écarte les jambes.

Tibby n'aimait pas ça du tout. Elle fila vers la porte.

Lauren était de ces personnes simples et franches qui préfèrent dire et faire les choses les plus gênantes de la façon la plus directe possible. Comme la prof de sciences que Tibby avait eue en quatrième, qui répétait si fréquemment les mots « seins » et « anus » qu'on aurait pu croire qu'elle n'avait jamais entendu parler des pronoms.

Tibby traîna dans le couloir jusqu'à ce que Lauren apparaisse à la porte de la chambre pour annoncer :

– Elle en est à trois centimètres.

– Qu'est-ce que ça signifie ?

– Que son col s'ouvre. C'est ce qu'on appelle le travail. Quand son col sera complètement ouvert, à dix centimètres, elle sera prête à expulser le bébé.

Tibby avait encore une question mais Lauren ne pouvait y répondre pour elle : « Qu'est-ce que je fabrique ici ? »

– Combien de temps ça va prendre ? demanda-t-elle à la place.

– Difficile à dire, mais le travail n'est pas encore très avancé. On en a encore pour des heures.

Tibby espérait, elle espérait de tout cœur que Carmen et David seraient revenus d'ici là.

Lauren la regardait d'un air grave. Elle avait de jolis yeux marron. Son style naturel était contrebalancé par le trait d'eye-liner mauve qui soulignait ses cils.

– Tibby, il faut que tu retournes auprès d'elle. Elle est un peu paniquée. Elle a besoin de soutien.

Sur ces mots, elle commença à s'éloigner.

– Euh, excusez-moi, fit poliment Tibby, mais je ne suis que l'amie de la fille de Christina, si vous voyez ce que je veux dire…

Lauren haussa les épaules.

– Oui, mais pour le moment, elle n'a que toi.

Carmen composa frénétiquement le numéro du portable de David et tomba de nouveau sur sa boîte vocale. Elle faisait les cent pas sur le trottoir devant l'entrée de l'hôpital. Elle appela Irene, sa secrétaire, et tomba également sur sa boîte vocale. Pourquoi les choses importantes arrivaient-elles toujours à l'heure du déjeuner ? Elle téléphona chez Lena et aboya un message comme quoi elle ne pouvait pas venir s'occuper de Valia aujourd'hui puis, sans grand espoir, rappela le portable de David et raccrocha alors que la messagerie se déclenchait. Elle laissa tomber son sac sur le trottoir.

– Carmen ?

Elle se retourna et découvrit Win. Toujours lui ! Il remarqua son état de délabrement général et ses yeux brillants.

– Ça va ?

– Ma mère va accoucher et je n'arrive pas à joindre son mari, explosa Carmen. Elle a perdu les eaux alors que le bébé ne devait pas arriver avant un mois. Mais maintenant ils veulent qu'elle accouche ce soir pour ne pas risquer une infection ou je ne sais quoi.

Carmen pouvait à peine croire qu'elle était en train de parler du liquide amniotique de sa mère avec un garçon dont elle était amoureuse. Mais elle avait peur et voulait bien faire mais elle ne savait pas quoi faire pour bien faire. Win parut partager son inquiétude si sincèrement, c'en était touchant.

– Je lui ai promis que j'allais trouver David.

– Son mari ?

– Mm.

– Tu as une idée d'où il se trouve ? demanda Win.

– Il est tout le temps en déplacement pour son travail, expliqua Carmen d'un ton perfide.

En arpentant le trottoir, elle décrivait un cercle de plus en plus serré et se retrouva bientôt à tourner pratiquement sur place.

– Nous n'étions pas en état d'alerte, le bébé ne devait pas arriver tout de suite. Il faut à tout prix que je le trouve !

Sa voix montait, frisant l'hystérie.

– D'accord, d'accord. Il a un portable ?

– Il ne sonne même pas ! Si ça se trouve, il est en avion ou Dieu sait où…

« Ou alors il n'a plus de batterie et la personne qui avait proposé de lui prêter son chargeur ne l'a pas fait », ajouta-t-elle pour elle-même.

– Tu as essayé à son bureau ? proposa Win.

Carmen appréciait le mal qu'il se donnait pour l'aider. Il était foncièrement gentil.

– Sa secrétaire est partie déjeuner. Je vais y aller en voiture, murmura-t-elle. Je ne vois pas ce que je peux faire d'autre.

– Je peux venir ?

Win avait l'air motivé.

– Tu veux vraiment ?

– Oui.

Elle courait déjà vers sa voiture et il la suivait, collé à ses talons.

– Et ton travail ?

– C'est ma pause déjeuner. J'ai fini mon service en pédiatrie et les papys pourront bien se débrouiller sans mes pitreries et ma menue monnaie pour une fois.

– Tu es sûr ?

Il la regarda d'un air grave, comme si elle lui avait demandé de plonger avec elle au fin fond de l'océan Atlantique.

– Oui, j'en suis sûr. Je suis sûr que je suis sûr.

Carmen prit le volant. Arrivée devant le bureau, elle se gara le long du trottoir et bondit hors de la voiture, à la Starsky et Hutch. Il la suivit dans l'ascenseur et jusqu'à l'accueil.

Mme Barrie accueillit chaleureusement Carmen qui réussit à lui expliquer ce qui l'amenait sans ralentir le pas. Sa mère travaillait dans ce cabinet d'avocats depuis qu'elle était bébé. Elle connaissait la maison.

Carmen et Win s'installèrent dans le bureau d'Irene qui, par chance, revint de déjeuner dix minutes plus tard.

– Que puis-je faire pour toi, Carmen ? demanda-t-elle, interloquée.

Carmen avait un bandana noué à la pirate sur la tête et des tongs aux pieds.

– Il faut qu'on trouve David, annonça-t-elle avec une telle détermination que la secrétaire sursauta. Je crois que ma mère va bientôt accoucher, poursuivit-elle, mais ne le dites à personne pour l'instant.

Irene, en bonne âme qu'elle était, comprit tout de suite l'urgence de la situation.

– Oh, mon Dieu…

Elle ouvrit aussitôt l'agenda de David sur son ordinateur. Ses ongles longs cliquetèrent sur les touches jusqu'à ce qu'elle trouve le bon jour.

– Ta pauvre mère. On va le trouver.

Carmen avait parfois l'impression que le monde entier vénérait sa mère. Ce devait être une icône vivante pour toutes les secrétaires juridiques. Elle avait gagné le respect et l'amour d'un jeune avocat sans même le faire exprès.

– Il a un rendez-vous à Trenton cet après-midi. De là, il louera une voiture pour se rendre à Philadelphie où il passera la nuit à l'hôtel. Il a une réunion là-bas demain matin et, après, il rentre à la maison. Ah, attends…

Elle parcourut ses notes plus attentivement.

– Il m'a dit qu'il espérait pouvoir passer chez sa mère à Downingtown sur la route de Philadelphie.

Carmen réfléchissait.

– Vous avez le numéro de l'endroit où il a rendez-vous, à Trenton ?

– Oui, le voilà.

Irene le composa. Elle échangea quelques phrases avec différentes personnes avant de raccrocher.

– Il est déjà reparti.

– Ah…

Carmen se rongeait l'ongle du pouce.

– Si on essayait l'agence de location de voitures ?

– Oui, oui.

Irene les appela immédiatement. Elle écouta un instant son interlocuteur, puis posa la main sur le combiné.

– Il a pris la voiture il y a une vingtaine de minutes.

– Merde…, marmonna Carmen.

Elle se remit à tourner en rond. Elle était consciente que Win la regardait, mais elle était trop préoccupée pour se soucier de préserver l'image de Carmen la Gentille.

– Vous avez le numéro de la mère de David ?

Irene se mordit les lèvres.

– Je ne crois pas.

Elle fit tourner les fiches de son répertoire de bureau, avant de consulter son ordinateur.

– Non, désolée.

– Son adresse ? demanda Carmen sans grand espoir.

La secrétaire secoua la tête.

– Je ne connais même pas le nom du beau-père de David, et toi ?

Carmen aurait dû le savoir. Elle l'avait sûrement déjà entendu. Mais elle avait tellement l'habitude de faire la sourde oreille à tout ce que David pouvait dire qu'elle n'avait pas enregistré cette précieuse information.

– On devrait laisser un message à l'hôtel de Philadelphie, au cas où, suggéra Win.

Hochant la tête, Irene s'exécuta.

– Il n'est pas encore arrivé, mais ils lui diront de m'appeler dès qu'ils le verront.

Le cerveau de Carmen carburait à toute allure.

– Vous pouvez rappeler l'agence de location ?

Irene obéit sans poser de questions. Carmen tendit la main pour prendre le combiné.

– Je peux leur parler ?

– Bien sûr, fit la secrétaire en lui passant l'appareil.

Carmen discuta quelques minutes avec l'employé. En raccrochant, elle regarda Win et Irene d'un air victorieux.

– J'ai une piste. Ils ne peuvent pas joindre David dans sa voiture, mais ils peuvent nous dire où elle se trouve.

– C'est vrai ? s'étonna Win, impressionné.

– Ouaip, et comme je le dis souvent, remercions le Seigneur qui nous a donné le GPS !

Elle rit de sa blague.

– Non, je rigole.

Win lui sourit, visiblement soulagé qu'ils aient une piste.

– Downingtown est à combien d'ici ? demanda-t-il.

Irene haussa les épaules.

– Environ une heure et demie, je dirais.

Win et Carmen se consultèrent du regard.

– Alors, en route ! annonça-t-il.

– Tu es sûr ? s'inquiéta Carmen, réalisant soudain qu'elle avait entraîné un pauvre innocent dans l'aventure. Tu es sûr que tu veux m'accompagner ?

Ses yeux lui répondirent qu'elle n'avait même pas à poser la question.

– Je suis sûr que je veux t'accompagner.

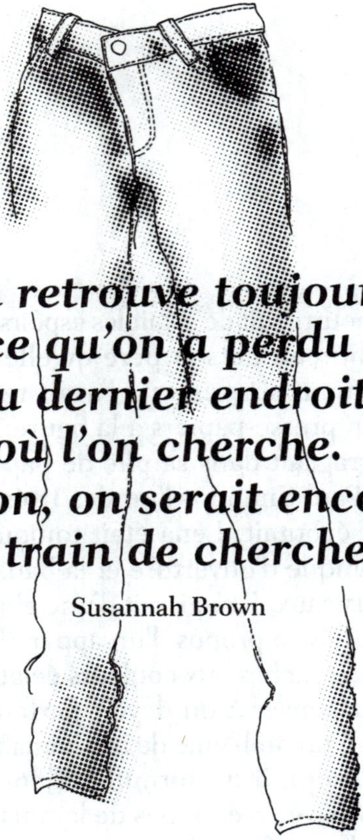

On retrouve toujours
ce qu'on a perdu
au dernier endroit
où l'on cherche.
Sinon, on serait encore
en train de chercher.

Susannah Brown

Lena nourrissait de si faibles espoirs en entrant dans le bureau de son père qu'elle aurait été agréablement surprise s'il l'avait reçue en lui jetant son presse-papiers à la figure.

Il fourrageait dans sa pile de paperasse, sur fond de Paul Simon – l'un des trois ou quatre CD qu'il écoutait. Lena était toujours frappée par le manque d'ouverture et la banalité de ses goûts musicaux. Il s'agissait d'une chanson guillerette et lisse à propos d'un appareil photo qui prenait des clichés aux couleurs éclatantes. Elle lui faisait penser à un devoir parfait, un vingt sur vingt, à un problème de mathématiques habilement résolu, à un formulaire correctement rempli. Mais ce n'était pas de la musique. Pour sa part, elle préférait les teintes passées.

Son père lui jeta un coup d'œil par-dessus ses lunettes demi-lunes. Il éteignit la musique.

– Ça te dérange si je fais un portrait de toi ?

Lena avait tant de fois répété cette phrase dans sa tête que les mots avaient depuis longtemps perdu leur consistance habituelle et lui laissaient un drôle de goût dans la bouche.

Il lui fit signe de s'asseoir dans le fauteuil qui faisait face à son bureau. Il n'était pas surpris. Sa femme avait dû le prévenir et le préparer à tout ça.

Lena avait déjà accroché sa feuille à son carton à dessin et serrait son fusain dans sa main moite. Elle était venue avec la ferme intention de ne pas repartir bredouille. Elle s'assit.

– Tu n'es pas obligé de prendre une pose particulière.

Elle s'était également entraînée à prononcer cette phrase.

Il ne se le fit pas dire deux fois. Il acquiesça distraitement, déjà replongé dans sa paperasse. Mais elle remarqua qu'il penchait moins la tête, seuls ses yeux étaient baissés. Les verres de ses lunettes étincelaient, mais de là où elle était assise, ses paupières paraissaient fermées.

Elle le regarda un long moment avant de se mettre à dessiner. Elle s'obligea à attendre, tant pis si ça le mettait mal à l'aise.

Au début, elle vit ce à quoi elle s'attendait. Elle aurait pu dessiner son visage crispé de colère les yeux fermés. Il était exactement comme elle se le représentait. Elle voyait ce qu'elle sentait, et ce qu'elle sentait le plus, c'était sa colère. Elle en avait tant souffert, c'était ce qui l'avait amenée ici.

Bon, mais que voyait-elle d'autre ?

Elle se posa la question. Dessiner, c'est confronter ce qu'on ressent et ce qu'on attend avec ce que la lumière renvoie froidement à vos nerfs optiques. Comme lorsqu'on essaie de peindre une étendue d'eau pour la première fois. On pense surtout avoir besoin de bleu, et peut-être d'un peu de vert. Mais si on s'oblige à mieux regarder, on finit par utiliser beaucoup de gris, de marron, de blanc, et même des couleurs inattendues comme du jaune ou du rouge. Et si on recommence, on utilise un mélange totalement différent. Impossible de peindre deux fois la même nuance d'eau.

Un jour où Lena se promenait avec sa mère à Georgetown, elle avait observé un peintre devant sa toile, au coin d'une rue. Sa mère l'avait laissée regarder un long moment et, alors qu'elles s'éloignaient, Lena se rappelait avoir demandé pourquoi il utilisait tant de marron.

À l'école, on apprenait à décomposer le monde en formes géométriques et en couleurs primaires. Les adultes avaient visiblement un besoin irrépressible de vous faire acquérir de nouvelles compétences – « Lena connaît déjà toutes les couleurs ! » – que vous passiez ensuite votre existence entière à désapprendre. Pour Lena, c'était bien là l'ironie de la vie : on simplifiait tout durant les dix premières années, ce qui avait pour conséquence de tout compliquer pour les soixante-dix suivantes.

Tout ça pour dire que ce qu'elle ressentait pour son père masquait ses véritables traits. Le défi serait de peindre sa colère, pensait-elle, de devoir l'affronter, mais elle se rendait compte maintenant que le problème n'était pas là. Le défi était de réussir à voir au-delà.

Elle le fixa sans ciller jusqu'à ce que ses yeux soient secs et que sa vue se brouille. Elle aurait voulu pouvoir le retourner, tête en bas. Parfois on voit mieux les choses quand on les aborde sous un nouvel angle. Parfois les idées préconçues ont une telle force qu'elles étouffent la réalité avant même que vous ayez pu l'apercevoir. Parfois la seule solution est de laisser la réalité vous surprendre.

Lena ferma les yeux. Elle les rouvrit et regarda le visage de son père, juste une seconde. La réalité peut vous tomber dessus par surprise ou, si vous êtes assez vif, vous pouvez la surprendre.

Elle détourna la tête, puis se retourna un peu plus longtemps. Elle voyait mieux, maintenant. Elle avait une piste. Elle inspira profondément, en prenant soin de rester dans cette nouvelle dimension, où sa vue n'était pas parasitée par les émotions.

Sa main mit enfin le fusain en contact avec

le papier. Elle la laissa voler à sa guise. Elle ne voulait pas laisser ses pensées l'alourdir.

À ses yeux, le visage de son père n'était plus qu'une carte topographique. Sa bouche, une série de formes, rien de plus. Ses yeux baissés, un dégradé d'ombres et de lumières. Elle dessina un long moment. Elle prenait garde à ne pas trop cligner les paupières, craignant de perdre cette nouvelle vision des choses.

Elle n'avait plus peur de lui. La Lena qui avait peur attendait dehors, derrière la porte, l'autre était entrée.

Elle repéra un mouvement, au niveau de la bouche. Un frémissement. Elle frémit encore, puis s'affaissa.

Elle n'avait plus peur, mais lui ?

Pour dessiner, le secret est d'évacuer ses émotions, de les flanquer dehors. Mais il y a plus habile encore : savoir les rappeler, les réapprivoiser au bon moment, une fois que vos yeux fonctionnent bien. Après la bagarre, la réconciliation.

Lena reprit donc peu à peu contact avec ses émotions, mais elles n'étaient plus de la même nature. Elles étaient guidées par ses yeux plutôt que l'inverse. Prudemment, elle les laissa remonter. Le bon dessin rendait compte d'une expérience visuelle, mais le *beau* dessin rendait compte des émotions qu'avait suscitées en vous cette expérience. Il fallait les laisser remonter.

Elle vit la peur qui habitait son père et en fut si surprise qu'elle pouvait à peine la regarder en face. De quoi avait-il donc peur ?

Elle pouvait l'imaginer. Il avait peur qu'elle ne lui obéisse plus. Peur qu'elle prenne son indépendance. Peur qu'elle grandisse et ne soit pas le genre de fille dont il pourrait être fier – ou le genre de fille dont Bapi pourrait être fier. Il avait peur de devenir vieux, de perdre son pouvoir. Il avait peur qu'elle s'aperçoive qu'il était vulnérable. En même temps, il avait certainement envie qu'elle s'en aperçoive.

Elle sentit ses doigts se relâcher autour du fusain. Son trait devint plus léger. Elle était attristée, touchée par ce qu'elle voyait sur son visage. Elle ne voulait pas se montrer difficile à aimer. Mais elle ne pouvait tout de même pas renier sa personnalité pour lui faciliter les choses.

Ses doigts volaient au-dessus de la feuille. Les muscles de la nuque de son père tressaillaient sous l'effort, il tenait à rester parfaitement immobile pour elle. Il se donnait du mal. Vraiment.

Ça aussi, c'était touchant.

Après plus de deux heures, elle lui rendit sa liberté.

– Merci du fond du cœur.

Il ne releva pas.

Elle sortit en tenant son carton de manière à

ce qu'il puisse jeter un œil au résultat s'il le voulait. Il ne leva pas les yeux.

Mais plus tard dans la soirée, en montant se coucher, elle passa sur la pointe des pieds devant la cuisine où elle avait laissé le portrait en évidence sur une chaise. Son père était debout, seul dans la pièce. Et même si elle ne voyait que son dos, elle savait qu'il le regardait.

Win proposa de prendre le volant afin que Carmen puisse téléphoner tranquille. Au bout d'une demi-heure de route, ils durent s'arrêter pour prendre de l'essence. Il en profita pour acheter deux Coca et un paquet de Corn Nuts. Carmen n'en avait jamais mangé et elle adora ! Ils faisaient tellement de bruit en croquant qu'ils étaient obligés de crier pour couvrir le crunch-crunch de leurs mâchoires. Lorsqu'ils s'en aperçurent, ils trouvèrent ça irrésistiblement drôle. Carmen en pleurait de rire, et le sel des Corn Nuts lui brûlait les lèvres.

Elle était fatiguée et en même temps pleine d'énergie, inquiète mais aussi contente qu'ils soient en route et qu'ils fassent tout leur possible pour rejoindre David.

D'après ses calculs, ils avaient quatre heures pour le retrouver et le ramener à la maternité. Il n'était plus qu'à une heure de route, maintenant. Ils allaient y arriver. Il le fallait. Elle était confiante : Tibby allait tenir compagnie à sa mère, puis elle arriverait avec David au moment où ils déclencheraient l'accouchement, au moment crucial.

Win conduisait bien. Il était sûr de lui, concentré tout en restant décontracté. Allez savoir pourquoi, elle trouvait ses mains sur le volant (à dix heures dix, Valia aurait approuvé) particulièrement viriles, et même sexy.

En outre, il avait un très beau profil. Pas vraiment celui de Ryan Hennessey – le nez de Win était légèrement tordu et sa lèvre supérieure un peu plus proéminente que sa lèvre inférieure. Mais sur lui, ça rendait bien. Si vous voulez regarder quelqu'un tranquillement, c'est simple : profitez-en pendant qu'il conduit. Win était concentré sur la route, Carmen pouvait le dévisager tout à son aise.

Ils se connaissaient à peine et pourtant ils avaient toujours quelque chose à partager. Exactement l'opposé de la plupart de ses relations amoureuses passées qui n'étaient que forme sans aucun contenu. Carmen était tristement célèbre pour les listes de sujets de conversation qu'elle dressait avant chaque rendez-vous. Avec Win, elle n'avait jamais besoin de chercher ce qu'elle pourrait dire.

– Tu es proche de ta mère, hein ? lui demanda-t-il, pensif.

– Oui.

C'était la réponse de Carmen la Gentille et non de Carmen-Carmen.

– Et toi ?

– Je suis proche de mes deux parents. Nos rapports sont assez passionnels, tu comprends, je suis fils unique.

– Moi aussi, acquiesça Carmen.

Puis elle se souvint.

– Enfin, jusqu'à dans quelques heures.

– Ça doit faire drôle de devenir grande sœur à… Tu as quel âge ?

– Dix-sept.

– Dix-sept, répéta-t-il.

– Presque dix-huit. Et toi ? demanda-t-elle.

Ils auraient pu régler toutes ces questions de détail au cours d'un premier rendez-vous ponctué de silences gênés. Mais ce n'était pas le cas.

– Dix-neuf.

– Ouais, ça fait bizarre. Tu ne peux pas imaginer à quel point.

– J'ai été grand frère un court moment.

Il s'efforçait de prendre un ton léger et détaché, mais en vain.

– Comment ça ?

Carmen voulait savoir mais elle n'osait pas poser de question.

– Enfin, si tu veux bien m'en parler.

– J'ai eu un petit frère. J'avais cinq ans quand il est né, et il est mort juste avant mes six ans.

– Oh…

Ces temps-ci, Carmen avait la larme facile, et même une tragédie vieille de quatorze ans concernant quelqu'un qu'elle connaissait à peine suffisait à lui embuer les yeux.

– Je suis désolée.

– C'était il y a longtemps. Mais ça fait partie de mon histoire, tu vois ?

Elle ne voyait pas, mais elle s'efforçait de deviner. Elle hocha la tête.

– Je pense encore à lui parfois. Je rêve aussi de lui. J'essaie de me rappeler comment il était. Mais c'est difficile, à cause du temps qui a passé, ou de l'émotion. J'ai l'impression que plus on est attaché à quelqu'un plus on a du mal à se représenter son visage quand il est loin.

Les larmes coulaient sur les joues de Carmen, mais elle essayait de les cacher. Win risquait de s'imaginer que c'était Carmen la Gentille qui pleurait, touchée par son histoire et les malheurs de sa famille. Alors que c'était Carmen la Mauvaise qui sanglotait parce que Win avait passé sa vie à regretter un bébé disparu alors qu'elle avait passé tout l'été à détester un bébé qui n'était pas encore né.

Tibby venait d'avoir une révélation concernant son avenir. Ce serait un avenir sans enfants – à moins qu'elle en adopte.

Christina était à l'agonie, et Tibby pouvait à peine soutenir ce spectacle. À chaque contraction – et elle en avait sans arrêt maintenant –, Christina paraissait perdre un peu d'elle-même.

Après, elle était de plus en plus perdue, de moins en moins cohérente, de moins en moins reconnaissable. Tibby jeta un œil au papier qui sortait du moniteur. Une ligne représentait le rythme cardiaque du bébé et l'autre les contractions de l'utérus de sa mère. Ça faisait penser à un sismogramme. Christina était passée de cinq à vingt degrés sur l'échelle de Richter qui en comptait neuf. Si son ventre avait été la Californie, San Francisco aurait été englouti depuis longtemps.

Tibby essaya une nouvelle fois d'appeler sa mère, sans succès. Elle s'y connaissait, elle. Elle saurait quoi faire. Tibby était en train de composer le numéro de Carmen lorsqu'une infirmière surgit devant elle.

– Éteignez-moi ça, ordonna-t-elle d'un ton cinglant. Les portables interfèrent avec le matériel médical. On va vous jeter dehors.

Tibby obéit. Pourtant cette éventualité lui paraissait plutôt séduisante.

Lorsque Lauren passa la tête dans l'entrebâillement de la porte, elle lui demanda :

– Vous ne pourriez pas lui donner un médicament, quelque chose ?

Toute cette souffrance lui faisait peur. Elle ne savait pas comment l'aborder.

Lauren s'approcha et posa les mains sur les épaules de Christina.

– Ça va, ma grande ?

Christina fit un effort pour se concentrer, mais elle n'avait pas l'air de comprendre ce qu'on lui demandait. Dans ce cas précis, la réponse était un NON si criant que la question ne se posait même pas.

– Elle a demandé à avoir un accouchement naturel, c'est-à-dire sans médicaments, expliqua Lauren à Tibby. C'est pour ça que je suis là et non un obstétricien. Les sages-femmes ne peuvent pas prescrire de traitement lourd.

C'était inquiétant qu'elle discute du « cas Christina » avec Tibby au lieu de s'adresser directement à l'intéressée.

– Un obstétricien, c'est... un médecin ? demanda Tibby.

Un médecin, c'était justement ce qu'il lui fallait ! Si elle avait été à la place de Christina, elle aurait sans hésitation voté pour le traitement lourd. Le plus lourd qui existe même, une dose de cheval ! Elle aurait voulu qu'ils l'assomment radicalement et qu'elle ne se réveille pas avant une semaine.

– Il vaudrait peut-être mieux attendre le jour même de l'accouchement pour demander aux femmes de prendre ce genre de décision, qu'elles sachent à quoi elles s'engagent, remarqua Tibby.

Mais Lauren ne l'écoutait pas.

Elle étudiait le moniteur de près.

– Christina, je vais à nouveau vérifier ton col. Les contractions s'intensifient.

Christina secouait la tête, les jambes résolument serrées.

– Non, je ne veux pas.

– On va attendre que cette contraction passe.

Lauren lui massait doucement les épaules, mais Christina ne paraissait pas sensible aux vertus apaisantes de ce massage. Elle se tordait de douleur, repoussant la sage-femme.

– Je ne veux pas. Je ne suis pas prête.

Sa voix se brisa dans un sanglot.

Lauren jeta un regard de reproche à Tibby. De toute l'histoire de l'humanité, jamais femme enceinte n'avait été si mal accompagnée le jour de son accouchement. Tibby culpabilisait. Non par rapport à Lauren – elle se fichait bien de ce qu'elle pouvait penser – mais par rapport à Christina. Elle était seule. Elle n'avait ni son mari, ni sa sœur, ni sa fille, ni sa mère à ses côtés. Elle n'avait que Tibby.

Son instinct lui dictait de grimper sur le lit avec Christina mais ses muscles résistaient. Ils avaient encore en mémoire Bailey et, plus récemment, Katherine. Les lits d'hôpitaux ne lui rappelaient pas de bons souvenirs. Mais franchement, qui garde de bons souvenirs de l'hôpital ?

Christina était toute recroquevillée. Elle pleurait sans bruit. Tibby sentit une grosse boule monter dans sa gorge.

– Il faut que je vérifie ton col, Christina. Que je voie où tu en es, insista Lauren.

Tibby avait envie de hurler : « Vous voyez bien où elle en est ! Laissez-la tranquille ! »

– Je ne suis pas prête, répéta Christina, en pleurs.

Lauren essaya de l'obliger à se détendre, mais elle la repoussa.

C'en était trop ! Tibby grimpa sur le lit, à côté d'elle. Elle lui prit les mains et les serra fort. Christina parut réagir.

Lauren s'évertuait toujours à lui écarter les jambes.

– Elle vous a dit qu'elle n'était pas prête ! rugit Tibby.

La sage-femme eut un mouvement de recul, comme si elle l'avait giflée. Mais, à la plus grande surprise de Tibby, elle approcha son visage du sien et l'embrassa sur la tempe.

Décidément, cette journée n'avait pas fini de l'étonner.

– Voilà une bonne fille ! chuchota Lauren. Défends-la. Elle a besoin de toi.

Tibby redressa Christina en lui prenant les mains. Elle plongea les yeux dans les siens.

– Hé, je suis là. Regarde-moi. Tiens-moi les mains. Serre-les fort, fort, aussi fort que tu as mal, d'accord ?

Sa mère lui disait ça quand on lui faisait une piqûre.

Christina se remettait d'une contraction. Elle avait l'air un peu perdue mais, lentement, elle fixa son regard sur Tibby qui s'agenouilla face à elle.

– Je suis là. Tout va bien. Allez, montre-moi comme tu as mal.

Elle vit la douleur croître sur son visage. Christina lui serrait les mains tellement fort qu'elles devinrent toutes blanches. Fort de plus en plus fort. Mais Tibby tint bon. Elle s'attendait presque à voir dix doigts sectionnés gisant sur le matelas.

– C'est bien ! cria-t-elle. Je sens comme tu souffres. Continue.

Christina ne la lâchait plus des yeux. Tibby comprit d'instinct qu'elles étaient sur la bonne voie.

– Il faut que je vérifie son col. Je crois que ça vient, lui glissa Lauren à mi-voix. Tu vas m'aider, d'accord ?

Tibby n'avait aucune idée de ce que ce « ça vient » voulait dire. Et elle n'avait aucune envie de le savoir.

– Tina, Lauren va faire ce qu'elle a à faire. Reste avec moi, d'accord. Les yeux dans les yeux. Tu me regardes ?

Christina hocha la tête.

– Serre mes mains dans les tiennes. Tu peux le faire ?

Christina laissa Lauren examiner son col, à contrecœur. Les mains de Tibby étaient marbrées de blanc et de mauve.

– Mon Dieu ! s'écria Lauren, le souffle coupé. Ça, c'est du rapide ! Christina, tu es prête, tu es à dix centimètres !

Tibby la dévisagea, abasourdie. Elle était sage-femme, non ? C'était son métier ! Elle faisait ça tous les jours, comment pouvait-elle encore se laisser surprendre ? Elle avait prévu que ça prendrait des heures. Au pluriel, pas au singulier. Savait-elle vraiment ce qu'elle faisait ?

Tibby n'avait pas prévenu Carmen. Elle n'avait pas voulu l'effrayer. Elle croyait qu'elles avaient des heures devant elles. Elle pensait que son amie serait de retour à temps. Et voilà ! Qu'allaient-elles faire maintenant ?

Christina se remit à pleurer. Il y avait du sang sur le lit, entre ses jambes.

Tibby ne voulait surtout pas lui montrer qu'elle avait peur. De plus en plus peur. Si elle paniquait, que deviendrait Christina ? Elles devaient se reconcentrer, toutes les deux.

Christina avait un nouveau type de douleur et poussait un nouveau genre de cris. Mais il ne fallait surtout pas s'affoler, ça ne servait à rien.

– Il faut que tu pousses, ma grande, l'encouragea Lauren. Tu sens la pression, ça veut dire qu'il faut que tu pousses. Tu y es presque !

– Non ! hurla Christina, livide. Je ne suis pas prête ! Je ne peux pas accoucher, David n'est pas là ! Où est-il ? Où est Carmen ? On a suivi les cours ensemble. Le bébé ne devait pas arriver avant un mois !

Dans sa colère, Christina s'était à nouveau recroquevillée.

Elle lâcha les mains de Tibby et se tourna sur le côté, roulée en boule.

Un combat sans merci se livrait dans son corps.

– Il faut qu'elle pousse, dit Lauren. Ne résiste pas, Christina. Le bébé va naître, c'est le moment. Il faut le laisser sortir.

Elle essayait sans succès de capter l'attention de Christina.

Tibby essaya de la redresser à nouveau mais elle ne voulait pas bouger.

– Tina, regarde-moi. Tu me vois ? Tu vas y arriver, je le sais que tu vas y arriver !

Mais Christina refusait de la regarder.

– Non, je ne peux pas.

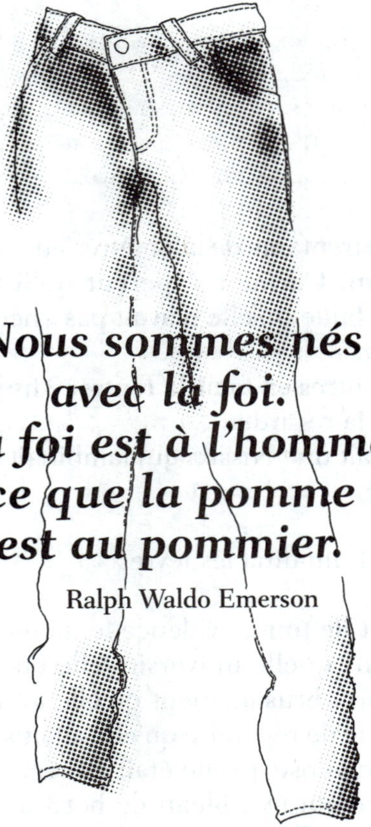

Nous sommes nés avec la foi. La foi est à l'homme ce que la pomme est au pommier.

Ralph Waldo Emerson

À une trentaine de kilomètres au sud de Downingtown, Carmen s'aperçut qu'il restait un sujet de taille qu'elle n'avait pas encore abordé avec Win.

– Tu entres en fac à la rentrée ? lui demanda-t-il sans la regarder.

Il collait une Nissan qui lambinait sur la voie rapide.

– Hum...

Elle s'humidifia les lèvres.

– Oui.

C'était de toute évidence le moment de préciser dans quelle université elle était inscrite. Elle réalisa brusquement qu'elle avait une terrible envie de répondre qu'elle allait à Williams. Que Win pense qu'elle était douée.

Elle tapota le tableau de bord de ses pieds nus. Elle n'allait pas à Williams, mais à l'université du Maryland, elle ne voulait pas lui mentir davantage. Elle l'aimait trop pour ça.

– Je vais à l'université du Maryland, annonça-t-elle.

Elle résista à la tentation d'ajouter que ses notes frôlaient la perfection et qu'elle avait eu son diplôme avec la mention « très bien ». Elle s'en tint aux faits. Et si ça ne lui plaisait pas… eh bien, mieux valait qu'elle le sache dès maintenant.

– Oh…

L'avait-elle déçu ?

– Et toi ?

C'était étrange qu'elle ne lui ait jamais demandé. Carmen était une élève brillante, ce genre de choses comptait beaucoup pour elle. Elle évaluait la plupart des garçons comme des marchandises, sur des critères bien précis, et l'université qu'ils fréquentaient ajoutait ou enlevait à leur prestige. Mais avec Win, c'était différent. Elle avait l'impression d'avoir appris à le connaître de l'intérieur.

– Je suis à Tufts, à Boston.

Avec un petit sourire, il pencha légèrement la tête vers elle.

– J'espérais que tu serais aussi dans le coin.

« Mais oui ! avait-elle envie de lui crier. J'aurais dû ! Normalement ! »

Mais elle se tut, ce qui en un sens valait mieux car elle entendit son portable dès la première sonnerie et put décrocher aussitôt.

C'était Tibby, qui s'efforçait de garder son calme.

– Oh, mon Dieu ! Oh non ! Dis-moi que tu plaisantes ! rugit Carmen dans le téléphone.

Mais elle ne plaisantait pas.

– On arrive aussi vite que possible, fit Carmen en désespoir de cause.

– Qu'est-ce qui se passe ? voulut savoir Win.

– Elle est en train d'accoucher…

Un petit sanglot lui échappa.

– Et ça va très vite. Elle nous réclame, David et moi.

– Bon sang…, murmura Win.

Il leva le pied de l'accélérateur.

– Qu'est-ce que tu veux faire ? On continue ou on fait demi-tour ?

– Demi-tour, répondit-elle.

À peine avait-il mis le clignotant qu'elle avait déjà changé d'avis.

– Non, continue. C'est le bébé de David, il faut absolument le prévenir. Ça lui ferait trop de peine…

Win parut approuver la décision. Il repassa dans la voie de gauche de l'autoroute et accéléra. Il allait à plus de cent trente mais Carmen n'allait pas s'en plaindre.

Secouée par la nouvelle, elle se transporta en pensée auprès de sa mère, à Bethesda. Elle savait qu'elle devait avoir peur. Et sûrement très mal.

– Je devrais être à ses côtés, j'ai suivi les cours de préparation à l'accouchement avec elle, murmura-t-elle.

Elle était proche de sa mère, effectivement. Voilà ce qui ressortait de cette histoire. Et ce n'était pas simplement pour donner une bonne image d'elle à Win, c'était la vérité. Sinon comment expliquer qu'elle ressente avec une telle force le désarroi de sa mère ?

Un jour, Christina lui avait dit que, lorsqu'on ressentait les joies et les peines de quelqu'un avec autant d'intensité que ses propres émotions, on savait alors que l'on aimait vraiment cette personne. À cet instant précis, Carmen le vérifiait pour la peine. Pour la joie… il fallait encore qu'elle y travaille.

D'un coup de volant expert, Win prit la sortie de Downingtown. Carmen se concentra alors sur la carte. Elle était assez douée pour ça. Ils avaient le nom des rues, la marque de la voiture et le numéro d'immatriculation. Ça devrait suffire, du moins, ils l'espéraient. En priant pour que David ne se soit pas garé dans un parking souterrain…

Les coordonnées fournies par l'agence de location les menèrent à un lotissement. Carmen poussa un cri en repérant la Mercury verte. Elle déchiffra la plaque d'immatriculation en hurlant. Win riait et criait, lui aussi. Ils se ruèrent hors de la voiture et foncèrent vers la petite maison moderne. Carmen sautillait sur place, tentée d'appuyer encore et encore sur la sonnette.

Une femme vint leur ouvrir la porte. Carmen aperçut David derrière elle et se mit à crier et à s'agiter comme une furie. Ensuite tout alla très vite. Impossible de savoir qui avait dit quoi à qui mais, cinq minutes plus tard, Carmen, Win et David fonçaient vers le sud, direction Bethesda, dans le Maryland.

– J'ai oublié ma voiture de location, marmonna David, la mine toujours d'un blanc grisâtre.

– Ce n'est pas grave, ils enverront quelqu'un la chercher, le rassura Carmen.

Son regard allait de Win, qui conduisait, à David, installé à l'arrière.

– Ah, au fait, il faut que je vous présente... David Breckham, voici Win...

Était-il possible qu'elle ne connaisse même pas son nom de famille ? Ensemble, ils avaient traversé toute la palette des émotions, il avait été à ses côtés pour vivre toutes ses aventures de l'été, du ligament fragile de Valia à l'accouchement surprise de sa mère en passant par le casque de hockey de Katherine, et elle ne savait pas son nom !

– Euh... tu t'appelles comment au fait ?

– Sawyer.

– Win Sawyer, murmura-t-elle.

– Merci de ton aide, Win, répliqua mécaniquement David.

Il essayait de joindre l'hôpital avec le

portable de Carmen qui n'avait presque plus de batterie.

– Et toi ? lui demanda Win.

Ils étaient dans leur petit monde.

– Lowell.

– Enchanté, Carmen Lowell, comment allez-vous ?

Elle lui adressa un sourire reconnaissant.

– Repose-moi la question tout à l'heure.

Ils fonçaient à plus de cent cinquante dans les environs de Baltimore lorsqu'une sirène retentit derrière eux. Win poussa un grognement.

– Oh non, c'est une blague ! s'exclama Carmen.

Win se rangea sur le bas-côté. Elle ouvrit la portière.

– Carmen, arrête ! s'écrièrent en chœur Win et David. Tu n'es pas censée descendre de voiture.

Un policier se mit à lui hurler dessus dans son mégaphone, ce qui l'énerva encore plus. Elle claqua la portière et croisa les bras sur sa poitrine.

– Ma mère est à l'hôpital en train d'accoucher sans son mari et vous osez nous retenir ! explosa-t-elle.

Après une discussion animée avec l'agent, elle remonta en voiture.

– Il a dit qu'il était désolé, expliqua Carmen. Allez, démarre.

– Quoi ? s'exclamèrent David et Win d'une seule voix.

Ils avaient presque l'air déçus, comme s'ils s'attendaient à écoper d'une amende de plusieurs centaines de dollars, voire à être envoyés directement en prison.

– Allez, Win, démarre.

Il s'exécuta.

– L'agent a proposé de nous escorter mais j'ai refusé, poursuivit Carmen alors qu'ils reprenaient de la vitesse. J'ai répondu que ce n'était pas la peine, mais qu'il prévienne ses collègues policiers et qu'il leur dise de nous laisser tranquilles.

Win s'efforçait de réprimer un sourire. Carmen ne savait plus si elle était Carmen la Gentille ou pas. Elle avait perdu le fil.

David secouait la tête.

– Win, cette fille est un vrai phénomène.

Win lui lança un regard de côté.

– On dirait bien.

– Nous avons besoin d'aide.

Lauren et Minerva, l'infirmière, avaient pris Tibby à part.

– Elle ne m'écoute pas, avoua Lauren.

Comme si Tibby n'avait pas remarqué.

Elle avait envie de leur crier : « Mais vous êtes des professionnelles, non ? Vous êtes censées savoir comment ça se passe ! J'ai dix-sept ans ! Je n'ai rien à faire ici ! »

Minerva s'éclaircit la gorge. C'était une Philippine de forte carrure.

– Ce n'est pas un problème médical, mais affectif, vous voyez ce que je veux dire ?

– Vous voulez dire que Christina panique parce que son mari n'est pas là ? répliqua Tibby d'un ton impatient.

Elle était fatiguée. Elle avait peur.

– Oui, confirma Lauren, et elle ne veut pas laisser sortir le bébé. Il faut qu'elle le libère, il faut qu'elle fasse le grand saut. À nous de la rassurer pour qu'elle se sente en confiance.

Tibby s'y connaissait en saut, maintenant. Elle se rendit auprès de Christina, avec l'impression d'être un soldat retournant au front. Elle avait déjà pris la précaution de passer un pantalon stérile de l'hôpital par-dessus le jean magique, qu'elle n'avait pas quitté depuis la nuit dernière. Elle espérait que Christina allait profiter du pouvoir magique du jean, mais elle n'était pas folle au point de le laisser sans protection en de telles circonstances, alors que le pacte interdisait formellement de le laver.

Tibby voyait bien que Christina résistait. Tout à coup, elle lui rappelait terriblement Carmen. Comme elle, Christina était une battante, indéniablement, et tout comme sa fille, elle pouvait résister jusqu'à l'auto-destruction.

Elle monta sur le lit et la prit par les épaules. En silence, elle lui promit : « Si tu sautes, je te suis. On sautera le pas ensemble. »

Tibby savait se battre, elle aussi. Enfin, elle

allait essayer. Elle redressa Christina sur ses oreillers, puis lui prit le visage entre les mains.

– Tina, je sais que c'est dur. Tu ne veux pas lâcher prise. Je sais ce que c'est. Pas d'avoir un bébé, j'entends. Je n'ai jamais eu de bébé mais…

Bon, elle s'égarait, là.

À sa grande surprise, elle vit l'ombre d'un sourire passer sur les lèvres de Christina. Qui s'évanouit aussitôt. Mais si les idioties de Tibby pouvaient la faire rire, il y avait peut-être de l'espoir.

– David et Carmen vont arriver. Ils ont très envie de voir ce bébé ! Et le bébé a envie de sortir, alors il faut que tu le laisses faire.

Tibby n'avait qu'à parler, Christina l'écoutait. Elle tremblait de tout son corps, mais elle écoutait.

Lauren et Minerva avaient enfilé leurs gants en latex. Elles se placèrent au bout du lit, prêtes à assister au clou du spectacle. Elles firent allonger Christina sur le dos, les genoux pliés. Elle était en position.

Elle laissa échapper un gémissement et poussa, le visage crispé.

– Allez, tu vas y arriver ! Je sais que tu en es capable. Tu es la mère de Carmen, non ? Rien ne peut te résister ! Pas vrai ?

– Dis-lui de pousser, chuchota Lauren. Si elle ne pousse pas, on va avoir de sérieux ennuis.

– Pousse, Tina ! hurla Tibby.

Elle criait si fort que ses yeux semblaient sortir de leurs orbites.

– Tu peux le faire ! Sors-nous ce bébé de là, allez !

Elle ne savait même plus ce qu'elle racontait, l'important étant que Christina l'écoute.

Christina se cramponnait à elle, accrochée à son cou, comme si Tibby pouvait lui transmettre sa force. Il n'en fallait pas plus pour que Tibby se sente effectivement forte.

– Tu sais comme on t'aime ! Tu sais comme David va être heureux de voir ce bébé ! Imagine la tête que va faire Carmen !

Tibby était complètement hystérique, mais l'essentiel était là : Christina poussait maintenant. Quel soulagement pour Lauren et Minerva.

– Tibby, je pousse ! gémit Christina.

– Oui, c'est bien ! Tu es incroyable ! Tu es une championne ! Une vraie star ! Wonderwoman !

Tibby hurlait, carrément déchaînée. Elle ne ressentait plus aucune gêne, plus aucune timidité ; la vraie Tibby était là, sur le front.

– Tibby ! brailla Christina.

Elle commençait à reprendre le contrôle de la situation.

Tibby continuait à crier, à hurler les pires idioties. Elle ne s'entendait même plus.

À chaque contraction, le travail progressait. Minerva et Lauren les encourageaient aussi, mais elles n'étaient plus que deux au monde :

Tibby et Christina, le couple le plus surprenant de l'année.

Christina regardait Tibby droit dans les yeux, et Tibby ne cillait pas. Tant qu'elle parvenait à garder ce lien avec Christina, elle pouvait l'aider.

– Je vois la tête du bébé ! s'écria Lauren. Je la sens !

– Oh, mon Dieu ! Tu as entendu ? s'enthousiasma Tibby. Elle sent la tête du bébé !

Christina sourit, un vrai et franc sourire, cette fois.

– Le bébé arrive ! Il est là !

Tibby était folle. Elle prit le visage de Christina entre ses mains.

– Il est là ! Tu le sais, ça ?

– Il est là ! cria Christina, revenant à la vie.

– Je le sens, dit Lauren, je sens ses cheveux.

– Tina, ton bébé a des cheveux ! s'exclama Tibby. C'est dingue, non ?

Christina avait l'air contente que son bébé ait des cheveux.

– Carmen en avait aussi quand elle est née, remarqua-t-elle d'une petite voix.

– Eh bien, tant mieux. J'adore les cheveux ! C'est génial, les cheveux !

Tibby était survoltée. Elle écarta de longues mèches trempées du front de Christina.

– Alors on pousse encore une fois et la tête sera dehors, reprit Lauren.

Elle laissa Tibby traduire dans son langage délirant :

– Allez, mets-en un bon coup, un dernier coup, Tina. Pousse fort fort fort. Tu n'as pas envie de voir ton bébé ?

Christina se donna à fond. Elle laissa échapper un cri d'écorchée vive. Elle était violet foncé.

– Et… voilà… le… bébé ! annonça Lauren.

Tina poussa encore une fois et le reste du bébé suivit. Tibby n'osait pas regarder, c'était sacrément gore. Mais Lauren leva le petit corps gluant et gigotant dans les airs.

Tibby en avait le souffle coupé. Le bébé agita les mains et poussa un cri. C'était un petit être humain miniature, un vrai, avec des mains à agiter et des cris à pousser.

Lauren posa le nouveau-né violet sur la poitrine de Christina qui sanglotait. Elle prit le bébé dans ses bras et se mit à pleurer. Tibby la regardait, subjuguée, en pleurant aussi.

Les professionnelles firent leurs trucs de professionnelles entre les jambes de Christina. Ensuite elles coupèrent le cordon, pesèrent le bébé et firent tout ce qu'il fallait. Puis le bébé, maintenant plus rose que violet, revint dans les bras de sa mère, qui le porta à son sein.

Tibby sut que c'était fini. Le petit monde de Christina se réduisait toujours à deux personnes, mais la deuxième n'était plus Tibby. Tout était rentré dans l'ordre, c'était triste et beau à la fois.

Lentement, Tibby déplia les jambes et descendit

du lit. Elle voulait partir sans bruit pour laisser Christina tout à sa joie.

Mais avant, elle lui déposa un baiser sur le front.

– T'as vraiment assuré, chuchota-t-elle.

Ce n'était pas exactement ce qu'on avait l'habitude de lire sur les cartes de félicitations aux couleurs pastel, mais c'était vraiment ce qu'elle ressentait.

En sortant, elle faillit rentrer dans Lauren, qui s'affairait. La sage-femme s'arrêta un instant.

– Tibby, ton style est assez peu orthodoxe, mais très efficace. Serais-tu disponible pour de futurs accouchements ?

Elle riait à moitié, mais Tibby vit qu'elle aussi avait pleuré. Elle était épuisée.

– Je ne crois pas.

Tibby s'interrompit. Il fallait qu'elle sache quelque chose. Quelque chose de très important. Son avenir en dépendait.

– Lauren ?

– Oui ?

– Vous ne vous en lassez jamais ? Je veux dire, vous avez dû faire ça des centaines de fois, non ?

Lauren coinça une mèche derrière son oreille. Son eye-liner violet avait coulé. Son visage luisait de sueur.

– C'est exact.

Elle baissa les yeux.

– Mais c'est un miracle. Ce n'est jamais, jamais pareil.

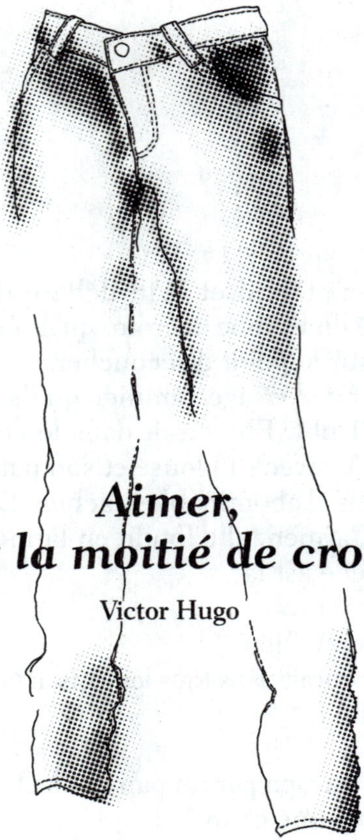

Aimer,
c'est la moitié de croire.

Victor Hugo

Carmen, David et Win débarquèrent à la maternité en trombe, à croire qu'ils étaient tous les trois sur le point d'accoucher.

Le premier visage familier qu'ils virent fut celui de Tibby. Elle errait dans le couloir, l'air abasourdie, avec sa blouse et son pantalon stériles pleins d'abominables taches. Dès qu'elle aperçut Carmen, elle fondit en larmes.

– Le bébé est là !

– C'est vrai ?

– Oh mon Dieu !

David courait dans tous les sens, à la recherche de Christina.

– Par ici !

Tibby l'attrapa par un pan de sa chemise et le traîna dans une chambre.

C'était une chambre d'hôpital où se trouvait bien entendu un lit. Et dans ce lit se trouvait une femme rayonnante. Et dans ses bras se trouvait un petit bout emmailloté dans une couverture et surmonté d'un bonnet de la taille d'une socquette de tennis.

Autour de Carmen fusaient cris de surprise et explosions de joie, si nombreux et répétés qu'elle n'aurait su dire d'où ils provenaient – de ses lèvres ou de celles des autres. Elle laissa David passer en premier, mais elle le suivait de près. Elle ouvrit grand les bras pour serrer sa mère, le bébé, et même David. Christina riait et sanglotait à la fois, et Carmen sentait sa gorge se contracter sous l'effet du même phénomène.

– On a un bébé ! s'exclama David.

Il recula de quelques centimètres pour examiner la situation dans son ensemble.

– Pas vrai ?

Christina était maintenant l'image même de la madone, sage et calme. Elle rit devant l'air inquiet du jeune papa.

– Oui, c'est notre bébé, confirma-t-elle.

Les larmes coulaient à flots le long des joues de David. Il devait renouer le dialogue avec Christina avant d'envisager l'idée que ce bébé était le sien.

– Christina, je suis désolé… je ne sais pas comment…

Elle posa la main sur sa joue.

– N'en parlons plus. Tibby était là. Et nous avons un magnifique bébé en pleine santé.

Elle se tourna vers Carmen.

– Toi aussi, *nena*, ne t'en fais pas. Là, maintenant, j'ai tout ce que je pourrais désirer sur cette planète.

Avec une certaine appréhension, Carmen et David se penchèrent sur la petite chose.

– Vous voulez savoir ce que c'est ? leur demanda Christina.

Carmen était tellement secouée qu'elle avait complètement oublié ce détail. Ça lui avait pourtant toujours semblé capital, non ?

– C'est un garçon ! annonça gaiement Christina.

– Oh !

Carmen poussa un cri, en évitant avec tact de brailler dans les oreilles de sa mère.

– C'est un garçon !

David cria à son tour.

Carmen jeta un coup d'œil vers la porte pardessus son épaule. Elle voulait partager son bonheur avec Win et Tibby, mais ils avaient disparu.

Elle devait les retrouver.

Et laisser sa mère, David et leur bébé un peu seuls tous les trois.

Elle recula de quelques pas pour contempler le trio qu'ils formaient. Le visage de sa mère rayonnait de soulagement et de joie. Carmen prit instantanément la même expression, sans même y penser. Leur lien était si fort qu'il lui semblait que le visage de sa mère était le sien, que leurs cœurs battaient à l'unisson, qu'elles éprouvaient les mêmes émotions.

Elle se rappela ce que sa mère lui avait dit : lorsqu'on est capable de partager la joie d'un autre, de ressentir ses émotions, ça signifie qu'on l'aime vraiment.

Carmen la Gentille et la Merveilleuse,

Aujourd'hui, c'est le jour des miracles. Mets le jean et profites-en au maximum.

Avec tout mon amour,

Tibby

Lorsque Carmen trouva le jean magique soigneusement plié devant la porte de la chambre d'hôpital de sa mère, elle fonça aux toilettes pour l'enfiler.

Puis elle prit l'ascenseur pour monter en gériatrie. Win était devant le distributeur, il fouillait ses poches à la recherche de menue monnaie. Le fait est qu'ils n'avaient mangé qu'un paquet de Corn Nuts depuis le matin.

La première impulsion de Carmen fut de lui sauter au cou. Cette fois, pas question qu'elle se dégonfle. Elle le serra de toutes ses forces dans ses bras.

– Merci du fond du cœur, Win ! s'exclama-t-elle, la gorge serrée. Merci pour tout.

– Je suis désolé qu'on ne soit pas arrivés à temps, chuchota-t-il dans ses cheveux.

Il avait également passé les bras autour d'elle.

– Ce n'est pas grave. Tout va bien, maintenant.

– Hé, je ne voulais pas disparaître comme ça, tout à l'heure. Mais j'avais peur de vous déranger, vous étiez en famille…

– Je sais, mais moi, j'avais envie de te voir.

Elle s'écarta légèrement pour le laisser un peu respirer.

Mais il ne semblait pas en avoir particulièrement envie. Il enfouit son visage dans ses cheveux, collant sa joue contre son oreille.

– Moi aussi, j'avais envie de te voir, murmura-t-il.

Il la serra plus fort. Elle laissa son corps se détendre entre ses bras, bercée par sa respiration. Elle sentait sa colonne vertébrale sous ses mains. Son cœur battait à quelques centimètres seulement du sien.

– J'ai quelque chose à te dire, annonça-t-elle par-dessus son épaule.

Il se redressa et la laissa reculer un peu. À l'expression de son visage, on voyait qu'il se préparait à la pire des déceptions.

– Il y a quelque chose qui me tracasse… J'aimerais régler ça.

Il parut encore plus inquiet.

Elle se lança :

– Je pense que tu t'imagines que je suis quelqu'un de bien, et je voudrais que tu saches que c'est faux. La plupart du temps, je suis méchante et égoïste.

Il pencha la tête, perplexe.

– Tu es trop bien pour moi, expliqua-t-elle.

– Ridicule.

– Non, je suis sérieuse, Win. Tu es quelqu'un de bien ; moi, je fais seulement semblant. Je t'ai donné la fausse impression d'être gentille et dévouée, ce n'est pas le cas du tout.

Win haussa les sourcils.

– Eh bien, quel soulagement. Tu crois peut-être que je suis quelqu'un de bien, mais je commençais franchement à angoisser, moi aussi.

– Ah bon ?

– Je t'assure.

– Je suis payée huit dollars cinquante l'heure pour m'occuper de Valia, avoua-t-elle (autant aller jusqu'au bout des révélations, maintenant).

– Ça en vaudrait bien cent ! s'exclama-t-il.

– Le plus drôle, c'est que j'ai fini par m'attacher à elle. Et ça, c'est gratuit, ajouta-t-elle en riant.

Il l'étudia un long moment d'un air hésitant, avant d'ouvrir la bouche :

– Je suis un ancien gros.

Carmen sentit ses sourcils se redresser presque à la verticale.

– Pardon ?

– Je suis un ancien gros.

Win haussa les épaules.

– Avant, j'étais un petit gros. Puisqu'on en est au grand déballage, je préfère que tu le saches.

Elle ne put s'empêcher de l'examiner pour voir s'il n'avait pas une cinquantaine de kilos sur les hanches qu'elle aurait oublié de remarquer. Mais non.

– L'été de mes treize ans, mes parents m'ont envoyé dans une colo spéciale obèses. L'été d'après, j'avais pris près de vingt centimètres et je m'étais mis à la natation. Mais, à l'intérieur, je reste toujours un petit gros.

Carmen essaya de placer cette nouvelle pièce dans le puzzle. Effectivement, ça collait.

Win s'éclaircit la gorge.

– Donc, tu vois, c'est moi, l'imposteur. Tu es trop bien pour moi.

– Ridicule.

Il se rapprocha d'elle et plongea longuement ses yeux dans les siens. Puis d'un geste tendre, il glissa le pouce dans l'un des passants de ceinture du jean magique.

– Si tu es trop bien pour moi et que je suis trop bien pour toi, tu sais ce que ça signifie ?

– Qu'on est faits l'un pour l'autre ?

Il sourit.

– Je peux ?

Il avait envie de la prendre à nouveau dans ses bras.

– Je t'en prie.

Et ainsi, devant le distributeur automatique,

sous les néons fluorescents de ce couloir d'hôpital, au beau milieu du service gériatrique, il posa ses lèvres sur les siennes. Il l'embrassa d'abord doucement, puis passionnément.

Il enfouit son visage dans son cou et écarta ses cheveux pour déposer un baiser au creux de sa nuque. Elle laissa échapper un petit soupir.

– Ça fait tellement longtemps que j'avais envie de faire ça, lui souffla-t-il à l'oreille.

– Mmmm…, fut sa seule réponse.

Elle chercha ses lèvres et l'embrassa sans retenue. Sans doute pour la première fois de sa vie, elle embrassait quelqu'un sans se demander pour qui, pourquoi et comment. Elle l'embrassait du fond du cœur.

Une vieille dame qui sortait de sa chambre en fauteuil roulant les prit sur le fait.

– Dites donc, les tourtereaux, vous pourriez peut-être faire ça ailleurs ? glousse-t-elle.

Carmen et Win éclatèrent de rire et filèrent vers l'ascenseur. Ils se tinrent la main jusqu'au rez-de-chaussée, puis pour traverser le hall d'entrée.

Alors qu'ils marchaient main dans la main, Carmen eut soudain l'étrange sensation que Carmen la Gentille la précédait de quelques pas, comme un fantôme bienveillant, un esprit rayonnant.

C'était le jour des miracles. Elle rejoignit Carmen la Gentille et se fondit en elle. Son âme l'absorba. Cela laissait présager de sacrées disputes avec Carmen la Mauvaise, mais tant pis.

C'est ainsi que les portes de l'hôpital s'ouvrirent et qu'une toute nouvelle Carmen-Carmen, une et entière, fit ses premiers pas dans le monde.

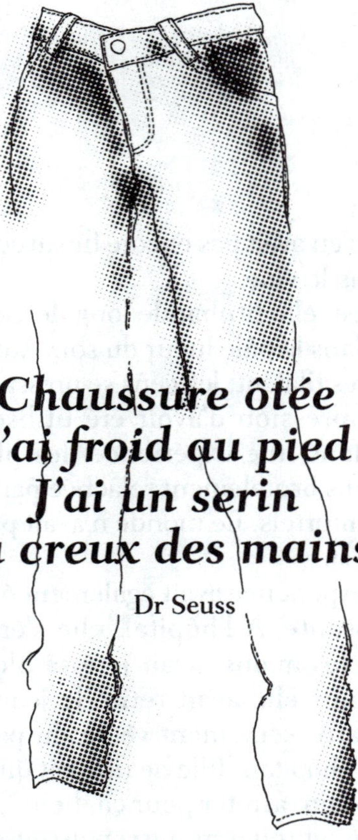

Chaussure ôtée
J'ai froid au pied
J'ai un serin
Au creux des mains.

Dr Seuss

Tibby n'en avait pas encore fini avec les grands sauts dans le vide.

Hébétée, elle titubait le long de Connecticut Avenue dans la pâle lueur du soir. Autour d'elle, les voitures filaient, les gens se pressaient. Tibby avait l'impression d'avoir été utilisée comme cobaye dans une expérience des plus éprouvantes, puis brutalement relâchée parmi le commun des mortels. Le monde n'avait pas changé, mais elle si.

Cette expérience avait également été quelque peu salissante. À l'hôpital, elle s'était lavé le visage et les mains, avait jeté sa blouse toute tachée, puis elle avait retiré le jean magique pour repartir seulement vêtue du pantalon en papier de l'hôpital. (Elle ne risquait quand même pas de se faire arrêter pour ça, hein ?) Pourtant, elle se sentait toujours aussi poisseuse. En plus, elle n'avait pas tellement envie de repenser à tout ça.

Elle voulait voir Brian. Elle ne voulait pas retrouver tout de suite la terre ferme.

Elle savait qu'il devait être à la maison. Chez elle. Elle en prit donc le chemin.

À cent mètres de chez elle, elle le vit venir à sa rencontre. Elle ne se posa pas de questions. Il y a des jours comme ça.

Ils ne se jetèrent pas dans les bras l'un de l'autre, non. Il la rejoignit et, lorsqu'il arriva à son niveau, elle pivota sur elle-même à cent quatre-vingts degrés pour qu'ils marchent dans la même direction. Ils avancèrent ainsi un moment. Elle lui prit la main. Il la serra dans la sienne.

– J'ai une idée, dit-elle.

– D'accord, répondit-il.

Il ne posa pas de questions. Il était plein de bonne volonté.

Ils marchèrent, marchèrent, marchèrent, puis grimpèrent jusqu'à la piscine de Rockwood. Là, ils enjambèrent le ruisseau. Montèrent un grand escalier. Lorsqu'ils atteignirent la clôture, il faisait noir. Mais c'était bon, ils étaient en haut. Et il faut être en haut pour faire le grand saut.

– On peut escalader la barrière par ici, annonça-t-elle en montrant l'endroit où il n'y avait pas de barbelés.

Brian trouvait visiblement ça sensé. Elle passa devant, il la suivit. Pour une poule mouillée, elle se débrouillait plutôt bien. Une fois en haut de la clôture, elle sauta à terre pour se mettre dans l'ambiance. Il atterrit élégamment à ses côtés.

– Prêt ? demanda-t-elle.

– Je crois, répondit-il avec sincérité sans savoir de quoi elle parlait.

Brian écarquilla légèrement les yeux tandis qu'elle déboutonnait son chemisier. Elle l'enleva. Elle portait un joli soutien-gorge. Tant mieux. Sa peau luisait dans l'air chaud du soir. Elle ôta le pantalon en papier vert d'eau. C'était une première pour elle. Elle le plia soigneusement. Sa culotte était rose, pas atroce non plus.

Brian détourna un instant les yeux, puis les reposa sur elle. Des yeux prudents, surpris, pleins d'espoir. Et de désir. Oui, de désir aussi. Il attendait qu'elle lui donne la permission de laisser ses yeux s'attarder sur elle. D'un regard, elle la lui donna.

– À toi, maintenant, dit-elle.

Il ôta son jean et sa chemise en un quart de seconde et les laissa en tas, par terre. Sa peau luisait également, aussi blanche au-dessus qu'en dessous du caleçon qu'elle avait choisi pour lui chez Old Navy – à neuf dollars les trois. Elle n'avait jamais imaginé qu'elle aurait l'occasion de le revoir dans d'autres circonstances. Elle retint sa respiration. Elle se l'était souvent imaginé dans sa tête, il était mieux dans la réalité.

Elle lui reprit la main. Chacun laissa ses yeux parcourir librement le corps de l'autre.

Que leur restait-il à cacher ? Elle ne voulait plus rien cacher.

Elle le mena jusqu'au bord de l'eau. Elle avait choisi exprès le grand bain.

Ils étaient côte à côte, les orteils cramponnés au bord de la piscine. Elle le regarda droit dans les yeux, il fit de même. Ils allaient bien s'amuser.

Un. Deux. Trois.

Ils sautèrent ensemble.

Bridget allait mieux, physiquement en tout cas. Une maladie spectaculaire et une guérison qui ne l'était pas moins, c'était elle tout craché.

Elle fut ravie d'apprendre l'arrivée du petit frère de Carmen. Cette naissance lui donna un nouveau souffle. Elle dépensa presque une semaine de salaire pour envoyer des fleurs et des ballons à Christina.

Mais son cœur souffrait encore. Elle avait envie de voir Eric. Elle avait besoin de le voir. Il lui manquait. Mais il n'était pas là. Le samedi, il avait disparu sans laisser de trace.

Il n'était pas dans son bungalow. Il ne se montra pas au réfectoire pendant trois repas d'affilée. En désespoir de cause, elle ravala sa fierté et alla trouver Joe.

– On dirait bien que j'ai perdu mon coéquipier, dit-elle d'un ton qu'elle voulait détaché.

– Tu l'aimes bien, maintenant, hein ? demanda Joe, fier de lui.

Elle réprima l'envie de lui mettre une claque.

– Vous savez où il est allé ?

Elle n'arrivait pas à prononcer le nom d'Eric.

– Aucune idée, répondit Joe.

Son pied nu tapotait nerveusement le plancher du bureau du directeur.

– Vous savez quand il doit revenir ?

– Il a intérêt à être là lundi, répliqua Joe. On commence le tournoi.

À cet instant précis, San José Earthquake ou pas, elle haïssait Joe Warshaw. Uniquement préoccupé par ses petites affaires, il se fichait pas mal de celles des autres.

– Il ne vous a rien dit ? insista-t-elle.

– Il a dit qu'il avait besoin de prendre deux jours, c'est tout.

Bridget ressortit du bureau furieuse. Elle faillit pousser un hurlement lorsqu'une écharde du plancher se planta dans son gros orteil. Elle n'avait qu'à porter ses satanées chaussures aussi ! Qu'est-ce qu'elle avait donc dans la tête ?

Où était parti Eric ? Et pourquoi ? Avait-il ressenti besoin de s'éloigner d'elle ? Que se passait-il ?

Le soir, elle voulut courir, mais elle se sentait faible. Elle n'arrivait pas à manger. Elle appela tour à tour Lena, Carmen et Tibby du téléphone de la salle de repos et leur laissa des messages. En raccrochant, elle était encore plus paniquée. Pourquoi ne parvenait-elle pas à les joindre ? Elle se sentait terriblement seule.

Elle hésita un instant à appeler Greta, mais elle ne savait pas si ses émotions passeraient l'épreuve des centaines de kilomètres de ligne téléphonique qui les séparaient. Comment lui expliquer ? Eric n'était pas son petit ami. Il était son rien du tout, d'ailleurs. Pourquoi avait-elle l'impression d'avoir tant besoin de lui ?

Elle s'assit sur le ponton, au bord du lac, et regarda les nuages s'accumuler. Elle aurait aimé qu'il pleuve un bon coup pour tout nettoyer, mais la pluie ne tombe jamais quand on le voudrait.

Elle n'arrivait pas à rester assise. Elle fit les cent pas. Shoota dans un ballon sur un terrain désert. Il y avait des éclairs au loin, mais pas de vrais beaux éclairs. Quelques petits coups de foudre dispersés, timides, creux : des éclairs de chaleur. Il ne pleuvrait pas.

Elle s'était fait une fierté de ne pas reproduire ce qui s'était passé la dernière fois avec Eric, et pourtant cela y ressemblait étrangement.

Comme la fois précédente, elle avait baissé la garde, croyant qu'une certaine intimité s'était créée entre eux mais, quand elle avait voulu la retrouver, il n'y avait plus rien, plus personne. Volontairement ou non, Eric faisait naître en elle l'espoir d'un amour immense. Mais elle n'avait eu que le temps de l'entrevoir suffisamment pour en éprouver le manque. Il la poussait à l'autodestruction. Il attisait son désir pour ne jamais le satisfaire.

Pourquoi lui faisait-il ça, à elle ? Pourquoi le laissait-elle faire ? Comment pouvait-elle s'offrir ainsi à lui, après cette expérience traumatisante ?

Elle regrettait qu'il l'ait trouvée dans cet état, fiévreuse, vulnérable. Elle regrettait qu'il se soit inquiété pour elle, qu'il se soit occupé d'elle, qu'il l'ait serrée contre lui toute la nuit. Elle avait connu le bonheur suprême, mais perdre tout ça d'un coup, sans explication, c'était trop dur. Elle préférait vivre toute sa vie en s'imaginant qu'une telle douceur n'existait que dans ses rêves, plutôt que de savoir que cela existait réellement, mais que ça ne serait jamais pour elle.

Quel beau gâchis. Elle était prête à abandonner, à saborder le meilleur d'elle-même. Et pour quoi ? C'est une chose de se sacrifier pour une grande cause. C'en est une autre de se détruire pour quelqu'un qui ne vous aime même pas. C'est une immolation, un sacrifice dont personne ne veut et qui ne sert à rien. Peut-on imaginer plus tragique ?

Elle se croyait indépendante et forte, mais à peine avait-elle goûté à l'amour qu'elle se retrouvait plus affamée que quiconque. Elle avait un appétit féroce.

Tous les portraits avaient été difficiles à exécuter, mais Lena avait gardé le plus dur pour la fin.

Elle était devenue championne de la procrastination. Elle était allée avec sa sœur chez l'esthéticienne pour une manucure et une pédicure. Elle avait occupé ses matinées à faire les courses et la cuisine chez Carmen, à lui donner un coup de main avec le bébé. Elles avaient passé toutes les deux de douces soirées, assises par terre, à parler de Win, de dessin, du week-end à la plage, ou simplement à regarder le bébé respirer.

Mais l'heure était venue. Elle devait envoyer son dossier demain, le cachet de la poste faisant foi ; elle ne pouvait repousser l'échéance plus longtemps. Elle attendit que la maison soit calme, qu'il y ait une bonne lumière, puis elle enfila le jean, s'assit devant le miroir de sa chambre et se mit au travail.

C'était une chose de déceler les problèmes des autres, c'en était une autre de regarder les siens en face. Si les émotions, les espoirs perturbaient la vision qu'on avait du visage d'un être cher, ne risquait-on pas d'être carrément aveugle devant son propre visage ?

Cependant, en se regardant dans le miroir, Lena découvrit une chose des plus étonnantes : son visage ne lui était pas aussi familier que d'autres. Oui, elle s'était souvent regardée au fil des années. Mais son visage n'était pas gravé aussi profondément dans son esprit que celui de son père ou de sa mère.

Lena entretenait une étrange relation avec son physique. Elle voulait être belle et, en même temps, elle en avait peur. Elle se regardait avec le désir de découvrir un énorme défaut qui la ferait passer d'une catégorie (belle) à l'autre (pas belle). En même temps, elle le redoutait. De toute façon, en général, elle n'en trouvait pas.

Tolstoï le disait dans *Anna Karénine* : toutes les familles heureuses se ressemblent. Lena avait également l'impression que tous les beaux visages se ressemblaient : réguliers, équilibrés, lisses. C'était la laideur ou la tristesse qui les différenciaient. Lena ne réussit pas à trouver de signes objectifs de laideur dans son visage, mais la tristesse, elle, était flagrante.

En attaquant la ligne de sa joue, elle découvrit une fille qui attendait. Pas impatiente, pas tracassée, pas frustrée. Mais qui attendait. Qu'attendait-elle donc ?

Au beau milieu de sa chambre, un éléphant de quatre tonnes exprima sa désapprobation. Kostos, bien sûr. Celui qui occupait toujours ses pensées alors qu'elle essayait désespérément de l'ignorer.

Elle attendait toujours son retour, tout en sachant qu'il ne reviendrait jamais. Il fallait toujours qu'elle espère quelque chose qui n'arriverait jamais. Elle était douée pour l'attente. Quelle pitié d'être douée pour une telle chose.

« Libère-moi », demanda-t-elle silencieusement à son éléphant. Elle devait se détacher de lui. Retrouver sa liberté. Vivre sa vie. Peut-être même retomber amoureuse. Et elle avait un candidat en vue.

C'était facile de souhaiter tout ça – ne plus se torturer, ne plus souffrir, ne plus penser à Kostos. Enfin, ça paraissait facile, en tout cas. Mais il y avait un piège. Pour se libérer de la souffrance, il fallait également abandonner les autres émotions, les autres sentiments : celui d'être aimée, par exemple. D'être désirée et même indispensable. La façon dont Kostos la regardait, la touchait. La façon dont son nom résonnait dans sa bouche. Le nombre de fois qu'il avait écrit « Je t'aime » à la fin de ses trois dernières lettres. (Dix-sept, parce qu'elle avait dix-sept ans.) Oui, elle les relisait encore. L'heure des aveux avait sonné : oui, elle les relisait régulièrement.

Ce n'était pas à la souffrance qu'elle s'accrochait, c'était à tout le reste, à ces instants si précieux. Mais ces instants précieux la rattachaient, irrévocablement, à la souffrance.

Elle attendait le retour de Kostos. Elle attendait qu'il la libère. Elle vivotait tranquillement, passivement, en marge de la vie des autres : celle de son père, celle de Kostos. Elle prenait juste la place qu'ils lui laissaient.

Elle ne pouvait plus attendre. C'est ce que son visage lui apprit lorsqu'elle le vit dans le miroir et sur le papier. Il n'y avait qu'une personne capable de la libérer, et cette personne, elle l'avait en face d'elle.

Beezy,

Appelle-moi, d'accord ? Voilà le jean, il est chargé d'énergie, alors profites-en bien. (Mais avec prudence ! Il fallait que je te le dise, Bee. Je m'inquiète pour toi.) Je suis là. Si tu as besoin, j'arrive en deux secondes. Appelle-moi.

Bisous,

Len

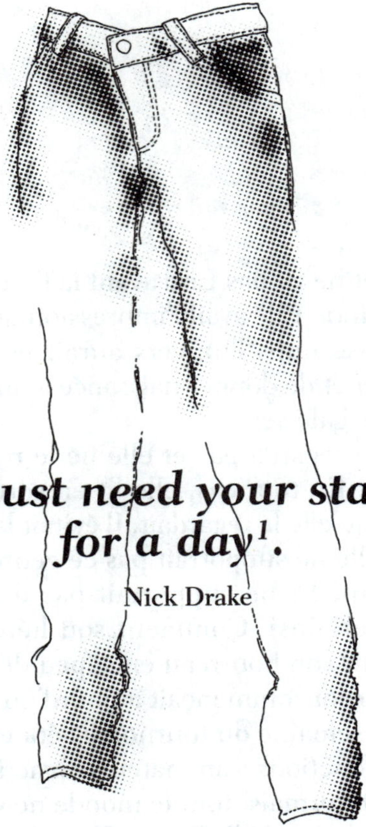

I just need your star for a day[1].

Nick Drake

1. « Prête-moi ton étoile rien qu'une journée. »

Bridget ne vit pas Eric avant la fin de la matinée du lundi. Elle avait l'impression que, depuis la fameuse nuit, l'univers aurait eu le temps d'exploser et de donner naissance à une ou deux nouvelles galaxies.

Il ne la regarda pas et elle ne le regarda pas non plus. En tout cas, elle fit en sorte qu'il ne voie pas qu'elle le regardait. Il évitait la confrontation. Elle ne supportait pas ce genre de comportement. Et ne supportait pas d'avoir à se comporter ainsi. Comment son héros avait-il pu devenir son bourreau en si peu de temps ?

Le tournoi commençait aujourd'hui. Comme c'était la semaine du tournoi, ils étaient relevés de leurs fonctions d'animateurs en activités nautiques. Désormais, tout le monde ne vivait plus que pour le football. Eric et Bee n'avaient plus de raison de travailler ensemble.

Le mardi après-midi, l'équipe de Bridget avait

déjà remporté ses deux premiers matchs. D'habitude, avec ses joueurs, elle était dure, mais sympa. Là, elle était encore plus dure, mais pas sympa. Une vraie sadique.

L'équipe d'Eric avait également gagné les deux matchs qu'elle avait disputés. Malgré sa colère, Bridget devait bien reconnaître qu'Eric était certainement le meilleur des entraîneurs. Il était patient, très intuitif, et il avait déjà trois ans de compétition dans les crampons. Aux yeux des autres, Bridget était douée, mais imprévisible et inexpérimentée. Et elle avait de drôles de numéros à coacher. Tout le monde s'accordait à dire que l'équipe d'Eric était l'équipe à battre. Aussi Bridget se résolut-elle à l'abattre.

Il y avait sans doute des façons plus matures d'exorciser sa colère, mais Bee était pleine d'énergie destructrice, mieux valait l'évacuer dans le foot plutôt qu'en sortant, disons, l'artillerie lourde.

Elle était donc sûre que son équipe rencontrerait celle d'Eric en finale le vendredi. D'ici là, elle consacrerait tout son temps à peaufiner la position de ses joueurs et sa stratégie. Elle avait quelques très bons éléments : Karl Lundgren, Aiden Cross, Russell Chen. Elle savait exactement ce qu'elle allait en faire. En revanche, pour un joueur comme Naughton, c'était plus délicat. Elle espionna l'équipe d'Eric. Et avec la sienne, elle organisa des réunions nocturnes en pleine forêt, à la lampe torche. Elle les fit courir dès l'aube. Elle devait se retenir pour ne pas leur imposer un rythme effarant.

À trois ou quatre reprises, durant ces quelques jours, Eric lui fit signe ou tenta de croiser son regard. Mais elle gardait la tête baissée. Pas question de se remettre à espérer.

Le jeudi soir, elle trouva dans son casier le jean roulé en boule dans un sac plastique, avec un petit mot de Lena. C'était parti !

Le vendredi matin, elle se leva à cinq heures. Elle était trop stressée pour dormir. Elle enfila le maillot bleu de son équipe, se brossa les cheveux et les laissa lâchés. Après réflexion, elle mit du mascara et un peu d'ombre à paupières bleue. De la couleur de ses yeux, de son jean, de ses bleus à l'âme, de son maillot. Tout assorti, une vraie supportrice !

Elle s'installa dehors pour revoir ses notes à la lueur des premiers rayons du soleil, qui rasaient la terre. Elle ne savait toujours pas quoi faire de Naughton. Tout le monde mérite une chance. Tout le monde a quelque chose à donner.

Prise d'une soudaine inspiration, elle alla le réveiller dans son bungalow.

– Habille-toi et viens me retrouver sur le terrain sud, lui dit-elle.

Il avait un regard plein d'espoir qui, elle le craignait, n'avait rien de sportif.

– Naughty ! Arrête de te faire des films. J'ai besoin de savoir ce que je vais faire de toi.

Il savait qu'il n'était pas un joueur comme les autres, sinon, il aurait dû en être conscient.

Lorsqu'il arriva sur le terrain, elle lui ordonna de se mettre dans les buts. D'une certaine façon, Eric avait raison. Les défauts de Naughton risquaient d'en faire un piètre gardien de but ; mais en même temps, il avait quelque chose...

– Prêt ? lui cria-t-elle en se préparant à tirer, à une dizaine de mètres du but.

Elle envoya le ballon bien droit, assez fort, mais pas trop. Il s'élança pour tenter de le rattraper mais le laissa finir dans le filet. Il ne savait pas quoi faire de ses grands pieds et encore moins de ses mains. Elle se demandait pourquoi il s'était acharné à faire du foot depuis le CP, comme il le lui avait fièrement expliqué.

– Allez, on recommence.

Il lui lança le ballon, qu'elle arrêta facilement avec le pied. Elle avait tiré plusieurs fois droit sur lui, ce qu'il ne supportait pas. Il ne pouvait pas s'empêcher de bouger et ratait presque systématiquement la balle.

Elle décida de vérifier sa théorie. Elle recula d'un ou deux mètres et prit son élan en courant quelques foulées. Elle shoota fort pour envoyer la balle dans le coin supérieur gauche du but. Et, avec une satisfaction mêlée d'étonnement, elle vit Naughton décoller dans la bonne direction. Il sauta haut, les bras levés, et attrapa le ballon.

– Waouh, bravo ! siffla-t-elle.

À l'intérieur, elle hurlait de joie, mais elle ne voulait pas en faire trop.

Elle tira plusieurs fois, toujours plus fort, avec un angle toujours plus travaillé, et il l'attrapa à chaque fois. Il ne pouvait pas garder le but en restant bêtement au milieu. Si on lui laissait le moindre temps de réflexion, c'était fichu. Il bougeait d'instinct. Il avait une sorte de sixième sens lui indiquant où le ballon allait arriver et, plus il arrivait vite, fort, de loin, mieux son instinct le guidait.

À la fin, elle se lança le défi d'arriver à marquer un but. Seul son dernier tir finit dans la cage.

Elle le rejoignit pour lui serrer la main et lui donner une grande tape dans le dos.

– Naughty, tu as vraiment un truc... Je ne sais pas ce que c'est, mais c'est un sacré truc.

– Tu as l'air dans une forme éblouissante ! s'exclama Tibby en s'asseyant en face de Christina à la table de la cuisine.

La mère de Carmen baissa la tête, modeste, couvant son enfant d'un regard plein de fierté. Effectivement, elle se sentait dans une forme éblouissante.

– J'ai beaucoup de chance, c'est tout, répondit-elle en remontant légèrement le bébé au creux de ses bras. Mais écoute, Tibby...

Elle jeta un coup d'œil à la porte.

– Je voulais qu'on soit un peu seules toutes les deux…

Elle s'interrompit et regarda le nouveau-né.

– Enfin, tous les trois… parce que j'ai une question à te poser. C'est assez important, alors ne te sens pas obligée de dire oui, ni même de répondre tout de suite.

– OK, fit Tibby, prise d'une légère angoisse. Tu ne vas pas me demander d'assister à ton prochain accouchement, hein ?

Christina éclata d'un rire si bruyant que le bébé sursauta.

– Non, promis.

Tibby riait aussi.

– Mais tu as été parfaite, reprit Christina plus sérieusement. Je t'assure.

Ses yeux brillaient d'un éclat inquiétant qui gagna bientôt ceux de Tibby.

– Je voulais te demander si tu accepterais d'être sa marraine.

Tibby en resta bouche bée.

– Je sais que ça peut sembler une lourde responsabilité, mais… Tu as déjà joué un rôle capital dans sa vie. Je voudrais t'en remercier et j'aimerais que vos vies continuent à être liées, d'une certaine façon…

Tibby n'eut même pas besoin de réfléchir.

– Avec plaisir.

– C'est vrai ?

– Bien sûr!
– Génial!
– Est-ce qu'il faudra que je m'occupe de son éducation religieuse? fit Tibby avec une certaine appréhension.
Christina secoua la tête.
– Non, non, tu pourras lui apprendre à filmer, lui faire partager ta passion des voitures ou l'emmener au cinéma voir des films que je ne veux pas voir.
Tibby acquiesça. Cette idée lui plaisait.
– Mon Dieu, quand je vais annoncer ça à mes parents! s'exclama-t-elle, ravie. Je suis une fille mère!
Christina explosa de rire à nouveau mais, cette fois, le petit ne réagit pas.
Carmen apparut à la porte. Elle portait une robe à bretelles couleur mandarine sur sa peau lumineuse et hâlée.
– Alors qu'est-ce qu'elle a dit? demanda-t-elle.
Christina rayonnait.
– Elle a dit oui.
– Mes félicitations à tous les trois! fit Carmen.
– Merci. Et où vas-tu comme ça, Miss Jolicœur? voulut savoir Tibby.
– Elle sort avec Win, répondit gaiement Christina.
On aurait dit que c'était elle qui avait rendez-vous.
– Tu le connais?

Tibby secoua la tête.

– Mais j'ai hâte de le rencontrer. Alors, il est comment ?

Carmen caressa la tête de la petite chose rose et fripée qui lui tenait lieu de petit frère.

– Eh bien, il n'est pas aussi beau que mon Ryan, mais…

La finale fut longue, intense, acharnée. À la fin de la seconde mi-temps, les deux équipes étaient épuisées. Il s'agissait d'un véritable bras de fer. Bridget avait replié son équipe en défense et ne tentait pratiquement rien en attaque. Elle fit même jouer Naughty quelque temps comme avant-centre. Elle laissa Mikey Rosen au but. Il était habile et efficace. Il rattrapait sans problème tous les tirs, même les plus difficiles. De toute façon, sa défense était tellement performante que le gardien n'avait pas grand-chose à faire, Bridget en avait parfaitement conscience.

Pour l'instant, elle ne demandait pas à son équipe de gagner. Pas encore. Elle suivait une tactique des plus simples. Elle visait le match nul : zéro-zéro. Son équipe ne comprenait pas vraiment pourquoi, mais ils lui faisaient confiance.

– Défense ! répétait-elle aux remplaçants.

– Défense ! criait-elle à chaque joueur dès qu'elle ouvrait la bouche.

– Défense ! hurlait-elle à pleins poumons dès qu'une balle dépassait le milieu du terrain.

C'était son idée fixe.

– *Non passerat*, leur murmurait-elle.

Elle était convaincue qu'il était plus facile de se concentrer sur un seul objectif clair et précis.

Elle arpentait la ligne de touche de son côté, et Eric du sien. Il voyait bien ce qu'elle essayait de faire, mais il ne comprenait pas pourquoi, lui non plus. Il était perplexe. Justement, c'était ce qu'elle voulait. Il fut obligé de changer de tactique pour s'adapter à la sienne et de modifier un peu le jeu de son équipe. Justement, c'était ce qu'elle espérait.

Au coup de sifflet final, le score était celui qu'elle attendait : match nul, zéro-zéro. Maintenant il fallait qu'ils tiennent pendant le temps additionnel pour éviter le but en or.

Le camp entier s'était rassemblé pour assister à la fin du match.

Tout le monde hurlait. C'était frustrant de regarder un si long match sans un seul but. Sans même une seule belle occasion.

Elle regroupa son équipe. Tous les yeux étaient rivés sur elle. C'était ainsi qu'elle voyait le rôle de l'entraîneur : être en parfaite symbiose avec chacun de ses joueurs. Sa fièvre était contagieuse. Elle n'avait pas besoin de faire un long discours, elle se contenta de captiver leurs regards.

– On vise le nul, chuchota-t-elle. Vous pouvez y arriver ?

En criant, ils s'éparpillèrent à nouveau sur le terrain.

Malgré les hurlements des supporters, son équipe resta concentrée sur son objectif durant tout le temps additionnel. Pas d'actions héroïques. Ils jouaient âpre et dur en défense. Ils voulaient que leur entraîneur soit fier d'eux.

Un nouveau coup de sifflet annonça la fin du match et le début des tirs au but qui devaient désigner le vainqueur.

L'arbitre la joua à pile ou face. L'équipe de Bridget l'emporta et obtint de tirer la première. Tout se déroulait exactement comme elle le souhaitait. Elle fit signe à Russell Chen. Ce n'était pas un joueur aussi complet que Lundgren, mais c'était un excellent tireur et, après s'être retenu pendant tout le match, il était au bord de l'explosion.

Le cœur de Bridget battait à coups sourds lorsque le gardien de but d'Eric entra dans sa cage et que les autres joueurs se rassemblèrent dans le rond central. Les arbitres se mirent en place et Russell posa le ballon sur le point de penalty. Elle observa le ballet qu'esquissaient le tireur et le goal, chacun essayant d'anticiper les gestes de l'autre, puis Chen prit son élan et tira. Waouh ! La balle rentra droit dans la lucarne. Le gardien d'Eric n'avait pas prévu ça. Le ballon passa à un mètre de lui.

L'équipe de Bridget et une bonne moitié des spectateurs explosèrent de joie. Par télépathie, elle rappela à ses joueurs de rester concentrés. Ils étaient tellement en phase qu'ils semblèrent recevoir le message.

Maintenant, c'était au tour de l'équipe d'Eric.

Il n'avait pas à hésiter pour choisir son tireur. Jerome Lewis était sans doute le meilleur joueur du stage. Il s'avança jusqu'au point de penalty.

L'équipe de Bee le suivit des yeux, retenant son souffle. Ils savaient qu'elle avait un atout en réserve. Elle donna une tape sur l'épaule de Naughton.

– Vas-y, montre-leur ce que tu sais faire.

Il parut surpris, comme s'il ne croyait pas vraiment ce qu'il venait d'entendre.

– Allez ! hurla-t-elle.

Il y alla. Lentement. Tout le monde chuchotait et commentait en le voyant s'approcher lentement de la cage. Même les arbitres se retournèrent vers Bee, l'air de dire : « Vous êtes sûre que c'est bien ce que vous voulez ? » Elle attendit que Naughton soit en position pour leur adresser un signe de tête.

Pour une fois, Eric la regarda en face. Un regard de défi, certes, mais qui dénotait aussi une certaine inquiétude quant à sa santé mentale. Les joueurs d'Eric échangeaient des sourires satisfaits.

Bridget fixa Naughton et ne le quitta plus des yeux. Il devait sentir qu'elle croyait en lui.

Selon le règlement, la victoire se jouait sur ce tir. Si Lewis marquait, on continuerait les tirs au but jusqu'à ce que l'une des équipes l'emporte. S'il le ratait, le match était terminé.

L'arbitre siffla. En principe, tout entraîneur aurait souhaité un tir sans inspiration mais, connaissant Naughton, Bridget espérait l'inverse. « Pourvu que ce gars nous sorte un beau tir », pensa-t-elle.

Lewis réussit un shoot magnifique. Dans le silence le plus complet, le camp entier regarda la balle filer en direction du goal. Naughton bondit à l'instant même où le ballon quittait le pied de Lewis. Il fallait lui reconnaître ça, il avait des yeux perçants.

Le ballon vola, Naughton bondit et ils entrèrent en contact dans la lucarne. Il le saisit et atterrit en le serrant contre lui. Il semblait tellement surpris d'avoir réussi qu'il trébucha et laissa la balle lui échapper des mains. Heureusement, elle roula hors du but et non à l'intérieur.

Abasourdie, la foule en délire l'acclama. Bridget, heureuse et fière, vit son équipe foncer vers le goal pour porter Naughton en triomphe. Ils le déposèrent à ses pieds. Dans un concert de hourras, elle le serra dans ses bras et lui planta un gros bisou sur la joue. Il parut apprécier.

Elle les autorisa de bonne grâce à lui renverser le contenu de la glacière sur la tête. Puis vint le moment de saluer leurs adversaires. Ils se firent face pour se saluer un à un. Les deux derniers à se retrouver nez à nez furent les entraîneurs.

– Tu as gagné. Évidemment, reconnut-il galamment, en s'inclinant devant elle, comme s'il s'adressait à un homme d'affaires japonais et non à une fille qui l'aimait à la folie.

Elle ne put s'empêcher de soutenir son regard un instant.

« Je n'en suis pas si sûre », pensa-t-elle.

« Lenny ! Salut, c'est Bee. Je vais bien. Franchement. Arrête de t'inquiéter comme ça ! Mais j'ai très envie de te parler. Je rentre bientôt. Vous me manquez tellement. Hé, au fait, j'ai appris comment s'appelait le bébé ! J'adore ! C'est Carmen qui a eu l'idée ? Elle a dû se payer une de ces crises de fou rire. Appelle-moi... Non, oublie, tu ne peux pas me joindre ici. Je t'appellerai. Et ne t'inquiète pas, d'accord ? Tu me manques. » Biiiip.

J'ai soif de bien plus que la mort.

William Shakespeare

Traduction d'Yves Bonnefoy.

Lena tendit son dossier à Annik. Elle se préparait à une longue attente et se sentait soudain étrangement impatiente. Mais il n'en fut rien. Annik posa son crayon, chaussa ses lunettes, et entreprit de le feuilleter sur-le-champ.

Trois minutes plus tard à peine, elle le referma et releva la tête.

– Ça n'a aucune importance, finalement, que tu obtiennes la bourse ou non, dit-elle.

Lena pencha la tête, perplexe.

– Si, c'est important pour moi.

– Tu l'auras, affirma Annik d'un ton presque dédaigneux. À moins que ceux qui siègent à cette commission soient aveugles ou complètement stupides.

Elle lui sourit.

– Ça n'a aucune importance parce que, ce qui

compte, c'est que tu l'aies fait. Ce qui se passe ensuite, ce sont les petites contingences de la vie. Un petit accident de voiture. Une petite maladie qui te fait une frayeur. Un petit chagrin d'amour. Maintenant, tu es une artiste.

Annik avait prononcé le mot « artiste » comme si on ne pouvait rêver plus beau destin. Mieux encore que d'être superhéros ou immortel.

– Merci. Je crois y être arrivée.

– Ne me remercie pas, tu as réussi toute seule.

– Vous m'avez aidée.

– J'espère, mais tu as été plus loin que je n'avais imaginé.

– J'y suis. J'ai vraiment l'impression de m'être trouvée.

– Oui, tu y es. Je le vois, je le sens.

Lena sourit en pensant à cet incroyable atelier : tout ce qu'on y voyait, tout ce qu'on y ressentait.

– Je peux vous poser une question ?

Annik hocha la tête pour l'encourager, semblant deviner ce que Lena allait lui demander.

– Pourquoi êtes-vous dans un fauteuil ?

Annik lui donna une grande tape dans le dos, avec une force digne de l'incroyable Hulk.

– Bon sang, j'avais fini par croire que tu ne me le demanderais jamais.

Win se gara en bas de l'immeuble, pour l'attendre dans la voiture, sans couper le moteur.

Carmen n'avait jamais imaginé qu'elle pourrait un jour aller faire ses courses de rentrée avec un garçon. Encore une chose qu'ils souhaitaient faire ensemble, plus futile que d'autres.

Carmen s'engouffra dans l'appartement pour aller chercher sa liste de fournitures et sa carte de crédit. Elle avait oublié de les emporter au restaurant où ils s'étaient tous retrouvés pour prendre le petit déjeuner ensemble – Tibby, Brian, Lena, Effie et Win.

Carmen marqua un temps d'arrêt dans le salon. Elle fut frappée de constater qu'elle voyait désormais cet appartement différemment, depuis qu'il y avait Win, depuis qu'il y avait le bébé. Les murs lui semblaient plus proches et, à l'inverse, le sol un peu plus bas. Tout était calme. Pour une fois, la climatisation n'était pas en marche. La fenêtre était ouverte et ça sentait déjà l'automne. C'était peut-être pour ça que tout lui paraissait changé.

Elle était pressée, elle avait des choses à faire. Mais cet appartement l'attendait quoi qu'il arrive. Il l'attendrait toujours.

Elle savait qu'en tournant à gauche dans le couloir, elle trouverait sa mère dans sa chambre avec le bébé. Effectivement, Christina et le petit Ryan étaient blottis sur le lit.

Ils partageaient leurs matinées entre sieste et allaitement. Dès qu'elle avait un moment de libre, Carmen passait les voir. Elle embrassait les poings du bébé, puis s'amusait à l'emmailloter comme un *burrito*[1] et il donnait des tas de coups de pied pour se libérer. Justement, Christina dormait et Ryan commençait à gigoter. Carmen posa la main sur son dos minuscule, admirant les gesticulations de son petit frère.

Ce qu'elle éprouvait pour lui n'avait rien de commun avec ce qu'elle avait imaginé. C'était *son* petit frère, et tout en lui la touchait : sa fragilité, son caractère naissant, la forme de ses oreilles, qui ressemblaient déjà tellement aux siennes. Mais elle était également consciente qu'il était l'enfant de sa mère et de David.

Avant sa naissance, elle pensait qu'il viendrait s'immiscer dans son monde, rivalisant avec elle pour lui prendre sa place et tout ce qui lui appartenait. Mais non. Avec lui, un nouveau monde était né, un monde où ils avaient leur place tous les deux.

La victoire de Bridget ne fut pas si douce qu'on aurait pu le croire. Enfin, sauf pour ses joueurs ; pour eux, c'était le bonheur. Ils paradèrent dans le camp comme des superhéros pendant toute la semaine, bombant le torse et ressassant les meilleurs moments du match (il n'y en avait pas eu beaucoup). Elle était contente pour eux. Elle avait fini par s'attacher à eux.

Elle fit un aller-retour à Bethesda dans la

1. Sorte de crêpe mexicaine fourrée.

journée pour voir ses amies – une journée bienfaisante qui lui permit de constater que la vie avait encore un sens. De retour au camp, elle passait son temps avec Diana, dormait, mangeait, reprenait des forces. Elle savait qu'elle se remettrait, malgré son cœur brisé, mais ça demandait beaucoup de volonté et, à certains moments, une foi sans faille.

Elle était consciente que rien n'était réglé avec Eric. Elle pouvait se renfermer sur sa tristesse en s'interrogeant éternellement sur leur histoire. Il y a deux ans, elle avait été incapable d'aborder le problème. Elle avait tout gardé à l'intérieur, tout laissé bouillonner et pourrir. Mais elle n'avait pas envie de refaire la même erreur.

Elle attendit qu'il n'y ait plus un bruit dans le camp et alla le chercher dans son bungalow. Cela lui rappelait de vieux souvenirs d'aller comme ça le tirer du lit. Cette nuit-là, elle s'était jetée sur lui. Cette fois, elle se fit aussi discrète et polie qu'une petite souris. Elle frappa poliment et attendit.

Il vint lui ouvrir la porte. Il avait l'air un peu effrayé de la voir… ou bien était-ce son imagination qui lui jouait des tours ?

– Tu veux bien venir marcher un peu avec moi ? lui proposa-t-elle.

Elle avait envie d'ajouter qu'elle n'allait pas lui sauter dessus pour le rassurer, mais était-ce bien nécessaire ? Elle avait prouvé que ses intentions étaient bonnes. Qu'est-ce que ça lui avait rapporté ? Alors ça signifiait qu'il était impossible de dépasser ça ? Une fois que sa réputation était faite, une fille ne pouvait-elle rien y changer ?

Il hocha la tête et disparut quelques secondes pour revenir avec un T-shirt et des chaussures, en plus de son caleçon.

Au début, ils se contentèrent de marcher. Elle avait attaché ses cheveux avec un élastique, puis enfilé le jean magique et un vieux maillot de foot. Elle avait essayé de porter des chaussures pendant une semaine, mais elle en était revenue aux pieds nus. Elle avait décidé que ça valait le coup de supporter une écharde de temps à autre si c'était le prix à payer pour laisser ses pieds en liberté.

Sans réfléchir, ils descendirent vers le lac et se baladèrent le long du ponton. Elle s'assit et il s'installa à côté d'elle. C'était leur endroit (s'il y en avait un).

La lune était pleine et assez brillante pour projeter leurs ombres sur les eaux calmes. Leur version aquatique lui plut bien.

– Bon, je vais parler et tu vas m'écouter, d'accord ?

Pourquoi avait-elle ajouté ce « d'accord ? » ? Elle n'avait pas besoin de sa permission.

Il acquiesça.

– Je vais sans doute aborder des sujets qui ne te plairont pas.

Il hocha de nouveau la tête. Il avait l'air las. Même dans la pénombre, elle distinguait des cernes bleuâtres sous ses yeux. Et il ne s'était visiblement pas rasé depuis un moment.

– Je croyais qu'on était devenus amis cet été, dit-elle. Je ne savais pas si ce serait possible après ce qu'on avait – ce que j'avais fait il y a deux ans, mais on a réussi. J'étais contente. Contente d'être ton amie. D'accord, j'avoue que j'avais peut-être des arrière-pensées, mais ce qui comptait avant tout pour moi, c'était d'être ton amie. J'étais heureuse d'être près de toi, quel que soit ce que je représente pour toi.

Bridget avait envie d'être honnête ce soir. Elle était là pour ça.

Il baissa la tête, tripotant le bracelet de cuir usé de sa montre.

– Je n'essayais pas de sortir avec toi. Je sais que tu as déjà une petite amie et je l'accepte. Je ne voulais pas m'interposer entre vous. Si tu es heureux avec elle, je suis heureuse pour toi. Je ne dis pas que ce n'était pas dur pour moi, mais j'étais sincère. Je veux dire, je suis sincère. Je voulais que tu aies confiance en moi.

Sans relever la tête, il parut acquiescer.

– On a passé du temps ensemble, on a fait plein de choses, on s'est bien amusés. En tout cas, moi, je me suis amusée. Et j'avais l'impression que toi aussi.

Sa voix tremblait un peu, elle poursuivit :

– Et quand je suis tombée malade, tu as pris soin de moi. Jamais personne ne s'était occupé de moi comme ça. Même si on ne se revoit plus, qu'on ne se reparle plus de toute la vie, je ne l'oublierai jamais.

Elle s'interrompit pour éviter que les larmes ne noient ses mots. Elle préférait autant que possible qu'elles restent dans ses yeux.

– J'avais confiance en toi. Je croyais compter pour toi. Pas comme une petite amie, je ne parle pas de ça. Je croyais que tu étais mon ami, un véritable ami. Et puis, brusquement, tu t'es volatilisé. Je n'ai pas compris ce qui s'était passé. J'étais si proche de toi… soudain tu as disparu. Tu m'as laissée croire en toi, puis tu m'as laissée tomber. C'est comme ça que tu fonctionnes ? Tu fais croire aux gens que tu es proche d'eux pour mieux les décevoir ?

Elle chassa les larmes de ses yeux avant qu'elles ne coulent sur ses joues.

Eric avait relevé la tête, les yeux graves et brillants, tout comme elle.

– Bee… Non, je ne fonctionne pas comme ça.

Malgré elle, son menton se mit à trembler.

– Alors tu fonctionnes comment ?

Il se redressa un peu. Contempla les articulations de ses doigts. Ouvrit les mains, les referma.

– Je vais parler et tu vas m'écouter, d'accord ?

– D'accord.

– Si je n'aime pas revenir sur ce qui s'est passé il y a deux ans, c'est que je m'en veux terriblement. Je ne dis pas que tu n'y es pour rien, mais j'aurais pu résister. C'est ce qu'il aurait fallu que je fasse. Mais j'ai cédé parce que j'en avais envie aussi. Ce n'était pas bien. Tu crois que tout est ta faute, mais j'en avais autant envie que toi. Je veux que tu le saches.

Elle osait à peine remuer. Elle fixait son visage en l'écoutant.

– Si j'ai disparu après que tu es tombée malade, c'est parce qu'il fallait que je me rende à New York, ça ne pouvait attendre. J'ai foncé là-bas en voiture et je suis allé voir Kaya. Lui dire que je ne pouvais pas continuer à sortir avec elle.

Bridget retint sa respiration.

Il avait l'air triste.

– Je croyais l'aimer. Il y a deux mois, je lui ai dit que je l'aimais. Je ne pouvais pas la laisser croire ça. Ce n'était pas bien.

Bridget avait affreusement envie de le bombarder de questions, mais elle voulait aussi respecter sa promesse de se taire. Elle se mordit les lèvres.

Il écarta les mains, puis les joignit comme s'il allait se mettre à prier.

– Et ce n'était pas bien parce que je savais que je ne l'aimais pas réellement, puisque j'éprouvais des sentiments infiniment plus forts pour une autre.

Bridget était pétrifiée. Elle avait peur d'en déduire quoi que ce soit au cas où il ne voudrait pas dire ce qu'elle pensait qu'il voulait dire.

– Et si je t'ai évitée ces derniers temps c'est parce que, quand je suis près de toi, mes pensées s'embrouillent. Il faut que j'y mette de l'ordre avant de faire encore quelque chose de stupide.

Bridget leva les yeux vers lui, le cœur gonflé d'espoir, malgré tous ses efforts pour le dégonfler.

– Pendant que j'étais à New York, je ne pensais qu'à une chose : revenir auprès de toi. Mais qu'est-ce que ça signifiait ? Que j'avais laissé tomber Kaya pour sortir avec toi ? Qu'il me suffisait de cinq heures à peine pour oublier la fille que je croyais aimer ?

Il secoua la tête.

– Et, en plus, je ne voulais pas que tu te sentes responsable de notre rupture. Je sais bien que tu ne m'y as pas poussé. Durant tout l'été, tu as prouvé que tu respectais ma relation avec Kaya. Mais moi non. C'est nul. J'avais l'impression que je ne méritais pas de revenir si vite dans tes bras. J'avais honte.

C'était une telle avalanche de confessions que Bridget avait du mal à suivre, elle ne voyait pas où il voulait en venir.

– Il n'y a qu'une chose dont je suis sûr et certain. Et toutes mes pensées me ramènent toujours à ça. Quand nous avons passé la nuit ensemble, que tu étais dans mes bras, ce que j'ai ressenti… jamais je n'avais ressenti quelque chose d'aussi fort pour quelqu'un, je n'imaginais même pas ça possible. Ça m'a transporté. Et voilà pourquoi, logiquement, j'en ai déduit que je ne pouvais pas continuer avec Kaya.

Il secoua de nouveau la tête. Visiblement, il se dégoûtait mais, en même temps, il avait envie de rire.

– Je me raccrochais à la logique, j'essayais de me convaincre que ma décision de quitter Kaya était purement rationnelle et non motivée par la folle, l'irrésistible attirance que j'éprouvais pour toi.

– Et alors, demanda-t-elle dans un souffle, c'était purement rationnel ?

Il la regarda dans les yeux.

– Pas du tout.

Hé, les filles !

Plus que six jours et demi ! Waaaaaaaoooooouuuuuuh !

Carma

Lena reçut la lettre portant le cachet de Providence, Rhode Island, juste avant de partir pour leur week-end entre filles. Elle l'ouvrit, le cœur battant, tout en sachant que son avenir n'en dépendait pas, même si la réponse était non.

Parce qu'Annik avait raison. Lena était une

artiste. Elle trouverait sa voie quoi qu'en disent les uns ou les autres. Son destin n'appartenait plus qu'à elle.

La lettre ne disait pas non, elle disait oui. Lena ferma les yeux, laissant le bonheur l'envahir. Elle se permettait rarement ce genre de plaisir, mais là, elle l'avait bien mérité.

Elle s'installa dans la cuisine pour se pencher sur la lettre (au sens propre comme au sens figuré) et réfléchit longuement. Elle voulait y aller et elle pouvait y aller. Elle n'avait pas besoin de l'argent de ses parents ni de leur permission. Elle réfléchit à ça, aussi. Elle n'en avait pas besoin, mais elle l'aurait voulue quand même, réalisa-t-elle soudain.

Elle choisit une petite jupe bleu marine et un joli chemisier en lin. Elle se brossa les cheveux et mit ses boucles d'oreilles en perle. Puis elle prit la voiture de sa mère pour se rendre au bureau de son père.

Mme Jeffords, sa secrétaire, la fit entrer sans l'annoncer.

Son père parut surpris de la voir. Il était même tellement surpris qu'il eut l'air heureux de la voir, comme s'il avait oublié tout ce qui s'était passé entre eux ces deux derniers mois et avait instinctivement retrouvé sa tendresse paternelle.

– Entre, entre, fit-il en se levant.

Elle avait toujours la lettre à la main lorsqu'elle s'assit en face de lui.

– J'ai reçu la réponse de l'école d'art, à propos de la bourse.

– Tu l'as obtenue, dit-il posément.

– Comment tu le sais ?

Il avait un air placide, presque philosophe.

– Parce que j'ai vu tes dessins. Dès que je les ai vus, j'ai su que tu l'obtiendrais.

C'était l'un des compliments les moins directs qu'elle ait jamais reçu. Si tant est que ça en ait été un.

– Papa, je ne veux pas te blesser ni te décevoir. Mais j'ai vraiment envie d'y aller. Et j'aimerais que maman et toi vous partagiez mon envie.

Il soupira. Posa son coude sur son bureau et appuya son menton dans sa paume, comme un petit garçon.

– Lena, j'ai bien peur que ce soit moi qui t'aie blessée et déçue.

Elle ne s'empressa pas de hocher la tête, mais elle n'allait pas non plus le contredire.

– Il faut que tu fasses cette école d'art. Tu me l'as prouvé par ton travail, comme tu l'as prouvé à ces personnes.

Elle s'empêchait de laisser paraître sa joie. Elle hésitait encore à lui faire confiance.

Il réfléchit un moment.

– Je suis flatté que tu sois venue m'en parler alors que tu pouvais très bien te passer de ma permission.

Sa poitrine allait exploser.

– J'avais envie de te la demander, ton avis compte beaucoup pour moi.

– Alors la réponse est oui, vas-y.

– Merci.

Elle se leva.

– Lena ?

– Oui ?

– Lorsque j'ai commencé à réaliser, avec l'aide de ta mère, l'étendue de mes récentes erreurs…

Il s'éclaircit la gorge.

– … J'ai été fier de toi, tu as eu raison de résister.

– Tu ne m'as pas facilité les choses, lui répondit-elle en toute honnêteté.

Valia 123 : Mon Dieu, je n'y crois pas, ma chère Rena : je rentre à la maison ! George a fini par entendre raison. Effie va prendre l'avion avec moi la semaine prochaine. Pourrais-tu demander à Pina d'aérer un peu chez moi ?

RenaDoumas : Ma très chère Valia, je pleure en lisant tes mots. Comme nous sommes heureux que tu reviennes ! Ta place est ici, parmi nous !

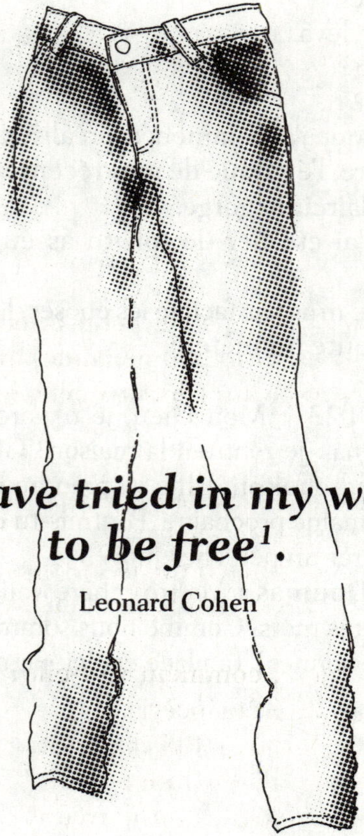

I have tried in my way to be free*[1]*.

Leonard Cohen

1. « À ma manière, j'ai essayé d'être libre. »

– Salut, p'pa.

– Carmen ? Bonjour, ma petite brioche ! Ça va ?

Elle se sentait un peu penaude, mais elle ne pouvait pas reporter l'épreuve plus longtemps.

– Très bien.

– Et le bébé ?

– Super ! Il donne de ces coups de pied, une vraie ceinture noire de karaté.

Albert rit de bon cœur, même s'il s'agissait de l'enfant que son ex-femme avait eu avec son nouveau mari.

– Et ta mère, comment va-t-elle ? demanda-t-il avec un intérêt sincère.

– Super bien aussi. Elle dit que tout lui revient, même au bout de dix-huit ans.

– Je n'en doute pas, fit-il avec une pointe de nostalgie.

– Dis, papa…

– Oui ?

– Je me demandais…

Il attendit patiemment, alors qu'elle aurait aimé qu'il l'interrompe.

– Tu crois que… euh…

Elle écarta son épaisse crinière de sa nuque en sueur.

– Tu crois qu'ils accepteraient de me reprendre, à Williams ?

– Tu as envie d'y aller finalement ?

Carmen ne voulait pas qu'il croie qu'elle prenait ses décisions à la légère, elle ne répliqua donc pas du tac au tac, mais marqua un temps d'arrêt avant de répondre :

– Oui, je veux y aller.

– Et l'université du Maryland, alors ?

Carmen se mordilla la lèvre.

– Je me disais qu'en m'inscrivant là-bas, je pourrais aller à la fac sans trop m'éloigner de la maison. Mais je me suis rendu compte que j'avais vraiment, vraiment envie d'aller à Williams. Tu crois qu'ils accepteraient de me reprendre ? Enfin, est-ce qu'il y a une chance qu'ils aient encore une place de libre ?

Sa voix s'étrangla sur cette dernière phrase, elle ne paraissait plus du tout calme et posée.

– Écoute, tu sais ce qu'on va faire ? Je vais les appeler, moi, décida son père.

En attendant qu'il la rappelle, Carmen tenta de ranger sa chambre.

En réalité, elle ne fit que déplacer les choses

pour camoufler le bazar, par exemple en fourrant les piles LR6 qui traînaient dans son tiroir à chaussettes – ce qui rendrait la tâche encore plus ardue lorsqu'elle s'attellerait au vrai ménage.

Moins de dix minutes plus tard, le téléphone sonna. Elle se jeta dessus sans même attendre la fin de la première sonnerie. Pour le sang-froid, c'était raté.

– Oui ?

– Carmen ?

C'était à nouveau son père.

– Alors, tu les as eus ? s'inquiéta-t-elle.

– Oui, c'est bon, pour Williams.

– Ils me prennent ?

– Ouaip.

– Comme ça ?

– Ouaip.

– Tu plaisantes ?

– Nonp.

– Sérieux ?

Carmen n'osait pas laisser éclater sa joie.

– Je suis content pour toi, ma petite brioche, lui dit son père. J'entends à ta voix que c'est vraiment ce que tu veux.

– C'est vraiment ce que je veux, confirma-t-elle.

Elle secoua la tête, électrisée des pieds à la tête.

– Je n'en reviens pas que ce soit si simple.

Il ne répondit pas.

– Tu ferais bien de commencer à préparer tes affaires, lui conseilla-t-il à la place. Et profite bien de ton week-end à la mer avec tes amies.

– Promis. Et merci !

Après l'avoir embrassé, elle raccrocha le téléphone tandis qu'un nouveau doute s'insinuait dans son esprit. Était-elle encore victime d'un complot parental ? Ou même d'une habile manipulation paternelle ?

Elle se demandait si son père avait vraiment appelé Williams pour annuler son inscription et demander le remboursement des frais. Une fois de plus, ses parents avaient prouvé qu'ils connaissaient mieux leur fille qu'elle ne se connaissait elle-même…

D'une certaine façon, c'était agaçant. Mais c'était bon d'être aimé.

Carmabelle : Tu peux emmener ton bustier vert que je fasse ma peste en te le piquant dès que tu auras le dos tourné ?

Tiboudou : Pas de problème. Mais c'est affreux, je ne saurai pas qui me l'a pris !

Carmabelle : Je suis surexcitée.

Tiboudou : Moi aussi.

Bridget laissa Eric tranquille pendant trois longues journées afin qu'il puisse « mettre de l'ordre dans ses pensées ». Le soir du troisième jour, alors qu'elle se disait qu'elle n'allait pas pouvoir tenir plus longtemps, la tête d'Eric, avec ses pensées bien en ordre et tout et tout, apparut à son chevet (elle était allongée sur son lit).

– Tu viens te promener avec moi ? chuchota-t-il.

Elle sauta du lit et le suivit hors du bungalow en T-shirt et caleçon. Soudain, elle se rappela ce que Carmen lui avait conseillé au début de l'été.

– Tu peux m'attendre une minute ? demanda-t-elle.

Abandonnant Eric sur le seuil, elle retourna vite à l'intérieur. Elle trouva la fameuse robe blanche de la soirée de fin d'année roulée en boule au fond de son sac. Elle n'aurait jamais imaginé avoir l'occasion de la porter ici. Jetant T-shirt et caleçon, elle l'enfila par la tête. Heureusement, le tissu satiné se défroissait facilement.

Évidemment, elle aurait préféré mettre le jean magique mais elle l'avait renvoyé à Lena.

Et puis il ne fallait pas en abuser. Il lui avait déjà donné un sacré coup de pouce.

– C'est bon, dit-elle en réapparaissant aux côtés d'Eric dans la pénombre.

Elle était toujours pieds nus et les cheveux lâchés.

Il cligna des yeux et recula d'un pas pour mieux la regarder.

– Waouh, Bee…, souffla-t-il.

Elle ne savait pas exactement ce qu'il entendait par là, mais elle n'insista pas.

Ils marchèrent côte à côte jusqu'au lac. Elle s'efforçait de ne pas trop sautiller, mais elle ne pouvait pas s'en empêcher. Elle était heureuse. Sa main effleura la sienne, faisant vibrer tous ses nerfs. Malgré tout ce qu'ils avaient traversé ensemble, tout ce qu'ils avaient vécu, tout ce dont ils avaient parlé, ils n'osaient toujours pas se toucher.

Ils s'installèrent à leur place habituelle sur le ponton. Bridget distinguait presque la marque qu'ils avaient laissée la dernière fois sur les planches usées par le temps. Elle balançait ses jambes, savourant la sensation de vide sous ses orteils nus. Leurs silhouettes ne projetaient pas d'ombres ce soir ; elles se faisaient discrètes.

Eric se rapprocha légèrement, l'air mélancolique.

– Tu sais quoi ?

– Quoi ?

– Quand j'ai vu ton nom sur la liste des entraîneurs, en juin, j'ai eu une prémonition. Je savais que tu allais à nouveau bouleverser ma vie, avoua-t-il.

Il ne semblait pas le regretter.

– Si j'avais été au courant, je ne sais pas si je serais venue, murmura Bridget.

Il laissa échapper un soupir.

– Tu me détestes autant que ça ?

– Hum. Si je te déteste ?

Elle esquissa un petit sourire.

– Non, ce n'est pas le mot. Disons que j'avais peur de toi. Je ne voulais pas revivre ça.

– Ça a été très dur, hein ?

Il en était désolé, elle le savait.

– J'ai eu un peu de mal à m'en remettre.

– Tu as grandi depuis.

– Un peu. Enfin, j'espère.

– Si, tu as changé. Et en même temps, tu es toujours la même.

Elle haussa les épaules. Effectivement, il avait raison.

– Je suis désolé de m'être volatilisé comme ça, dit-il d'une voix chargée de tristesse. Je ne voulais pas te faire de mal. Je ne savais pas si tu éprouvais la même chose que moi. J'avais peur que ce ne soit pas partagé.

– Mais ce n'était pas le cas.

– Maintenant je le sais.

Ils réfléchirent à tout ça.

– Je suis contente de ne pas avoir vu cette fameuse liste des entraîneurs, reprit-elle au bout d'un certain temps. Je suis contente d'être venue.

– Moi aussi, il fallait bien qu'on se retrouve un jour.

– Tu crois ?

– Oui, c'était écrit, affirma-t-il.

Elle aimait bien cette idée.

– Ah, tu crois vraiment ?

– J'en suis persuadé.

– C'est ce que tu as découvert en mettant de l'ordre dans tes pensées ? demanda-t-elle.

Son cœur gonflait dans sa poitrine.

Il sourit, mais il avait tout de même l'air sérieux.

– Oui, ce n'est pas vraiment ce que j'attendais. Ça ne me semble pas très ordonné, mais c'est comme ça. Voilà !

– Et comment en es-tu arrivé à cette conclusion ?

– Parce que, quand j'étais couché contre toi, dans mon lit, à un moment, j'ai ressenti tout ce par quoi tu étais passée, et je me suis dit que, si je pouvais te rendre heureuse, alors je le serai aussi.

Bridget était trop émue pour parler. Elle posa sa tête sur son épaule. Il passa le bras autour de sa taille et elle l'imita. Il avait prononcé des mots simples, mais elle ne les oublierait jamais. Il pouvait la rendre heureuse. Il venait de le faire.

La dernière fois, ils avaient commencé par la fin. Cette fois, ils commençaient du début. On ne peut effacer le passé. On ne peut le changer. Mais parfois la vie vous offre une deuxième chance.

Demain, ils s'embrasseraient peut-être. Dans

les semaines, dans les mois qui viendraient, ils apprendraient à se toucher, à traduire leurs sentiments en gestes. Un jour, elle l'espérait, ils feraient l'amour.

Mais pour l'instant, elle avait tout ce qu'elle voulait.

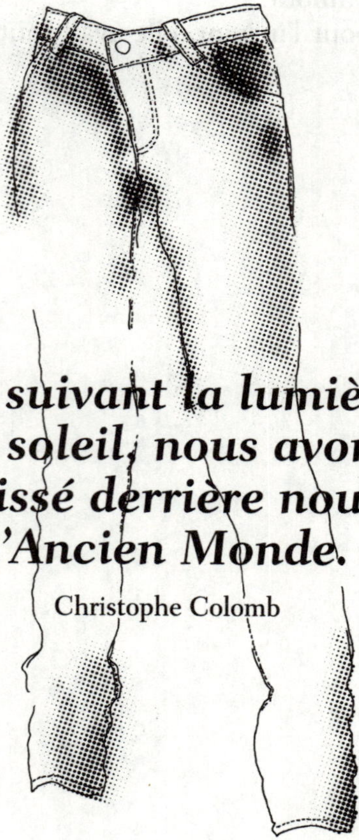

En suivant la lumière du soleil, nous avons laissé derrière nous l'Ancien Monde.

Christophe Colomb

Dans la maison des Morgan, au bord de la mer, le sol plein de sable crissait sous les pas. Le frigo était vide, mis à part un demi-paquet de pain de mie moisi. Et, visiblement, c'était leur fils Joe, âgé de deux ans à peine, qui avait lavé les poêles et les casseroles pour la dernière fois.

Mais la vue était à couper le souffle. La maison était nichée dans les dunes au milieu des joncs, à moins de cent mètres de l'océan Atlantique.

La première chose qu'elles firent en arrivant fut d'ôter leurs vêtements (elles avaient prévu le coup en mettant leurs maillots en dessous) et de foncer dans l'eau en hurlant.

La mer était agitée. Les vagues les fouettaient, les secouaient, les retournaient. Elles auraient pu avoir peur, constata Tibby, mais elles se tenaient toutes par la main pour que le courant ne puisse pas les entraîner. Elles criaient, hurlaient, riaient, c'était trop drôle.

Après ça, elles s'écroulèrent sur le sable chaud. Allongées côte à côte, elles laissèrent le soleil de l'après-midi leur sécher le dos. Tibby avait encore le cœur battant de leur cavalcade dans l'eau. Elle aimait sentir le sable contre sa joue. Elle était heureuse.

Elle n'avait qu'à se laisser guider par cette sensation. Elle n'allait pas envisager l'avenir avec appréhension. Elle n'allait pas brusquer son cerveau.

Évidemment, il y aurait les inévitables au revoir. La dure réalité de la séparation. D'abord jeudi, lorsqu'elle verrait Lena et Bee embarquer leurs affaires pour Providence dans leur camionnette de location. Elle s'imaginait déjà Bridget usant et abusant du klaxon pendant les cinq premiers kilomètres.

Puis vendredi, lorsqu'elle embrasserait Carmen et qu'elle la regarderait s'éloigner dans la voiture de son père avec ses cinquante millions de valises.

Et samedi matin, les adieux à la gare, avant de monter à bord du Metroliner qui l'emmènerait à New York avec sa mère. Son père lui donnerait une grande tape dans le dos, Katherine aurait le menton qui tremblerait, et Nicky ferait son timide et refuserait de l'embrasser. Tibby les voyait comme si elle y était.

Et puis il faudrait aussi dire au revoir à Brian. Mais elle savait que ce ne serait pas pour longtemps. Brian était censé aller à l'université du Maryland où l'inscription était presque gratuite. Pourtant avec 800 en maths à son test d'admission à l'université[1], elle doutait qu'il reste longtemps là-bas. Il saurait la retrouver. Elle en était persuadée. Heureusement qu'elle avait demandé une chambre seule.

Mais, pour le moment, elles étaient encore toutes les quatre. C'était leur week-end à elles et rien qu'à elles. Elle allait savourer la moindre miette de bonheur, même si elle savait qu'il ne devait pas durer. Ensemble, elles n'avaient qu'à être elles-mêmes. Et profiter de l'instant présent.

Elles se douchèrent (à l'eau chaude pour certaines, à l'eau froide pour les autres) puis engloutirent sandwichs toastés au fromage et brownies, épuisées par le soleil et affamées, dans cet état où seul l'océan sait vous mettre.

Le premier portable sonna juste après le déjeuner.

– C'est vrai ? Génial ! s'exclama Carmen en riant.

Elle écarta le téléphone de sa bouche.

1. Aux États-Unis, un candidat est admis dans une université plus ou moins prestigieuse en fonction du score qu'il a obtenu au SAT, Scholastic Aptitude Test, qui est noté sur 800.

– Win a vu Katherine à l'hôpital aujourd'hui, expliqua-t-elle à Tibby. Elle n'a plus son casque !

– Je sais. Ça lui manque !

Tibby sourit. Elle aimait bien Win. Elle le trouvait super. Mais elle aurait préféré qu'il n'interrompe pas leur week-end.

Le second appel venait de Valia. Visiblement, elle ne retrouvait plus la photocopie que Lena avait faite de son portrait. Il la lui fallait immédiatement, elle voulait l'emmener en Grèce. Elle était pleine d'une énergie nouvelle – qu'elle employait tout entière à faire ses bagages. Elle insista pour que Lena lui passe Carmen, elle voulait lui parler de la série télé qu'elle s'était mise à regarder – la comédie idiote que Carmen adorait.

Le troisième coup de fil était pour Bee. En la voyant fondre sur place, Tibby sut que c'était Eric. Comment lui adresser le moindre reproche alors que le simple son de sa voix semblait la transporter de bonheur ?

Tibby se percha sur le bar de la cuisine pour compter le nombre de voix qui s'étaient ainsi mêlées au chœur de leurs vies.

Jusqu'à ce que son téléphone sonne. Brian. Il voulait lui parler et elle voulait lui parler – juste cinq minutes.

Elle avait à peine raccroché que deux autres portables se mirent à sonner. Lena surprit le regard de Tibby.

– Qu'est-ce qui se passe ? C'est une blague ou quoi ?

Tibby hocha la tête.

– Sauf que je n'arrive pas à savoir si c'est drôle ou pas.

La préparation du dîner fut assez mouvementée, entre les portables qui n'arrêtaient pas de sonner et Carmen qui avait failli réduire la maison en cendres en oubliant le riz sur le feu. Il n'y eut pas un instant de répit. Dans un sens, c'était fantastique, ça rassurait Tibby de voir que son monde était plein de vie, drôle, riche. Mais d'un autre côté, c'était un peu triste. Elle s'était imaginé que ce monde cesserait de tourner ce week-end pour les laisser seules toutes les quatre. Mais le monde ne s'était pas arrêté de tourner pour elles. Au contraire, il semblait avoir accéléré.

Des heures plus tard, minuit avait sonné, minuit avait passé, et Tibby ne pouvait toujours pas dormir. Assise par terre dans la petite chambre pleine de sable, elle se sentait un peu déprimée malgré elle. On ne pouvait pas dire que la soirée n'avait pas été réussie, elles s'étaient amusées comme des folles. Après avoir éteint le feu, elles avaient renoncé à leurs ambitions culinaires pour se contenter d'un festin de caramels au beurre de cacahuètes arrosés de milkshakes. Elles s'étaient tellement gavées qu'elles avaient fini étendues par terre, repues.

Il y avait tant de changements à venir, tant de visages nouveaux dans leurs vies, tant de choses à se raconter qu'elles avaient à peine pu commencer. Elles avaient écouté de la musique puis, sombrant dans un sommeil digestif, elles s'étaient traînées jusqu'à leurs chambres.

Ce soir, pour la première fois, le monde leur avait semblé trop vaste pour tenir dans leur petit cercle d'amitié. En serait-il toujours ainsi dorénavant ?

Elles grandissaient. C'était inévitable et, avec tout ce qu'elle avait appris cet été, Tibby savait qu'il ne servait à rien de s'y opposer. Petits amis, famille, études, de grandes choses les attendaient.

Mais elle n'était pas prête à payer n'importe quel prix. Elle ne voulait pas conclure le marché si ça impliquait de perdre cette amitié qui était au centre de sa vie, qui lui donnait force et équilibre.

L'obscurité l'enfermait dans cette petite maison et seul le murmure des vagues résonnait dans la nuit. Tout à coup, elle fut prise de claustrophobie. Pour la première fois sans doute dans toute l'histoire de Tibby, un espace réduit et confiné l'effrayait davantage que le grand infini. Sans réfléchir, elle quitta la chambre sur la pointe des pieds, descendit les escaliers et sortit.

Elle avait l'impression d'être dans un rêve, un joli rêve, quand elle aperçut au loin trois ombres assises sur la plage. Elle rit en reconnaissant ces silhouettes familières. C'était effectivement comme dans un rêve : elle devinait d'instinct pourquoi ses amies étaient là. Elle comprenait ce qu'elles ressentaient parce qu'elle ressentait la même chose. C'était la preuve de la force du lien qui les unissait.

Comme dans un rêve, elles semblaient l'attendre, alors qu'elles n'avaient aucune raison de penser qu'elle allait les rejoindre. Bee lui prit la main et l'attira dans leur petit cercle.

– Salut.

Tibby parlait tout doucement, mais d'une voix exaltée.

– C'est l'endroit à la mode, en ce moment, remarqua Bee en riant.

Lena haussa les épaules.

– Je crois que personne n'arrivait à dormir.

– On a trop de choses à se dire, fit Carmen d'un air songeur.

Une vague vint se briser tout près de leurs pieds, mais nulle ne pensa à bouger.

Elles resserrèrent le cercle. Carmen déposa le jean magique au milieu, comme au début de l'été, la boucle était bouclée.

Tibby soupira, le visage de ses amies autour d'elle lui apportait un indicible réconfort. Cette nuit était une promesse de toujours, l'assurance que leur amitié résisterait envers et contre tout. Elles étaient déjà dans l'avenir. Leurs vies allaient s'intensifier, se complexifier, jalonnées de belles surprises et d'incidents malencontreux. Si leur amitié exigeait une relation exclusive et fermée sur elle-même, ça ne pouvait fonctionner. Si elles l'obligeaient à suivre une voie toute tracée, elle s'effriterait et finirait par se briser. Mais Tibby était convaincue qu'en faisant preuve de souplesse, de générosité, en acceptant le changement, leur amitié survivrait.

Son rêve à propos du jean empaillé lui revint à l'esprit et elle prit alors conscience qu'il possédait un autre pouvoir : ce jean évoluait avec elles.

– Quoi qu'il arrive, affirma Bee, on se retrouvera. Toujours.

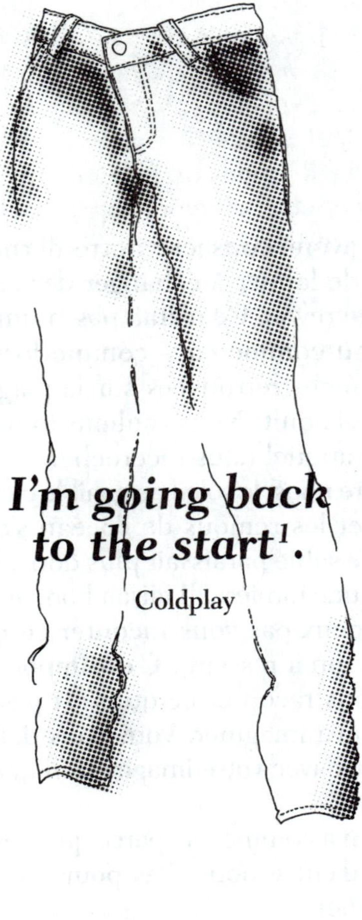

***I'm going back to the start*[1].**

Coldplay

1. « Je recommence du début. »

Nous avons consacré notre dernière heure au bord de la mer à échanger des cadeaux, en guise d'au revoir. Ce n'était pas vraiment prévu, c'est venu comme ça – comme lorsque nous nous sommes retrouvées sur la plage au beau milieu de la nuit. Nous voulions toutes avoir un souvenir auquel nous raccrocher.

Derrière nous, le soleil peignait le ciel en orange et rose, et les remous de l'océan s'assombrissaient. Le sable paraissait plus doux, baigné par cette chaude lumière. Il faisait bon, on était bien.

Je ne peux pas vous raconter ce qu'on s'est dit, ce qu'on a ressenti. C'est impossible. Mais je vais vous raconter ce qui s'est passé et vous n'aurez qu'à imaginer. Vous vous débrouillerez bien mieux avec votre imagination que moi avec des mots.

Carmen a commencé, parce que c'est la moins patiente d'entre nous. Pas pour recevoir, mais pour donner.

– Pour décorer les murs de nos chambres universitaires ! a-t-elle annoncé.

Elle nous tendait quatre cadres tout en longueur où elle avait glissé trois photos. En haut, il y avait nos mères, de jeunes mères branchées de la fin des années quatre-vingt, toutes en jean, qui se tenaient par les épaules, assises sur un mur. La photo nous était familière. Un peu tachetée. Un peu passée. Un peu triste comme toujours de revoir Marly. Celle du milieu était vieille aussi, mais je ne me rappelais pas l'avoir déjà vue. C'était nous quatre bébés, passant la tête au-dessus du dossier d'un canapé. On aurait dit un mini *girls band*. Carmen aurait été la chanteuse, tandis que moi, petite et timide, je me serais occupée de brancher les instruments aux amplis. Ça m'a fait rire. La photo du bas datait de la remise des diplômes, toutes les quatre dans le même ordre, les mêmes visages, les mêmes expressions.

C'est là qu'on a commencé à pleurer. C'était inévitable. Comme lorsqu'on se retrouve sous la pluie sans imper et sans parapluie : au début, on lutte pour ne pas se faire mouiller, puis au bout d'un moment on abandonne, et on réalise que c'est plutôt agréable. Et on se demande, pourquoi lutte-t-on toujours alors que, finalement, s'abandonner aux choses n'est pas si terrible que ça ?

Ensuite, ce fut au tour de Bee. Elle nous a

passé de petits écrins à bijou que nous avons toutes ouverts en même temps.

Au bout de quatre délicates chaînes en argent se balançaient quatre petits pendentifs identiques. Des jeans. Quatre minuscules jeans en argent, qui ressemblaient comme deux gouttes d'eau au nôtre. L'incarnation du jean magique, sous une nouvelle forme.

Bee nous a expliqué que Greta avait repéré ce pendentif dans une boutique du centre commercial de Huntsville, dans l'Alabama. Et que, toutes les deux, elles avaient tanné le bijoutier, M. Bosely, pour qu'il leur en fabrique trois autres.

Il a fallu se débattre avec les fermoirs, relever nos cheveux, pour nous l'attacher au cou les unes aux autres. J'ai pressé le petit pendentif contre ma poitrine, sachant que, à compter de ce jour, il ne la quitterait plus. Nous avions du mal à nous regarder dans les yeux. Trop d'émotions, trop de sentiments.

Ensuite, c'est Lena qui nous a tendu les cadeaux qu'elle avait soigneusement enveloppés. Nous avons déchiré le papier avec plus ou moins de précaution : moi, je l'ai délicatement plié – ça peut toujours servir – tandis que Bee arrachait le sien sauvagement avant de s'asseoir dessus pour ne pas qu'il s'envole.

Il s'agissait de quatre cadres identiques, un pour chacune de nous. Lena avait dessiné le jean de face et de dos, mais une fois dans le bon sens et l'autre à l'envers, en collant les jambes de sorte que les deux jeans forment un N. Et à côté, elle avait ajouté «ous». Nous.

C'était moi la dernière. Je leur ai tendu des cassettes vidéo dont j'avais décoré les étiquettes.

– Il faut qu'on rentre, ai-je annoncé.

Je m'étais déjà assurée que le magnétoscope des Morgan fonctionnait. Donc, dès que nous sommes remontées de la plage, j'ai pu lancer le film.

Il était court. Dix minutes seulement. La plupart des images provenaient des cassettes de mes parents, mais j'avais aussi réussi à en obtenir quelques autres en demandant à Tina et Ari. J'avais organisé une petite projection pour nos mères quelques jours plus tôt dans notre salon, en leur faisant promettre de garder le secret. Elles avaient pleuré toutes les trois tandis que je restais collée à l'écran pour ne pas montrer que moi aussi. Puis elles étaient tombées dans les bras l'une de l'autre. Ça m'avait fait chaud au cœur.

Ça commençait par un vieux film super-huit, un peu saccadé mais plein d'atmosphère, qui nous montrait toutes en train de marcher à quatre pattes dans le jardin de Lena. Enfin, presque toutes, parce que Lena n'osait pas trop se redresser, alors on la poussait, on la faisait rouler. J'étais un bébé maigrichon, chauve et sans audace. Quant à Bee, sa tête était parée de cheveux soyeux comme des plumes blanches. Elle crapahutait à toute vitesse, si bien que sa mère devait sans cesse l'empêcher de s'approcher de la piscine. Son frère, Perry, faisait une courte apparition dans le film. Il ne remuait pas beaucoup, mais exhibait la bestiole qu'il avait trouvée dans l'herbe. Carmen avait de parfaites anglaises brunes, des yeux immenses et une voix forte qui parvenait à tirer bébé Lena de sa torpeur.

Puis, l'un de nos parents s'était acheté une vraie caméra vidéo. Dans la séquence suivante, deux ans plus tard, on nous voyait toutes les quatre en rang d'oignons, assises sur le pot. Lena attendait patiemment, le coude sur le genou, le menton dans la main. Moi, j'étais tellement riquiqui que je disparaissais à moitié dans le mien. Carmen essayait d'ôter sa sandale de son pied. Bee avait fini la première. Elle se levait et hurlait à quelqu'un qui était derrière la caméra : « Ça y est ! »

Ensuite venait une succession de plans courts : goûters d'anniversaire, coupes de cheveux ratées et appareils dentaires étonnants. Frères, sœurs, parents, grands-parents et autres membres de la famille apparaissaient de temps à autre dans les tenues les plus catastrophiques, au fil des modes.

La dernière séquence était plus longue, elle datait de nos sept ans. Sur le coup, je n'avais pas vraiment pris conscience de son importance en la choisissant pour clore le film.

Elle avait été tournée sur la plage de Rehoboth, sans doute à moins de un kilomètre de l'endroit où nous nous trouvions. La caméra nous montrait toutes les quatre, main dans la main, sautant dans les vagues, riant et criant.

Comme aujourd'hui. Exactement comme nous l'avions fait hier après-midi et tôt ce matin. En regardant l'écran, je sentais ma main mouillée d'eau salée qui serrait celle de Bee d'un côté et celle de Lena de l'autre. J'entendais les cris de joie de Carmen. Chaque fois nous étions dans un ordre différent. L'ordre n'avait aucune importance.

L'image est restée longtemps sur l'écran, nous la fixions alors même qu'elle s'était figée.

Rien n'avait changé : aujourd'hui comme hier, pour braver le courant, nous nous tenions la main.

ANN BRASHARES est née aux États-Unis. Elle passe son enfance dans le Maryland, avec ses trois frères, puis part étudier la philosophie à l'université Columbia, à New York. Pour financer ses études, elle travaille un an dans une maison d'édition. Finalement, le métier d'éditrice lui plaît tant qu'elle ne le quitte plus. Très proche des auteurs, elle acquiert une bonne expérience de l'écriture. En 2001, elle décide de s'y consacrer à son tour. C'est ainsi qu'est né *Quatre filles et un jean*, son premier roman.
Aujourd'hui, Ann Brashares vit à Brooklyn avec son mari et ses trois enfants.
De son propre aveu, il y a un peu d'elle dans chacune des quatre héroïnes de son roman…
Et, à la question : « Votre livre contient-il un message ? », elle se contente de répondre : « S'il en contient un, c'est le suivant : Aimez-vous comme vous êtes et soyez fidèles à vos amis. »

Retrouvez Ann Brashares sur son site Internet :

www.annbrashares.com

Dans la collection

Pôlefiction

M. T. Anderson
Interface

Clémentine Beauvais
Les petites reines
Brexit romance

Bernard Beckett
Genesis

Jean-Philippe Blondel
Blog

Anne-Laure Bondoux
Tant que nous sommes vivants
L'aube sera grandiose

Paule du Bouchet
À la vie à la mort
Chante, Luna
Mon amie, Sophie Scholl
Je vous écrirai

Ann Brashares
Quatre filles et un jean
- Le premier été
- Le deuxième été
- Le troisième été
- Le dernier été
- Quatre filles et un jean, pour toujours

L'amour dure plus qu'une vie
Toi et moi à jamais
Ici et maintenant

Irena Brignull
Les Sorcières du clan du Nord
- 1. Le sortilège de minuit
- 2. La reine captive

Melvin Burgess
Junk
Lady. Ma vie de chienne

Florence Cadier
Le rêve de Sam

Sébastien de Castell
L'Anti-magicien
- 1. L'Anti-magicien
- 2. L'Ombre au noir

Orianne Charpentier
Après la vague
La vie au bout des doigts
Rage

Émilie Chazerand
La fourmi rouge

Kristen Ciccarelli
Iskari
- 1. Asha, tueuse de dragons

Sarah Cohen-Scali
Max

Eoin Colfer
W.A.R.P.
- 1. L'assassin malgré lui
- 2. Le complot du colonel Box
- 3. L'homme éternel

Élisabeth Combres
La mémoire trouée

Ally Condie
Atlantia
Promise
- Promise
- Insoumise
- Conquise

Matthew Crow
Sans prévenir

Christelle Dabos
La Passe-miroir
- 1. Les Fiancés de l'hiver
- 2. Les Disparus du Clairdelune
- 3. La Mémoire de Babel

Stéphane Daniel
Gaspard in love

Claudine Desmarteau
Un mois à l'ouest

Victor Dixen
Le Cas Jack Spark
- Saison 1. Été mutant
- Saison 2. Automne traqué
- Saison 3. Hiver nucléaire

Animale
- 1. La Malédiction de Boucle d'or
- 2. La Prophétie de la Reine des neiges

Berlie Doherty
Cher inconnu

Tom Ellen et Lucy Ivison
Mon homard
French ski

Charlotte Erlih
Bacha posh

Manon Fargetton
Dix jours avant la fin du monde

Timothée de Fombelle
Le livre de Perle

Cornelia Funke
Reckless
• 1. Le sortilège de pierre
• 2. Le retour de Jacob
• **3. Le fil d'or**

Aurélie Gerlach
Lola Frizmuth
Où est passée Lola Frizmuth ?
Qui veut la peau de Lola Frizmuth ?

Alison Goodman
Eon et le douzième dragon
• Eon et le douzième dragon
• Eona et le Collier des Dieux
Lady Helen
• 1. Le Club des Mauvais Jours
• 2. Le Pacte des Mauvais Jours
• 3. L'Ombre des Mauvais Jours

John Green
Qui es-tu Alaska ?
La face cachée de Margo
Tortues à l'infini

John Green et David Levithan
Will & Will

Lian Hearn
Le Clan des Otori
• 1. Le Silence du Rossignol
• 2. Les Neiges de l'exil
• 3. La Clarté de la lune
• 4. Le Vol du héron
• 5. Le Fil du destin
Shikanoko
• L'Enfant du Cerf, Livres 1 et 2
• L'Empereur Invisible, Livres 3 et 4

Monica Hesse
Une fille au manteau bleu

Maureen Johnson
13 petites enveloppes bleues
• 13 petites enveloppes bleues
• La dernière petite enveloppe bleue

Gordon Korman
Mon père est un parrain

Sève Laurent-Fajal
Les valises

David Levithan
A comme aujourd'hui

Erik L'Homme
Des pas dans la neige
Nouvelle-Sparte

Sue Limb
Jess Jordan
- 15 ans, Welcome to England !
- 15 ans, charmante mais cinglée
- 16 ans ou presque, torture absolue
- 16 ans, franchement irrésistible

E. Lockhart
Nous les menteurs
Trouble vérité

Hayley Long
Nos vies en mille morceaux

Benoît Minville
Les belles vies

Jean Molla
Felicidad

Jean-Claude Mourlevat
Le Combat d'hiver
Le Chagrin du Roi mort
Silhouette
Terrienne

Jandy Nelson
Le ciel est partout
Le soleil est pour toi

Patrick Ness
Le Chaos en marche
- 1. La Voix du couteau
- 2. Le Cercle et la Flèche
- 3. La Guerre du Bruit

Nous autres simples mortels

Jennifer Niven
Tous nos jours parfaits
Les mille visages de notre histoire

Joyce Carol Oates
Nulle et Grande Gueule
Sexy
Zarbie les yeux verts

Mikaël Ollivier
Tout doit disparaître

Isabelle Pandazopoulos
La Décision
Trois filles en colère

Mary E. Pearson

Jenna Fox, pour toujours

- Jenna Fox, pour toujours
- L'héritage Jenna Fox

Lucie Pierrat-Pajot

Les Mystères de Larispem

- 1. Le sang jamais n'oublie
- 2. Les jeux du siècle
- 3. L'élixir ultime

François Place

La douane volante

Louise Rennison

Le journal intime de Georgia Nicolson

- 1. Mon nez, mon chat, l'amour et moi
- 2. Le bonheur est au bout de l'élastique
- 3. Entre mes nungas-nungas mon cœur balance
- 4. À plus, Choupi-Trognon...
- 5. Syndrome allumage taille cosmos
- 6. Escale au Pays-du-Nougat-en-Folie
- 7. Retour à la case égouttoir de l'amour
- 8. Un gus vaut mieux que deux tu l'auras
- 9. Le coup passa si près que le félidé fit un écart
- 10. Bouquet final en forme d'hilaritude

Nastasia Rugani

Milly Vodović

Ruta Sepetys

Big Easy

Ce qu'ils n'ont pas pu nous prendre

Le sel de nos larmes

Stéphane Servant

Guadalquivir

Dodie Smith

Le château de Cassandra

Laini Taylor

Le Faiseur de rêves

La Marque des anges

- 1. Fille des chimères

Thibault Vermot

Colorado Train

Vincent Villeminot

La Brigade de l'ombre

- 1. La prochaine fois ce sera toi
- 2. Ne te fie à personne
- 3. Ne compte que sur les tiens

Danielle Younge-Ullman

Toute la beauté du monde n'a pas disparu

Le papier de cet ouvrage est composé de fibres naturelles, renouvelables, recyclables et fabriquées à partir de bois provenant de forêts gérées durablement.

Mise en pages : Maryline Gatepaille

ISBN : 978-2-07-055077-7
Loi n° 49-956 du 16 juillet 1949
sur les publications destinées à la jeunesse
Premier dépôt légal : mai 2011
Dépôt légal : avril 2024
N° d'édition : 637967 – N° d'impression : 277411
Imprimé en France par Maury Imprimeur - 45330 Malesherbes